SV

Renata Adler

PECHRABENSCHWARZ

Roman

Aus dem Amerikanischen von Helga Huisgen

Suhrkamp

Die Originalausgabe erschien 1983 unter dem Titel *Pitch Dark*
bei Alfred A. Knopf, Inc., New York,
und bei Random House of Canada Limited, Toronto.

Erste Auflage 1987

Druck: Thiele & Schwarz, Kassel
Printed in Germany

Für J.

I. Orcas Island

Wir rannten, was das Zeug hielt. Der Auftakt war atemberaubend. Was dazwischen kam, war atemberaubend. Der Ausgang war atemberaubend. Es war wie ein Hindernisrennen, das nur aus Hürden bestand.
Aber ein Hindernisrennen wäre das hier ganz und gar nicht. Es wäre eher wie ein steiler, sehr steiler Anstieg.
Alle riefen sie, Erzähl, Mamuschka, erzähl. Ich meine, das Kind ist doch erst sechs.
Muß ich das Ganze also noch stilisieren, oder kann ich es erzählen, wie es war?
Er wußte, daß sie ihn verlassen hatte, als sie wieder zu rauchen anfing.
Hör mal, ich habe dich geliebt, weißt du.
Ob er sich wohl je fragen wird, sich sagen wird, Eigentlich war es ja nicht die Welt, was sie verlangt hat – warum habe ich sie nur gehen lassen?

Ich bin aus der *Haut* gefahren, sagte Viola Teagarden gerne erhobenen Hauptes, die Nasenflügel gebläht, mit einem kleinen Schauder von Wichtigkeit, Stolz und Vergnügen, und fuhr dabei mit einem winzigen Ruck in die Höhe, als hätte sie durch den Stuhl, auf dem sie saß, einen leichten elektrischen Schlag bekommen. Ich bin aus der *Haut* gefahren. Sie sprach auch immer mit einer Art Ehrfurcht von dem, was sie »mein Zorn« nannte, als handelte es sich dabei um einen lebenden, preisgekrönten Besitz, einen reinrassigen Stier etwa, der sich zur Zucht verwenden ließ, oder auch in dem Ton, in dem ein Mann, der eine schöne, unberechenbar übellaunige Frau geheiratet hat, die weit reicher und jünger ist als er, sagen würde »meine Frau«. Auch Leander Dworkin hatte, obschon er Viola kaum kannte und sie im

Grunde verachtete, etwas, was er »meine Wut« nannte. Die glich einmal einem Treibhaus üppig gepflegter eingebildeter Leiden, dann wieder einem Pulsschlag, den er fortwährend zu messen pflegte, um festzustellen, mit wem und in welchem Maße er wütend zu sein habe, ein anderes Mal einer Quelle des Staunens und des Hochgefühls oder manchmal einfach nur einem Pferd, das man in lockerem Kanter oder im Galopp über die Heide reiten konnte. In Zeiten der Wut wollte er durch nichts auf der Welt abgelenkt oder besänftigt werden. Selbst Schmeichelei, für die er sonst einen so wahllosen und unersättlichen Appetit zeigte, konnte ihn in seinem Streben nach Apotheose aufs höchste erbosen. Einige wenige Leute ließen ihm in dieser Eigenart seinen Willen. Sie waren seine Freunde. Einen oder mehrere ebendieser wenigen Freunde traf unweigerlich seine Wut – fürs erste immer Anlaß zu Niedergeschlagenheit, da er die Freundschaft mit Worten abzubrechen pflegte, die ebenso schneidend wie launenhaft waren, dann aber, während der langen, ruhigen Zwischenzeit, die folgte, Grund zur Erleichterung.

Es fängt damit an, daß ich beinahe, allein, nach Graham Island gefahren wäre.

Er betrachtete sich, ja bezeichnete sich auch als einen außergewöhnlich gut aussehenden Mann. Sein Haar, das er in Kragenlänge trug, war rötlich. Sein Haaransatz wich immer weiter in die Stirn zurück; seine Augen, die wegen der Kontaktlinsen fortwährend blinzelten, waren von einem unwahrscheinlich blassen Blau. Obschon er keineswegs auffallend häßlich war, schien seine Überzeugung von seiner äußeren Schönheit auf dem einen zu beruhen: daß er groß war. Leander Dworkin war der ausschmückende Dichter. Willie Stokes war der Dichter der Verknappung. Beide lehrten Dichtkunst und schrieben Romane, als wir auf der Universität waren. Wir liefen uns in zwei irrwitzigen Seminaren über den Weg, die von zwei Koryphäen abgehalten wurden. *Vorstellungen vom Paradies* und *Der Laut in der Literatur.* Bei ersterem ging es im wesentlichen um literarische Utopien; bei letzterem um Onomatopöie. Beide Seminare waren anfangs so überfüllt, daß unter den Studenten eine Auswahl aufgrund von angeblich vorhandenen speziellen Vorkenntnissen getroffen werden mußte. Im *Paradies* hatten wir in jenem Jahr einen Enkel von Oneida, eine Nonne, einen überzeugten Anhänger des Skinnerschen Problemkäfigs, ein paar Leute, die Rousseau, die Verfassung, Faust und Plato studierten, und einen Teilnehmer an Experimenten mit einer neuen Droge, dem Psylocybin, die von Leary und Alpert, zwei jungen Mitgliedern des Lehrkörpers der psychologischen Abteilung, geleitet wurden. Aus dem *Laut* ist mir nur mehr ein Experte in Erinnerung, ein blasser, dunkelhaariger Lateinstudent, der sich auf seinem Stuhl fortwährend hin und her wiegte, während er uns onomatopoetische Sätze vorlas, die er bei den Klassikern gefunden hatte. Das Murmeln unzähliger Immen in Ulmen von Immerdar; l'insecte net gratte la sécheresse. Ziemlich spät im Semester, als wir gefragt wurden, worüber wir unsere Seminararbeit zu schreiben gedächten, gab dieser junge Mann zur Antwort, er wolle über den Laut von Leichen schreiben, die durch die Literatur trieben. Oh, sagte der Professor nach kurzem Zögern mit einiger Begeisterung, Sie meinen Ophelia. Nein, erwiderte der junge Mann, mir geht es um den Laut des Meeres.

Es fängt damit an, daß ich beinahe, statt dessen, nach Graham Island gefahren wäre.

Für eine Frau, so versteh doch, heißt es immer Scheherezade sein.

Neunzehnhundertvierundsechzig teilte die Dekanin den

Kuratoren mit, die Studenten hätten in jeder erdenklichen Hinsicht – Versammlungen, Schlaf, Mahlzeiten, Elektrizität, Anspruch auf ihre Zeit und auf die ihrer Mitstudenten – die Nacht abgeschafft.

»Brahms«, sagte er, als er einem Kollegen erklärte, warum er die Konzertreihe auf dem Campus in diesem Herbst nicht besucht hatte. »Es war alles nur Brahms. Alles, jedes. Acht. Sachen. Von Brahms.«

Obwohl er mein Freund war, traf ich Leander Dworkin nicht häufig. Wir fanden unsere Freundschaft am Telefon sicherer. Manchmal telefonierten wir täglich. Dann wieder sprachen wir ein Jahr oder mehr nicht miteinander. Aber die Bindung zwischen uns war, glaube ich, weniger Stürmen ausgesetzt und in mancher Beziehung intensiver als Leanders Verhältnis zu Leuten, mit denen er tatsächlich zusammenkam. Alle paar Jahre einmal trafen wir uns zum Abendessen oder zu einem Drink oder auch nur auf einen Besuch. Manchmal allein, seltener gemeinsam mit irgendeinem Freund, mit dem er gerade zusammenlebte und den er mir vorstellen wollte. Eines Abends, als wir, soweit ich mich erinnere, das Campusgelände verlassen hatten, um Hamburger zu holen, fielen mir an Leanders Handgelenk mehrere ausgefranste und sich entflechtende dünne braune Strähnen auf, sie sahen aus wie eine zerschlissene Manschette aus Seil. Leander sagte, es sei ein Armband aus Elefantenhaar, das ihm Simon, sein Geliebter, geschenkt habe. Es war so ausgefranst, weil er immer vergaß, es vor dem Duschen abzunehmen, wie es ratsam gewesen wäre. Elefantenhaar hat offenbar magische Kräfte. Es sollte ihm Glück bringen. Armbänder aus Elefantenhaar sind teuer; man muß jede Strähne einzeln bezahlen. Im Jahr darauf schrieb Leander viele Gedichte und erhielt endlich seine Anstellung auf Lebenszeit. Als wir uns Monate später wiedersahen, waren die ausgefransten Strähnen verschwunden. An ihrer Stelle trug er nun einen dünnen, stabilen Goldreif, der laut Leander ein einzelnes Elefantenhaar umschloß. Auf meine Frage, was mit dem alten Armband geschehen sei, antwortete er: »Ich habe es verloren, glaube ich. Oder ich hab's weggeworfen.« Eine Zeitlang hatte Leander mir am Telefon von einer Frau erzählt, einer Malerin, die er eines Nachmittags vor der Sporthalle getroffen hatte und die er neben Simon in seinem Apartment und in seinem Leben unterzubringen suchte. Die Frau sei in ihn verliebt, sagte er. Sie war mit einem Immobilienbonzen verheiratet. Leonore hieß sie. Er war sehr darauf erpicht, sie mir vorzustellen. Ich wußte, daß Leander neben seinem Gelüst auf Streitigkeiten viel für Dreiecksverhältnisse, Komplikationen, jede Spielart des Ausgehaltenwerdens übrig hat. Aber beim Blick auf das Armband dachte ich an Simon und sagte mir, Leonore geht ja mächtig ran.

Es war so langweilig, weißt du, so leiernd und ewig dasselbe wie ein Walzer, wie eine dieser Country- und Westernschnulzen im Walzertakt. Es war so absolut grauenhaft wie ein Roséwein.

Sag mal, wieso mußtest du unbedingt vor mir aus einer Nebenstraße herausbiegen, wo doch weit und breit keine Autos hinter mir waren und du ohnehin langsamer fahren wolltest als ich?

Es war in der Stadt, am frühen Abend. Der Fernseher lief. Wir sahen das *Spiel der Jungvermählten.* Der Moderator hatte die Teilnehmerin, eine junge Ehefrau aus Virginia, gefragt, Welches Amphibium ist Ihrem Mann am meisten verhaßt? »Am meisten verhaßt –«, kam breit und gelassen und ohne Zögern die Antwort. »Ach, ich schätze, das dürfte das Saxophon sein.«

Er wußte, daß sie ihn verlassen hatte, als sie wieder zu rauchen anfing.
Fängt es da an?
Ich weiß nicht. Wo es anfängt, weiß ich nicht. Jetzt ist es da, wo ich bin.
Ich weiß, wo du bist. Du bist hier. Sie hatte ihn also verlassen?
Vor Jahren hatte er einmal geraucht, aber als sie sich kennenlernten, nicht mehr. Also hat sie auch damit aufgehört, wie man es eben tut, wenn man verliebt ist. Mit dem Rauchen anfangen oder es aufgeben oder die Zigarettenmarke wechseln. Wie man es eben tut, um wenigstens darin mit dem anderen eins zu sein. Erst lange danach fing sie wieder zu rauchen an.
Also hat er gewußt, daß sie ihn verlassen hatte?
Gewußt nicht, verlassen nicht. Nicht sofort, oder bloß zu Anfang.
Warum fängst du dann nicht mit zu Anfang an?
Hör mal, man kann mit zu Anfang beginnen, oder mit es sieht so aus oder mit es war einmal.
Oder in der Stadt P.
Oder in der Stadt P. Im Regen. Aber ich nicht. Auf so etwas verstehe ich mich nicht.
Na gut, du mußt diese Dinge eben erst klären, verstehst du, in Gedanken aufarbeiten, bevor du sie niederschreibst.
Von dem Augenblick an, da sie wußte, daß sie ihn verlassen würde, begann sie alt auszusehen. Es war ein plötzliches Erlöschen um sie, wie bei einem Trauerfall oder bei einer Krankheit, was es in gewisser Weise ja auch war. Er. Sie beide. So versteh doch, ich würde ja kurz anfangen, wenn ich es könnte, mit etwas Kürzerem. Mit der Geschichte von dem Jungen zum Beispiel, der nicht blinden Alarm schlug. Nur daß wir zwangsläufig von der Geschichte keinen Begriff haben können, weil der Junge natürlich schon tot ist.

Der andere, der blinden Alarm schlug, doch auch.
Zugegeben, aber der hat länger überlebt.
Wahrscheinlich. Das stimmt vermutlich. Er wußte, daß sie ihn verlassen würde, als sie wieder zu rauchen anfing.
Man kann sich auf die unausgesprochenen Dinge auch zu sehr verlassen, Liebster. Und auf das vielsagende Lächeln. Das beherrsche ich selbst, und auch das Schweigen habe ich gelernt im Lauf der Zeit. Genau wie deine Ausdrücke, so wie Keinen Begriff oder Zwangsläufig. Aber wenn alles unausgesprochen bleibt, dann kommt der Punkt, daß man eines Morgens aufwacht, oder nein, es ist eher wie eines Spätnachmittags, und es ist nicht mehr bloß unausgesprochen, sondern weg. Nichts weiter. Einfach weg. Ich erinnere mich an dieses Wort, jenen Blick, jene kleine Veränderung der Stimme, nach all der Zeit noch. An ihnen habe ich festgehalten, ihnen habe ich vertraut, ich konnte sie lesen wie eine Rune. Gleichsam als ein Zeichen, daß es ein Haus gab, eine Unterkunft, eine zivilisierte Welt, wo wir uns befanden. Ich blicke zurück und denke, da war bloß ich, ich ganz allein. Damit beschäftigt, Fitzelchen und Hinweise zusammenzutragen. Wie eine alte Jungfer, die früher einmal tatsächlich einen jungen Mann gekannt hat und sich seither einbildet, sie hätte einen Verlobten im Krieg verloren. Oder wie ein alter Mann, der vor langer Zeit ein paar Monate in Uniform an irgendeinem Außenposten fernab von jedem Frontstaat gedient hat, sich daran erinnert, wie Kameraden, die er niemals hatte, an seiner Seite in Schlachten fielen, an denen er nie teilnahm.
He, Moment mal.
Also gut. Es gab natürlich auch eine Außenwelt.
Ich war dabei damals, an einem Sommertag in den Siebzigern in Montgomery, Alabama, als der Justizminister der Vereinigten Staaten, selbst ein Südstaatler, eine Rede hielt im Rahmen einer Feierstunde, bei der ein Bundesbezirksrich-

ter, der seit über zwanzig Jahren mit Mut und Menschlichkeit und in weitgehender Isolation beim Gericht erster Instanz gearbeitet hatte, ins zweithöchste Berufungsgericht aufrückte. Wie das Bundesbezirksgericht unter dem Bezirksrichter hatte auch das Berufungsgericht großartige Arbeit geleistet, war fair, ehrbar, unzweideutig und mutig in seinem Urteil gewesen. Der Justizminister hatte ihm selbst mehrere Jahre angehört – relativ häufig allerdings dessen Urteil nicht zugestimmt. Aber nun, in den späten siebziger Jahren, war er als Justizminister zugegen, der Alte Nuschler, wie ihn die Frau eines der prominentesten Bezirksrichter immer etwas unvorsichtig und nur in seiner Abwesenheit genannt hatte, hier war er denn also in der Funktion des Justizministers der Vereinigten Staaten zugegen und hielt eine Rede anläßlich der Amtseinführung eines ausgezeichneten Bezirksrichters bei einem ausgezeichneten Berufungsgericht auf oberster Landesebene. Er kam auf den Ku Klux Klan zu sprechen. Er erwähnte ihn mehrfach, den Klan. Und jedesmal kam er auf dessen Anhängerschaft zu sprechen, auf die Mitglieder des Klans, er nannte sie: Clamleute. Kein Zweifel, so sprach er das Wort aus. Clamleute. Das warf kein schlechtes Licht auf den Justizminister. Zugegeben, die Richtersgattin hatte nie sehr viel von seiner Aussprache gehalten. Zugegeben, bei den wichtigsten Entscheidungen des Gerichts hatte er soundso oft dagegen gestimmt. Aber seither waren Jahre vergangen. Er hatte es zu gewandter Rede gebracht und wußte Ehre einzulegen. Und diese Geschichte mit den Clamleuten, nun gut, vielleicht waren da wirklich Muscheln, Mollusken, Zweischaler im Spiel. Vielleicht auch Krustentiere. Ich erinnere mich an eine junge Radikale, die in den sechziger Jahren ihre Zimmergenossinnen als Weichtiere des Imperialismus beschimpfte.

Allein. Welch seltsame Verfremdung des Endlich allein das ist. Geht doch das Endlich allein für jeden Helden eines romantischen Schauerromans, jeden Schurken eines Melodrams traditionsgemäß von einer Zweierbesetzung aus.
Du weißt doch, daß mir neunmalkluge Bemerkungen verhaßt sind.
Mir auch.

Anfang der achtziger Jahre reichte Viola Teagarden eines Morgens vor einem Gericht des Staates New York Klage gegen Claudia Denneny wegen Beleidigung ein. Außerdem waren noch ein staatlicher Fernsehsender und der Moderator einer Talk Show als Beklagte genannt. Viola Teagardens Anwalt Ezra Paris war zeit seines Lebens immer ein Verfechter der bürgerlichen Freiheit gewesen; bei jedem bisher geführten Prozeß hatte er für das Recht auf freie Meinungsäußerung in Wort, Druck und Bild Partei ergriffen. Er war in großer Verlegenheit wegen des Falls *Teagarden gegen Denneny et al.*, der, wie er wohl wußte, jeder rechtlichen Grundlage entbehrte. Er rechtfertigte die Sache vor sich selbst, indem er sich darauf berief, was Viola ihm eingeredet hatte: daß sie betrübt, verletzt, zu bemitleiden, außer sich vor Erregung sei. Außerdem war er der Meinung, daß er ihr in puncto Freundschaft etwas schuldig sei. Ihr neuestes Buch war ihm gewidmet. Aber der Boden seines Wirkens war bislang immer der Erste Zusatzartikel zur amerikanischen Verfassung gewesen, und er dachte lieber nicht darüber nach, wer für seine recht erklecklichen Anwaltshonorare aufkam: Martin Pix nämlich, ein junger, ungeheuer reicher, vage linksgerichteter Medienchef, der kurz zuvor mitsamt Yacht und Vermögen in Violas engsten Kreis aufgenommen worden war. Wie mir erst allmählich bewußt wurde, zählte dieser Kreis seinerzeit zu den wichtigsten Erscheinungen des kulturellen Lebens.

Hör mal, nein wirklich, jetzt hör mal. Von all den Dingen, die sie aus Feingefühl für sich behielt, hat er nie etwas gewußt.
Aber darum geht es doch gerade. Ich meine, es gehört wohl schwerlich viel Feingefühl dazu, Dinge für sich zu behalten, wenn er ohnehin schon von ihnen weiß.

Es war, als wäre er unter dem Zeichen des Zweifels geboren, er, der Zensor, der Lacher, wenn es um ernste Dinge ging, der einzige Nichtlacher im Publikum des Komödianten, der beredte Warner vor Orten, die keine Gefahr bergen, der einsilbige Wegweiser zu einem Ort, den keiner je unbeschadet passierte. Die Hemmung war dem Impuls nie mehr als einen halben Schritt hinterdrein. In den Huf des Araberhengstes Denken, Mitteilen oder Fühlen verkrallt waren immer schon die Fänge der Frage: Ist das in allen Stücken wahr? Der geringste Schaden war noch die Vergeudung von Energie und Konzentration, weil man immer doppelt sicher sein mußte, weil man die Augenblicke, in denen sich große Möglichkeiten auftaten, verstreichen ließ, kaum jemals handelte, weil alles immer ein wenig untertrieben oder im Übermaß bewiesen werden mußte.
Halt, halt. Halt, halt. Kannst du nicht einerseits das Überbordende, allzuweit Ausholende vermeiden, andererseits aber auch die dürre Ausforschung dieser letztlich grenzenlosen Wüstenei der Verlassenheit, die man Feld Eins nennt?
Was soll das, bist du so eine Art bestellter Buhrufer?

Manchmal liebte er sie, manchmal war er nur belustigt oder gerührt über das Maß, in dem sie ihn liebte. Manchmal langweilte ihn ihre Liebe und wurde ihm zur Last. Manchmal wurde sein Selbstgefühl durch ihre Liebe gesteigert, manchmal gedämpft. Aber das Ausmaß ihrer Liebe war ihm zur Selbstverständlichkeit geworden, und darum hatte er das

Interesse an ihr verloren. Mag sein, daß sie ihm diese Gewißheit zu früh gegeben hatte und nicht nur aus reiner Zuneigung. Schließlich kommen uns Liebe und Verzweiflung alle paar Tage, Monate oder Minuten gradweise abhanden. Aus Rücksichtnahme also und auch um der – um der längeren Phrasierung willen, hielt sie die Fassade stets gleichbleibend aufrecht, unbeeinflußt von den jeweiligen Nuancen des Mögens oder Nichtmögens. Manchmal mißtraute er ihr, aber sein Mißtrauen richtete sich gegen das Falsche. Er hielt sie für leichtfertig im Umgang mit der Wahrheit und keinem Gesetz verpflichtet. Und sie, die sonst in keiner Beziehung unehrlich, vielmehr durchaus integer war in seinem und in anderem Sinne, war unaufrichtig vielleicht in dem einen: daß sie, um nicht Gefahr zu laufen, ihn zu verlieren, oder aus welchen Gründen auch immer, gewisse wesentliche Facetten ihres Wesens vor ihm verheimlichte, oder nein, nur nicht darauf bestand, daß er sie erkenne. Sie spielte ihm vor, obgleich ihr dies Vorspielen mit der ihr eigentümlichen nervösen Energie nicht immer glückte, daß sie zufriedener sei, als sie war, daß ihre Liebe zu ihm stetiger sei, als es die Grenzen, die er ihr steckte, möglich machten.

Und dann kam er einmal spätabends betrunken zu mir, er hatte seinen Hund dabei und war mit der Taschenlampe zu Fuß unterwegs. Wir gaben dem Hund Wasser, und dann fuhr ich ihn nach Hause. Das hat sich an mehreren Abenden im Lauf der Jahre wiederholt. Meist hörte ich Schritte draußen auf dem Weg und das Metallhalsband des Hundes.

Sie würde ihn verlassen, dachte sie, und zwar an oder kurz vor ihrem fünfunddreißigsten Hochzeitstag. Oder vielmehr seinem.

Gespielt hat er Bartók, Bartók und Telemann. Aber was ihn rühren konnte, waren Schlager wie ›Wasting away again in Margaritaville‹. Und aufmunternd fand er eine Saison lang

›I've Got a Pair of Brand New Roller Skates, You've Got a Brand New Key‹.

Als wir gerade ein Jahr in Cambridge an der Universität waren, verkündete Maggie, eine Freundin vom College, sie wolle es sein lassen, woanders hinziehen, woanders weitermachen. Ich fragte, warum. Schließlich und endlich, Maggie, sagte ich, ist das hier Harvard, Cambridge. Es ist doch erst ein Jahr, daß wir da sind, erst zwei Semester. Warum also? »Weißt du«, meinte sie, »*die* Karte habe ich jetzt ausgespielt.«
Das ist die ganze Hand, soweit ich weiß, natürlich nicht voll ausgespielt. Aber immerhin Bridge, Bakkarat, Pärchen-Patience, Vingt-et-un, Sechsundsechzig, Cœur, Witwen-Pinochle, Canasta. Selbstverständlich auch Poker. *Die* Karte habe ich ausgespielt.

Was soll man den Sanger-Leuten denn erzählen? fragte Lily. Damals waren die einzigen, die für die körperliche Liebe zu haben waren: an den Colleges einsame junge Frauen mit strähnigen Haaren aus linksliberalem städtischem Elternhaus; an der höheren Schule hübsche Mädchen, die ein Kind bekamen und geheiratet wurden; in der Erwachsenenwelt Frauen, die in ihrem Beruf – im Büro, in der Schule, am Theater, im Verlagsgeschäft, in der Kunst – nicht zum Zuge kamen. Die Männer, die mit den linksliberalen College-Studentinnen schliefen, waren entweder Medizinstudenten, die sie verachteten und sie vergaßen, oder Aufschneider, die sich damit brüsteten, ganz andere Mädchen erobert zu haben. Die Jungen, die mit den Oberschülerinnen schliefen, waren Football-Stars, die sich als Familienväter etablierten. Die Männer, die in der Welt der Erwachsenen mit Frauen schliefen, waren verheiratet. Die meisten unehelichen Kinder wurden in jenen Tagen in Drive-in-Kinos gezeugt oder in Autos, die auf Landstraßen in der Nähe von Stauseen oder an anderen stillen Plätzchen geparkt waren. Die Pille war für die Veränderung dieses Verhaltensmusters wahrscheinlich weniger ausschlaggebend als die Tatsache, daß sich nicht nur in Sportwagen, sondern in allen Autotypen der Liegesitz einbürgerte. Vielleicht führten Homosexuelle damals ein Liebesleben, aber in jenen Jahren war man beinahe generell der Überzeugung, Homosexuelle gäbe es auf der ganzen Welt überhaupt nur fünf oder höchstens neun. Vielleicht hat es auch körperliche Liebe unter Geschwistern gegeben, aber das wäre nicht weiter bekanntgeworden. Was die verheirateten Paare anbelangte, schien sich unter ihnen schon sehr bald eine gewisse Bitterkeit einzustellen. Was ich damit sagen will, ist, daß es unter den jungen Leuten damals kaum Geschlechtsverkehr gab.

Wenn Sie einmal heiraten, sagte der große spanische Gelehrte eines Spätnachmittags im Frühling vor seinem Seminar, dann achten Sie darauf, daß Ihrer beider Leben sich so weit unterscheiden, daß Sie sich abends noch etwas zu erzählen haben.
Vielleicht hatte er es satt, immer etwas erzählt zu bekommen. Machen wir eben einen Scherz daraus oder vielleicht ein Epigramm. Aber nicht jedesmal, zum Teufel, nicht jedes einzelne Mal.

Hier ein Beispiel dafür, was uns in der damaligen Zeit an einem größeren College mit ernstzunehmender feministischer Tradition wie eine äußerst gewagte Geschichte mit vielsagendem Ausgang vorkam. Die beiden Professoren waren zur Legende geworden: Dr. Vickers und Miss Collins. Sie hatten sich damals, Anfang der zwanziger Jahre, geweigert zu heiraten, als die College-Präsidentin darauf bestanden hatte. Sie waren überzeugte Anarchisten gewesen, hatten in einem kleinen Landhaus einige Meilen außerhalb des

Universitätsgeländes zusammengelebt. Anarchisten mit Grundsätzen. Anarchisten mit Anstellung auf Lebenszeit. Anarchisten, die einander liebten. Es war nicht sicher, ob die Präsidentin oder selbst der gesamte Lehrkörper befugt war, sie zu entlassen. Es ging hier um einschneidende Dinge: um die Traditionen der wissenschaftlichen Gemeinschaft und deren Unabhängigkeit; um die Traditionen des *in loco parentis* und der Mittelschicht. Im zweiten Herbst dieses totgeschwiegenen Skandals fuhr die Präsidentin eines Abends in ihrem Packard zu dem Landhaus hinaus. Als frühe Verfechterin der Frauenrechte und zeitlebens verschrobene Junggesellin sprach sie die beiden mit Vornamen an. Rufus, sagte sie, Amanda, so geht es nicht weiter. Gewisse Normen müssen gewahrt bleiben. Sie bat sie, doch um Gottes willen, um ihretwillen, um ihrer aller willen zu heiraten. Dr. Vickers bat sie, Platz zu nehmen, und eröffnete ihr, daß sie bereits seit vergangenem Mai verheiratet seien. Darauf stießen die drei alten Freunde mit Sherry an und betranken sich gemeinsam. Doch für den Rest aller Zeiten, von den zwanziger Jahren an, war das Ehepaar, beide aus dem Fach Geschichte, nur als Dr. Vickers und Miss Collins bekannt, und man behandelte sie wie Unverheiratete, ganz so, als ob ihre Wohlanständigkeit ein peinliches Geheimnis und ihre jahrelange Sturheit ein Anlaß zu Stolz wäre.

An einem Morgen Ende der fünfziger Jahre erschien Bonnie Stone, eine akademisch und gesellschaftlich ambitionierte Studentin aus New York in ihrem letzten Studienjahr, die häufig verschlief oder sich den Magen verrenkte oder sich im Stil ihrer Kleidung vergriff, sich im Ernstfall aber auf einen gewissen koketten Charme verließ, verspätet zu einem Termin bei Dr. Vickers. Genauer gesagt, es sah so aus, als hätte sie ihren Termin völlig verpaßt. Sie standen, es war Nachmittag, in dem Bibliotheksgang vor seinem Büro. Bonnie erging sich in lauten, wortreichen, umständlichen

Erklärungen, mit einem Gesichtsausdruck von vielleicht etwas übertriebener Zerknirschung. »Seien Sie unbesorgt, mein Goldkind«, sagte der alte Professor schließlich. »Ich bin schon von hübscheren Hasen als Ihnen versetzt worden.« Abgesehen von der spekulativen Bemerkung eines Dozenten, ohne feste Anstellung, über die Beziehung von Byron zu seiner Schwester – einer Bemerkung, die in ihrer Unbekümmertheit und Obszönität derart gewagt war, daß keine der darüber kursierenden Versionen im Wortlaut übereinstimmten –, abgesehen von dieser Bemerkung also waren die Sätze – »Seien Sie unbesorgt. Ich bin schon von hübscheren Hasen als Ihnen versetzt worden.« – das Schokkierendste, was uns in diesem akademischen Rahmen je zu Ohren gekommen war.

Die Welt ist alles, was der Fall ist.
Und zweitens darum.
Habe ich, ohne es zu wollen, vielleicht das Wichtigste von allem weggeworfen?

Daß ich ihn schon verloren habe, weiß ich daher: Jake sitzt am Steuer. Ich bin mitten in einem Satz oder mitten in einer Anekdote oder halbwegs mit einer Frage heraus. Obwohl es gerade weder die volle noch die halbe Stunde ist, schaltet er die Nachrichten im Radio ein. Da weiß ich, daß ich ihn verloren habe, weil es so ist. Und doch hatte mich Jake um fünf Uhr früh bei Kälte und Schnee abgeholt, um den weiten Weg in die Stadt mit mir zu fahren. Der Verkehr war spärlich. Es war noch dunkel. Während das Radio lief, begann er zu reden. Er deutete auf eine Stelle, wo er, wie er nun sagte, auf dem Weg zu meinem Haus zwei Rehe gesehen hatte. Mehr sagte er nicht. Ein paar Tage später gingen wir abends zu einer Party außerhalb, etwa eine Stunde Fahrzeit von unserer Stadt. Jake und seine Frau hatten mich abgeholt, um mich in ihrem Wagen mitzunehmen. Seine Idee. Ich habe selbst ein Auto. Spätnachts auf der Rückfahrt sagte er: »Stell dir vor, Schatz, genau hier habe ich mitten in diesem schrecklichen Schneesturm zwei Rehe gesehen.« Darauf trat Schweigen ein. Ich dachte, Schatz nennt er sie also. Ich konnte mir nicht vorstellen, was seine Frau wohl dachte oder warum sie nichts sagte oder warum mir das Schweigen so anhaltend und lastend vorkam. Seine Rede war eindeutig nicht an mich gerichtet gewesen. Er hatte mir doch schon von den Rehen erzählt. Und er hat mich noch nie anders als Kate genannt. Dann ging mir ein Licht auf. Er hatte es auch seiner Frau schon erzählt und vergessen, daß er es ihr erzählt hatte. Sie muß gemeint haben, daß er mir zum ersten Mal davon erzähle und daß, was auch immer dieses ›Schatz‹ zwischen ihnen für eine Bedeutung angenommen haben mochte, er nun mich so anrede. Ich konnte mich natürlich auch irren. Sie hatte womöglich nicht einmal zugehört, oder vielleicht gab sie zu dieser späten Stunde nie eine Antwort. So saßen wir jedenfalls beide da, in unserem Schweigen verbunden. Und da saß er, ein wenig angeheitert, nichtsahnend, glaube ich, und vergnügt, während er uns durch die Dunkelheit fuhr.

Weinen war nicht, war ganz und gar nicht, ihr Modus operandi. Und dennoch weinte sie.
Im sechsten Jahr fuhr ich allein nach New Orleans.
Woher hätte ich wissen sollen, daß du jedesmal, wenn du die Wahl hattest, das andere wählen würdest?

Und nun die Sache mit dem Tierschutzbeauftragten. Und dem Hausgast, einem Tier. Henry James hätte gewußt, was er mit ihm anstellen sollte. Flannery O'Connor wäre auf ihre Weise auf das Tier eingegangen. Natursymbolisten aus Neu-England hätten ihm abgerungen, was immer sich der

Geburt ihrer bedeutungsschweren Fohlen in dunkler Stunde oder den symbolträchtigen Übergriffen von Autobahnen auf heimischen Wiesengrund an Tiefsinn abringen läßt. Joseph Conrad hätte in ihm vielleicht einen Mann vermutet. Aber es war kein Mann, dieses Wesen, mit dem mir ein Mißverständnis passierte. Eines Spätnachmittags im Winter verirrte es sich in das kleine Zimmer, kaum größer als eine Abstellkammer, wo in der alten Scheune, die ich damals bewohnte, der Ofen untergebracht war. Das Wetter war trüb, vereinzelte Schneeflocken fielen. Es war sehr kalt. Ich saß in einem abgewetzten Lehnstuhl und las. Ich fühlte mich beobachtet. Als ich aufblickte, sah ich das Tier mit seinen feingliedrigen Pfoten, dem scharf gezeichneten Gesicht und dem aufgestellten, buschigen langen Schweif, es saß auf den Hinterbacken und starrte mich von seinem Platz neben dem Ofen durch die offene Tür unverwandt an. Im nächsten Augenblick war das Tier verschwunden. Ich dachte, ich hätte mir das Ganze vielleicht nur eingebildet. Nach einer Weile ging ich nachsehen. Ich fand etwas rötliche Wolle in dem schmalen Spalt zwischen Verkleidung und Wand. Ich hatte eine kleine Birne angeknipst, die von der Decke hing. Ich ließ sie brennen, dann schloß und, zu meiner eigenen Überraschung und mit einem halben Lächeln, verriegelte ich die Tür zwischen diesem Zimmer und dem meinen. Ich konnte erst sehr spät einschlafen.

Im Winter ging ich, da ich nicht immer die großen Flügel des Scheunentors zurückschieben wollte, durch die Hintertür der kleinen Ofenkammer ein und aus. Als ich am nächsten Morgen, sehr früh schon, hinausging, war das Tier nicht da. Ich war mir nicht sicher, was für ein Tier es war. Ich war mir noch immer nicht ganz sicher, ob ich es wirklich gesehen hatte. Die Glühbirne schaltete ich nicht aus. Ich verbrachte den größten Teil des Tages in der Stadt. Als ich nach Hause kam, lange nach Einbruch der Dunkelheit, schneite es, und es war wieder da – diesmal saß es direkt auf dem Ofen, in sich zusammengesunken gegen das Ofenrohr gelehnt, den Kopf gesenkt, mit großen, dunkel umrandeten Augen blinkend, leicht schwankend, bildete ich mir ein, wie ein Betrunkener. Es entschwand durch sein Schlupfloch, kaum daß es mich wahrgenommen hatte. Aber weil es in den folgenden Tagen von Abend zu Abend länger blieb und weniger überstürzt das Weite suchte; weil es nachts fast immer zurückkam und die ganze Nacht bis zum Morgen gegen das Ofenrohr gelehnt auf der Ofenplatte kauerte; weil es manchmal, wenn auch nicht oft, das Wasser anrührte, das ich ihm in einer kleinen Schale neben den Ofen gestellt hatte; und weil es doch schließlich ein wildes Tier war, das von Mal zu Mal fügsamer wurde, kam es zu dem Mißverständnis zwischen uns. Ich glaubte, es sei im Begriff, Zutrauen zu mir zu fassen, während es in Wirklichkeit im Begriff war zu sterben. Das sind wir freilich alle. Aber normalerweise verwechseln wir Anzeichen fortschreitender Schwäche, das Abhandenkommen der bloßen Fähigkeit zur Flucht, nicht mit dem Aufkeimen von Liebe.

Und der Virtuose und die immergrüne Pachysandra und die schreckliche Nacht, in der Eva tanzte?
An dieser Stelle besser nicht, glaube ich. Nicht jetzt.

Ich glaubte, es sei im Begriff, Zutrauen zu mir zu fassen, während es in Wirklichkeit im Begriff war zu sterben. Ich hatte kaum etwas davon bemerkt bis zu dem einen Abend, als, wie es nun schon Gewohnheit war, das Licht im Ofenzimmer brannte, die Tür zu meinem Zimmer offenstand und ich wieder in dem besagten Sessel saß und las. Es mag vielleicht das dritte Mal gewesen sein, daß ich hochblickte, als das Tier, das bis dahin in sich zusammengesunken, vor sich hinstarrend, blinkend am Ofenrohr gelehnt hatte, allem

Anschein nach versuchte, vom Ofen auf den Boden hinunterzuklettern. Ich meinte zunächst, es versuche die Wasserschale zu erreichen, oder aber es wolle, erschreckt durch mein Aufblicken, durch den Spalt zwischen Isolierung und Wand ins Freie schlüpfen. Doch als es sitzen blieb, Kopf und Vorderpfoten langsam, in einem tastenden Versuch nach dem Boden reckend, mit den Hinterbacken, dem größten Teil seines Gewichts aber noch immer auf dem Ofen; als es so aussah, als wirkte auf ihn die Schwerkraft quasi in umgekehrter Richtung und als beanspruchte das bloße Hinunterkommen all seine Kräfte, als wäre es für ihn gleichsam ein Anstieg zu steil zum Erklimmen geworden, da tat ich ein paar Schritte auf ihn zu, für den Augenblick nur in der Absicht, ihn auf den Boden hinunterzuheben. Er sah mich an. Da überlegte ich es mir anders. Ich ging leise zum Telefonbuch und dann ans Telefon. Als ich fertig gewählt hatte, meldete sich eine sehr junge Stimme. »Kann ich Dr. Rubin sprechen?« fragte ich, wobei ich Ed meinte, der schon seit meinen Kindergartentagen alle unsere Hunde und Katzen behandelt hatte; Ed, der die Hände über dem Kopf zusammengeschlagen und gerufen hatte: »Oi weh geschrien, oi weh geschrien«, als meine Mutter ihm Shaggy brachte, unseren prächtigen Hund von unbestimmter Rasse, den ein zu schnell fahrender Lieferwagen erfaßt hatte; Ed Rubin, der uns bei Bayard, unserer immer schon begriffsstutzigen, ängstlichen, nun aber altersschwachen dänischen Dogge, bleiben ließ, als er dem Hund die Spritze gab, die ihn sanft einschläferte; Ed Rubin, den ich zuletzt mit seiner Frau Dottie gesehen hatte, die immer so lustvoll im Chor mitsang, nicht nur in der örtlichen Synagoge, sondern auch in verschiedenen anderen Kirchengemeinden, wie sie blinzelnd aufblickten, als nach einem unglaublichen französischen Film in New York die Lichter wieder angingen. »Sie sprechen mit Dr. Rubin«, antwortete die junge Stimme.

»Wayne, hier ist Kate Ennis«, sagte ich. Ich hatte Wayne Rubin Geschichten vorgelesen, als er fünf Jahre alt war. »Ich wohne in einer Scheune an der King Street. Ich habe hier einen Waschbären, und ich glaube, er ist krank. Könntest du herkommen? Er versucht gerade, sich von meinem Ofen auf den Boden herunterzulassen, und er schafft es offenbar nicht. Ich werde jetzt wohl versuchen, ihn herunterzuheben.«

»Rühr ihn ja nicht an«, sagte Wayne. »Geh nicht in seine Nähe. Seit Herbst haben wir eine Menge kranker Waschbären hier in der Gegend. Es ist die Staupe.«

»Aber was soll ich denn dann tun?«

»Rühr ihn nicht an, Kate. Komm ihm nicht nahe. Halt dich einfach von ihm fern, bis er stirbt. Wo, sagtest du, ist er jetzt?«

»Er ist hier bei mir in der Scheune. Auf dem Ofen. Er ist schon seit Tagen hier, um sich zu wärmen. Könntest du nicht einfach kurz vorbeischauen und ihn dir ansehen?«

»Unmöglich. Heute abend nicht, Kate. Aber ich will dir sagen, was du tun kannst. Ruf den Tierschutzbeauftragten an. Der hilft dir weiter.«

»Kommt der denn ins Haus?«

»Ja, natürlich. Dazu ist er doch da. Schau im Telefonbuch nach. Unter Gemeindeverwaltung von Red Hill. Tierschutzbeauftragter.«

»Danke. Wie geht's deinem Vater, Wayne?«

»Gut. Er und Mutter sind bis März in Fort Lauderdale.«

»Ach ja. Also dann, ich danke dir.«

»Alles klar. Und noch einmal, Kate, einem Tier, das Staupe hat, darf man nicht nahekommen. Auch keinem anderen kranken Wildtier. Das weißt du doch.«

Ich wußte es.

Etwa eine Stunde nach meinem Anruf kam ein alter verbeulter Lieferwagen in die Auffahrt gebogen. Ich wartete schon vor der Tür, teils aus Ungeduld, teils weil die Scheune nicht leicht zu finden war, zum Teil auch, um nicht mehr dastehen und das mittlerweile eindeutig fiebernde und erschöpfte Tier ansehen zu müssen, das es auf irgendeine Weise fertiggebracht hatte, sich mit dem ganzen Körper wieder auf den Ofen hochzuziehen, und nun, gegen das Ofenrohr gelehnt, in unsicherem Gleichgewicht auf den Hinterbacken saß und blinkte. Es war ein sehr kalter Abend, windig. Ein grauhaariger alter Mann in geflickter Wolljacke, auf dem Kopf eine alte Mütze mit Ohrenklappen, kletterte umständlich aus dem Gefährt. Auf der Beifahrerseite kam ebenso langsam und in ähnlicher Ausstaffierung ein etwa zehnjähriger Junge herausgeklettert. Ich sagte, Guten Tag, ich bin Kate Ennis. »Na denn, Ma'am, ich bin der Tierschutzbeauftragte. Und das ist mein Enkelsohn.« Ich erwähnte die fortgeschrittene Abendstunde. »Schon gut, Ma'am. Die Familie war eben am Fernsehen, aber das ist schließlich mein Job. Und der Junge kommt gerne mit. Das haben wir gleich bestens für Sie erledigt.« Der Mann wühlte eine Weile hinten auf der Ladefläche seines Lieferwagens herum und förderte einen großen verbogenen Käfig aus Stacheldraht und Holz zutage, dazu eine lange Holzstange mit einer Lederschlaufe an einem Ende. Den Käfig reichte er dem Jungen, die Stange behielt er selbst in der Hand.

»Also, Ma'am« sagte er, »wo ist er?«

»Er ist drinnen. Auf dem Ofen. Ich weiß nicht so recht. Was haben Sie eigentlich genau mit ihm vor?« Im Gesicht des Mannes glomm etwas auf: Eine von denen. Zum ersten Mal schaute er mich direkt an, von Kopf bis Fuß, dann ein rascher Blick in meine Augen.

»Wieso, Ma'am, wir nehmen Ihnen das Tier bloß ab«, sagte er.

Der Junge ging schon auf die Scheune zu. Ich machte ihnen die Tür auf. Wir näherten uns dem Ofen. Der Junge trat einen Schritt vor, ging in die Hocke, gab dann einen Laut wie ein Brummen von sich und schob eine Seitenwand des Käfigs hoch. Der Waschbär saß bloß da, zitterte, starrte unverwandt.

»Schauen Sie, die Hinterbacken«, sagte der Junge. »Gelähmt.«

Der alte Mann, der im Türrahmen stand, sagte nichts, atmete nur pfeifend, dann senkte er, keineswegs besonders schnell, seine Stange, warf dem Waschbären die Schlinge über den Kopf, zog das Tier am Hals hoch und ließ es, nachdem es eine Weile in der Luft gebaumelt hatte, in den Käfig des Jungen plumpsen. Der schob krachend die Käfigtür zu. Der Waschbär drehte sich um, starrte hinaus. »Er ist sehr krank, Ma'am, hat sich nicht mal gewehrt. Tun sie nämlich meistens«, sagte der Alte. Der Junge stand, immer noch brummend, mit ausdruckslosem Gesicht da. »Muß ihm Penicillin geben. Das ist das beste für ihn«, fuhr der Mann fort.

»Hören Sie«, sagte ich. »Ich weiß doch, daß er stirbt. Meine Frage war, erschießen Sie ihn, oder bringen Sie ihn mit Gas um, oder lassen Sie ihn einfach in Ruhe sterben?«

»Aber nein, Ma'am«, sagte er, während er mich wieder von oben bis unten musterte, langsamer diesmal. »Penicillin. Dann sehe ich zu, daß er mir wieder frißt. Wenn ich sie bloß wieder zum Fressen bringen kann, dann weiß ich, daß ich sie hinkriege. Aber machen Sie sich keine Sorgen. Er wird schon human sterben.« Er lachte. Der Junge hörte auf zu brummen. Den Käfig im Arm, machte er sich auf den Weg zum Lieferwagen.

Draußen im Freien fragte ich den alten Mann, wieviel ich ihm schulde.

»Tja, Ma'am, ich arbeite für die Gemeinde«, sagte er. »Was Sie für angemessen halten.« Er steckte den Schein in seine Hemdtasche, unter die Jacke. Hinten auf dem Lieferwagen, neben ein paar Lumpen, einem Reifenschlauch, ein paar

Rohrstücken, sah der Waschbär aus seinem Käfig heraus. Der Junge saß still auf seinem Sitz. Der Alte stieg ein, dann fuhren sie davon.

Wer weiß, was sie mit ihm angestellt haben. Ihn mit einem Stein erschlagen wahrscheinlich. Außer Waschbärfelle hatten in ihrem Leben irgendeinen Wert, mehr Wert als Quälereien; in dem Fall würden sie wohl eher eine einzige Kugel an ihn verschwenden oder ihn verhungern lassen. Vielleicht geht es hier gar nicht um den Tierschutzbeauftragten. Vielleicht mehr um Verrat meinerseits. Oder, auf seiten des Tiers, um Vorwurf. Schließlich hat es mir in gewisser Weise vertraut oder war mir doch anvertraut. Ein kleines Stück Wegs haben wir in unserem Leben gemeinsam zurückgelegt; in der Zeit, als das Tier bei mir zu Gast war, hatte ich sogar, was ganz selten vorkommt, selbst ein paar Tage Fieber. Aber daß ich diesem Waschbären die letzten Augenblicke seines Lebens wahrscheinlich noch angsterfüllter und elender gemacht habe, ja, das war ein Fehler. Ich hätte ihn natürlich sterben lassen sollen, da oben auf dem Ofen. Ein Irrtum, eine Reihe von Mißverständnissen, erst der Liebe, dann des übertriebenen Pflichteifers, schließlich der Sprache. Ich hätte wissen müssen, ich hätte wirklich wissen müssen – aber woher hätte ich denn wissen sollen? –, was man darunter versteht, was er von Amts wegen zu tun hat, der Tierschutzbeauftragte in dieser Stadt.

Lange nachdem ich an die Gesellschaft Exodus London geschrieben hatte, erhielt ich Nachricht von Schierling Los Angeles.

Aber nun bin ich schließlich hier, am Ende allein auf Orcas Island.

Sei in deinem Viertel der erste, der – der was? Komm aus deiner Versenkung heraus. Werde bahnbrechend auf dem Gebiet der Medizin. Geh nach West Point. Verkauf dein

Haus an eine schwarze Familie. Schließ dich der Avantgarde an oder kehr ihr den Rücken.

Da wären einmal die Sünden des Schweigens. Aber auch die der Geschwätzigkeit und der glatten Worte. Dann gibt es die Sünden der Mäßigung und der Maßlosigkeit. Wir haben unsere sündigen Vielfraße und unsere sündigen Appetitlosen. Wir haben die Sünden des Vordrängens und die des Nach Ihnen, Alphonse. Die Sünden der Ungeduld und die der Geduld. Die Sünden des Nichtstuns und die des Handelns. Der Spontaneität und der Berechnung. Die der Unentschlossenheit und die des Richtens über unseresgleichen. Da sind wir auf der Hut vor Verfehlungen, und wenn wir keine entdecken, wissen wir, daß wir den Sünden der Kurzsichtigkeit oder aber der Selbstgefälligkeit erlegen sind. Wir kennen die Sünden des Ungehorsams und die Sünden der bloßen Befehlsausführung. Die der Schwerblütigkeit und die der Leichtfertigkeit, die der Selbstgerechtigkeit und der Angst, die der Gleichgültigkeit, der Besessenheit, der Anteilnahme. Wir wissen um die Sünden der Unaufrichtigkeit und um die des Aussprechens unerbetener Wahrheiten. Wir kennen die Sünden der Undankbarkeit für die vielfältigen Segnungen, die uns zuteil werden, und die des Glücksgefühls über einen beliebigen Augenblick unseres Lebens. Wir sündigen, wenn wir skeptisch sind, und wenn wir glauben. Wenn wir pünktlich sind, und wenn wir zu spät kommen. Wir begehen Sünden durch Hoffnungslosigkeit und durch die Erwartung von etwas. Dadurch, daß wir nicht an die hungernden Kinder in Indien denken, und dadurch, daß uns der Gedanke an diese Kinder nicht losläßt. Durch unsere mangelnde Einsicht, was noch ein Löffelchenvoll für die Lage dieser hungernden Kinder bedeuten könnte oder auch für Onkel Bill oder Oma oder den armen Joel oder für wen immer wir noch ein Löffelchen essen sollen. Wir sündigen, wenn wir niedergeschlagen sind, und wenn wir uns trösten lassen. Wenn wir nichts wissen, und wenn wir gut informiert sind. Wenn wir achtlos und wenn wir zu genau sind. Wenn wir führen, folgen, Widerstand leisten, uns heraushalten. Die wenigsten von uns, das darf man wohl sagen, stehen unter keinem moralischen Druck.

Ich werde darüber hinwegkommen.
Wirst du das wirklich?
Ja. Ich kann es nur nicht verstehen. Ich werde es wohl nie verstehen können. Wir haben so etwas wie den Blauen Engel gespielt, mit vertauschten Rollen. Nein, das ist es nicht, was ich meine. Trotzdem, da war nichts lustvoll Ausgelassenes, keinerlei Ausscheren aus dem geregelten Ablauf, rein gar nichts Ruhiges, Schönes, bei dem ich dir einen Augenblick, ein Wochenende oder eine Nacht lang hätte Gesellschaft leisten können. Du hast es nicht gewollt.
Doch.
Vielleicht fangen wir besser noch einmal von vorne an.

Wir hatten damals einen Außenminister, der immerfort Dummes Gewäsch sagte. Dummes Gewäsch, war seine Antwort auf das Gerücht, daß es Unstimmigkeiten zwischen seinem Stab und dem eines anderen Politikers gebe. Dummes Gewäsch, daß unter den Mitgliedern des auswärtigen Dienstes so etwas wie ein pro-arabisches Übergewicht bestehe. Dummes Gewäsch, daß wir zur Verteidigung irgendwelcher lebenswichtiger nationaler Interessen an irgendeinen Punkt der Welt Rüstungsgüter liefern würden. Unser damaliger Chefunterhändler bei den Abrüstungsverhandlungen vertrat die Ansicht, über Spannungen in der Welt lasse sich am besten in Begriffen aus der Affenwelt diskutieren. »Affen in der Tretmühle«, lautete sage und schreibe die Überschrift eines Artikels, den er in einer renommierten Zeitschrift über außenpolitische Fragen veröffentlichte. Er vertrat allen Ernstes die These, die Beziehung zwischen den Großmächten laufe letzten Endes und in der Quintessenz darauf hinaus, daß der Affe nachahmt, was er sieht. Dabei standen beide Staatsmänner in verschiedenen Ämtern schon lange im öffentlichen Leben. Beide waren Juristen und hatten bei ihrem Eintritt in die Regierung auf ein enormes privates Einkommen verzichtet. Mir schien es damals sehr verwunderlich – mag sein, daß irgendwelche Skrupel der Akademikerclique an der Ostküste oder rechtliche Bedenken dahintersteckten oder, da auch Ärzte und Krankenschwestern davon betroffen waren, eine Art hippokratischer Hemmung oder aber, da keiner im ganzen Land, ja in der ganzen Welt, anderer Auffassung zu sein schien, universelle Skrupel, vielleicht war es auch bloß ein Mangel an Phantasie –, jedenfalls schien es mir sehr verwunderlich, daß damals, in jenen frühen Jahren, offenbar keiner, kein Staatsmann und kein Diplomat, kein Arzt und keine Krankenschwester, weder Freund noch Feind, noch meinethalben die Ehefrau sich mit dem Gedanken trug, dem Schah bei Nacht auf einfache, sanfte Weise Sterbehilfe zu leisten.

Was soll man den Sanger-Leuten denn erzählen? fragte Lily. Du bist, nein, warst, die einzige Geschichte, weißt du, die in meinem Leben beinahe Wirklichkeit geworden wäre.
Hätte es ihn denn die Welt gekostet, in all den Jahren ein einziges Mal eine Woche mit ihr nach New Orleans zu fahren?

Schau, die Sonne ist eine Art von Bestechung, weißt du, wie auch ein schweres Gewitter oder ein Schneetreiben. Oder auch ein heraufdämmernder Morgen, aber ein Sonnenuntergang nicht, finde ich. Auch ein warmes Bad oder eine Dusche und ein tiefer Schlaf gehören dazu. Samt und son-

ders Bestechungen in dem Komplott, in dem sich alles verschworen hat, fortzubestehen.
Du hast die B-moll-Messe vergessen, Mozart, überhaupt alle Arten von Musik. Auch die Lust an hoher Geschwindigkeit, das hintergründig Komische, Essen und Trinken, das Glücken eines Vorhabens.
Nun, in allem steckt auch ein Stück Tod, weißt du.
Außerdem hast du die Liebe vergessen.
Ja, ja, ganz richtig.

»Du schuldest mir zehn Dollar, Leander Dworkin!« brüllte der blonde junge Mann spätabends, mitten auf dem Gehsteig am oberen Broadway. Im Sommer war das, Anfang der sechziger Jahre. Leander wollte nicht, daß irgendwer davon erfuhr, daß er schwul war, er glaubte, niemand außer den Männern, mit denen er schlief und die er immer heilige Eide auf ihr Stillschweigen schwören ließ, wisse davon. Wie sie ihn haßten, diese Männer in ihren schicken Wohnungen im Village oder an den Stränden von Fire Island, wegen seines Insistierens, wegen dieser speziellen Form der Scheinheiligkeit. Es traf sie tief, die Art und Weise, wie er sie am Morgen danach verleugnete. Doch Leander hielt daran fest und meinte, er könne es erzwingen, daß sie sein Geheimnis wahrten. Natürlich taten sie es nicht. Und so geschah es dann, an jenem Sommerabend vor beinahe zwanzig Jahren, daß er, weil er ungern Schulden beglich und sich mit Vorliebe aushalten ließ und weil er selbst Dreiecksbeziehungen durchaus schätzte, nach Mitternacht am oberen Broadway den Gehsteig förmlich entlangrannte und Simon, seinen Hauptgeliebten, wie Luft behandelte, Simon, den er schon damals in seinen Gefühlen tief verletzt hatte, indem er Howard, eine Bekanntschaft aus der Sporthalle, aufgefordert hatte, in ihre gemeinsame Wohnung zu ziehen, Simon, in dessen Schuld er aus mehr als einem Grund stand und der nun in der Dunkelheit neben ihm herrannte und brüllte, daß alle Welt es hören konnte: »Leander Dworkin, du schuldest mir zehn Dollar! Zehn Dollar, Leander Dworkin! Die bist du mir noch schuldig!«

Zu Homer möchte ich nur so viel sagen. Diese Stelle in der Odyssee, wo es um das Weben und Auftrennen und die Freier geht. Sie kann nicht stimmen, jedenfalls nicht so, wie sie da steht, und Homer hat, glaube ich, nie erwartet, daß wir sie ihm abnehmen. Daheim die treue Gattin mit ihrem Sohn, Telemachos. Immerfort webend. Und Odysseus unterwegs, im Kampf, all die Jahre hindurch. Im Kampf übrigens, um die Frau eines anderen, Helena, aus Troja zurückzuholen. Aber darum geht es mir nicht. Der springende Punkt ist, daß in all den Jahren, in denen Odysseus fort war, in denen er in der Ilias Krieg führte und in der Odyssee seine Irrfahrten und Abenteuer erlebte, seine Frau ihm zu Hause die Treue hielt. Und webte. Umlagert von Freiern zwar, aber diesen Umstand erklärt sie ja – oder jedenfalls tut Homer das an ihrer Statt – auf folgende Weise: daß sie die Freier abgewiesen, sie samt und sonders in Schach gehalten habe, indem sie bei Tageslicht ununterbrochen am Webstuhl gesessen und erklärt habe, sie müsse sich ihnen allen verweigern, bis ihre Arbeit, der Teppich, die Decke oder vielleicht auch der Wandbehang, dieses Webstück jedenfalls, fertiggestellt sei. Und dann will sie Nacht für Nacht heimlich wieder aufgetrennt haben, was sie bei Tag gewebt hatte. Schlechte Beobachter, diese Freier, eine Zeitlang. Unaufmerksam auch Telemachos, ein verstörtes Kind. Aus unserer entrückten Sicht läßt sich schwer sagen, ob hinter der ganzen Sache nichts weiter steckte als ein Komplott zwischen der Ehefrau und den Freiern mit dem Ziel, die Tatsache geheimzuhalten, daß sie mit einem von ihnen oder vielleicht auch mit allen geschlafen hatte. Fest steht lediglich, daß sie als treue Ehefrau für zwei schwer begreifliche Umstände eine Erklärung zu liefern hatte. Für die Anwesenheit der Freier im Haus und für die Tatsache, daß sie so außerordentlich wenig gewebt hatte. Von schlauer List wie immer hingerissen, nahm Odysseus ihr die Geschichte ab. Oder jedenfalls tat er so. Schließlich hat er die Freier dann ohnehin erschlagen. Aber daß seine Frau nachts nichts aufgetrennt hat und folglich tagsüber kaum etwas gewebt haben kann, so viel ist uns allemal klar, seit wir gelernt haben, nicht was Liebe, sondern was Berichterstattung ist, wie Gestalten des öffentlichen Lebens einzuschätzen sind und wieviel mehr, als man uns je zu erwarten gelehrt hat, in Wirklichkeit Lüge ist.

Was ich nicht hätte verlieren wollen, ist das Foto von ihm, das einzig gelungene. Was ich nicht hätte verlieren wollen, ist der Abholschein für meinen Regenmantel bei der Schusterwerkstätte. Was ich nicht hätte verlieren wollen, ist der Koffer mit den Briefen. Was ich nicht hätte verlieren wollen, ist die Zeit oder auch der Überblick über die verlorenen Dinge oder das Bewußtsein von all den Dingen, die nicht verlorengegangen sind. Doch von allem, was ich hatte, will oder wollte Jakes Frau, glaube ich, nie etwas. In dieser Hinsicht, denke ich, ist keinem von uns etwas verloren gegangen.

Was soll man den Sanger-Leuten denn erzählen? fragte Lily.

Ich möchte nur kurz erwähnen, was die Leute für ein Gesicht machen, wenn ihnen etwas im Vertrauen erzählt wird und sie sich dabei langweilen oder mit ihren Gedanken woanders sind oder die Sache schon einmal gehört haben. Erwähnen möchte ich auch eine vertrauliche Mitteilung, die schon lange zurückliegt, eine sehr intime Mitteilung, die, wie sich herausstellt, völlig falsch verstanden wurde.

Ein Ruderboot ohne Ruder. Ein Außenbordmotor. Wie man jahrelang, eine Ewigkeit, mit so einem Außenbordmotor verbringen kann und wieder und wieder, und immer noch einmal, an diesem Seil oder Kabel oder Draht oder ganz gleich, was es ist, ziehen und es immer noch einmal aufspulen kann, während der Motor zwar ein- oder zweimal hustet, aber jedes Mal, jedes einzelne Mal, den Start versagt, obwohl man doch, wenn und sobald der Motor startete, bei beliebiger Geschwindigkeit, begrenzt lediglich durch die Leistungskraft des Motors und die Risiken des Kurses, auf dem besten Weg wäre, ist man, *bis* er anspringt, auch beim fünfzehnten Versuch dem ursprünglichen Ziel noch nicht näher als beim ersten; das Unternehmen kann ewig dauern und doch nie richtig beginnen. Es scheint jedoch die Regel, daß, sofern nicht irgendein Ereignis dazwischenkommt, das in keinem erkennbaren Zusammenhang steht – ein Pistolenschuß, ein Herzanfall, ein Nachlassen des Interesses, ein Ruf vom Strand, daß das Abendessen fertig sei oder Besuch da sei oder der Kleine ausgerissen sei –, der Motor über kurz oder lang anspringt. Bis es allerdings soweit ist, läßt sich, obwohl man intensiv beschäftigt war, nur schwer erklären, was man die Zeit über gemacht hat.

Was soll man den Sanger-Leuten denn erzählen? fragte Lily damals, in jenen Jahren, an einem Spätnachmittag. Wir waren umfassend gebildet, gewiß. Wir hatten viel gelesen. Und es gab natürlich kein »wir«, außer rückblickend, da es nur ein Ich, allein, sein kann, das liest. Wir waren jedoch trotz allem nur unzulänglich informiert. Die Bücher, die in hohem Maße prägten, was aus uns werden sollte, waren, nun ja, gewiß, Beatrix Potter, *Little Women,* Dickens, Kriegs- und Trapperromane, Hundebücher von Albert Payson Terhune, Kipling; dann, ganz plötzlich, Gedichte, große Klassiker, einzelne oder alle, Dostojewski, Conrad, Melville.

Gelesen mit einem über unsere Welt hinausreichenden, doch nicht annähernd vollkommenen Verständnis. Hemingway, Salinger, Fitzgerald; und schließlich, sonderbarerweise und in mancher Hinsicht gar an vordringlicher Stelle, John O'Hara. Wie hätte er das wissen können? Er konnte es unmöglich gewußt haben. Für einige, in einem stark beeindruckbaren Alter, auch Ayn Rand. Außerdem, das war unvermeidlich, Berge von Schund. *Die Herren von Amboy*, zum Beispiel, an allen Schulen verboten und von jedermann gelesen. Lassen wir das. Besser man verschwendet keinen Gedanken darauf. Dann gab es noch die anderen Bücher auf der schwarzen Liste, *Gottes kleiner Acker*, ja selbst *Die Freistatt;* aber die verstanden wir nicht. Mag sein, daß wir, voll Neugier, D. H. Lawrence gelesen, wiederholt gelesen haben. Aber wenn wir schließlich in unserer Rolle als junge Erwachsene und in sexuellen Dingen von irgendeinem Vorbild geprägt waren, dann waren wir auch, selbst wenn wir das voreinander nie angesprochen hätten, die Produkte John O'Haras. Hochgebildet. Originell sogar oder nuancenreich. Aber nichtsdestoweniger seine Geschöpfe.

In jenem Jahr schließlich, in jener Reihe von Jahren, wurde uns bewußt, wie absurd es war. Wir waren unerbittlich in unserem Anspruch, wie unser Leben einmal aussehen sollte, nicht wie das der stereotypen Töchter aus linksliberalem städtischem Elternhaus, nicht wie das der gefallenen Mädchen in der gesamten Literatur, nicht einmal wie das der Ehebrecherinnen bei O'Hara. Es waren ohnehin nur die wenigsten von uns verheiratet, wie das bei seinen Frauengestalten offenbar immer der Fall war. Aber von alldem einmal abgesehen, sagte uns allmählich unser Gespür, daß sich in uns etwas konkretisierte, vielleicht nicht einmal ein neues Klischee, aber doch wieder ein vorhersehbares Muster. Unverheiratet. Wartend. Beflissen Abendessen kochend. Ausgehend. Emsig arbeitend, an diesem Teppich, dieser Decke oder diesem Wandbehang vielleicht, in jedem Fall, an besagtem Webstück. Die Vorstellung ungeahnter romantischer Möglichkeiten am Leben haltend. Jener Möglichkeiten, die – und das wußten wir, so aufgeklärt und sogar weltgewandt wir auch waren, aus der gesamten Literatur und aus dem unserer Generation eigenen Respekt vor Institutionen – mehr oder weniger darauf beruhten, nur mit den Leuten zu schlafen, die man zu heiraten beabsichtigte. In jenem Jahr nun wurde dies alles schließlich absurd. Wozu habe ich denn dieses Apartment, sagte Maggie, nachdem sie ein paar Monate an ihrer ersten Stelle in der Stadt gearbeitet hatte, wenn ich nie mit jemandem darin schlafe? Wir saßen zusammen und tranken Gin. Wir hatten über Leute geredet, die wir offenbar nicht heiraten würden. Als wir uns dann einer Wissenslücke gegenübersahen, fiel uns Margaret Sanger ein. Wir holten also das Telefonbuch und stießen auf etwas, das sich Sanger-Institut nannte. In diesem Moment, haargenau in diesem Moment, läutete das Telefon. Es war Lily, und sie fragte, was soll man den Sanger-Leuten denn erzählen? Aber sie war nicht sonderlich eng mit uns befreundet, und außerdem war sie jünger als wir. Darum gab Maggie ihr eine zwar durchaus weltgewandt klingende, aber unverbindliche Antwort. *Gewußt* haben wir ja ohnehin nicht, was man den Leuten vom Sanger-Institut sagen sollte.

Am nächsten Morgen rief Maggie dort an, um einen Termin zu vereinbaren. Und sie fragten sie, wann sie heiraten wolle. Maggie zögerte. Dann sagte sie – mit beachtlicher Geistesgegenwart, fand ich –, am neunten Dezember. Und darauf sagten sie, das haben sie ungelogen gesagt, es tue ihnen leid, aber sie könnten Vereinbarungen erst fünf Wochen vor dem Tag der Eheschließung treffen. Maggie sagte, ach so ist das. Zwei Stunden später rief sie wieder an und vereinbarte, da sie glaubte, ihren eigenen Namen nicht mehr nennen zu können, einen Termin in meinem Namen. Am Tag darauf rief ich, in einem Anfall von Feigheit oder irgendeinem Wahn, das Sanger-Institut an. Die Stimme, die sich meldete, hatte einen deutschen Akzent. Ich dachte, du mein Schreck, diese Flüchtlingsstimmen kenne ich doch, diese Person ist sicher eine von diesen eingewanderten Dr.-Soundso-Gattinnen, vielleicht sogar mit meinen Eltern befreundet. Darum sagte ich den Termin nicht ab und meldete mich nicht einmal. Da ich jedoch nicht abgesagt hatte, fühlte ich mich verpflichtet hinzugehen. Als ich ins Wartezimmer kam, saßen dort so wenig Leute, und keiner sah so aus wie ich, daß mich der Mut verließ. Ich ging wieder. Aus einer Telefonzelle rief ich Maggie an, und wir trafen uns auf einen Kaffee. So konnten wir Lily am Ende auch nur die Auskunft geben, daß man den Sanger-Leuten am besten erzählte, man wolle in fünf Wochen heiraten.

Zwanzig Jahre später sprach ich wieder mit den Leuten vom Sanger-Institut. Ich war damals auf der Suche nach einer karitativen Organisation für einen verdienstvollen, menschlich bewegenden Zweck, der ich einen Scheck in meinem Namen zukommen lassen könnte. Bei diesem Scheck handelte es sich um eine Vergleichszahlung, die mir aufgrund meiner eigenen Verleumdungsklage zugeflossen war. Nichts vom Kaliber *Teagarden gegen Denneny*. Beleidigungsklagen, das wußte ich, gehörten seit eh und je zu den wahren Morastgeländen in der angelsächsischen Rechtsprechung. Von Oscar Wilde bis Alger Hiss schienen diese Klagen fast immer bitterernst, verstiegen, schon im Ansatz mit irgendeinem untilgbaren, häßlichen Makel behaftet zu sein. Auf den Rechtsgrund für den von mir angestrengten Prozeß dagegen, der sich gegen ein reiches Sensationsblatt richtete, war ich eines Nachmittags in einer Stimmung grenzenloser Albernheit verfallen, ein Grund für die erste haltbare und überdies geistreiche Verleumdungsklage, von der ich je gehört hatte. Nun fehlte mir nur noch der geeignete wohltätige Empfänger, dachte ich, für den Scheck, den ich als Vergleichszahlung entgegennehmen würde.

Verdienstvoll, die Leute vom Sanger-Institut. Mag sein. Aber menschlich bewegend?

Na ja, ich weiß. Ich war auf der Suche nach einem Säuglingsheim, einem Heim für ledige Mütter. Irgendwas in der Richtung. Ich rief sogar im Findelhaus an, an dem ich bestimmt schon hundertmal vorbeigegangen war, um nachzufragen, ob dort wirklich Findelkinder betreut würden. Sie sagten, Ja, aber bleiben Sie bitte am Apparat, Schwester Elisabeth werde sich näher mit mir darüber unterhalten. Und ich dachte, das geht nicht, nach allem, wie es gegenwärtig um Abtreibung und Geburtenkontrolle bestellt ist, kann ich diesen Scheck unmöglich einer römisch-katholischen Institution zukommen lassen. Ich rief die Leute vom Sanger-Institut an und sagte, Ich kann Ihnen keine näheren Umstände nennen, aber ich suche einen wohltätigen Verein mit einem verdienstvollen, menschlich bewegenden Zweck, dem ich einen Scheck zukommen lassen kann. Was genau ist denn das Ziel Ihres Vereins, abgesehen von der Geburtenplanung? Und die Stimme antwortete, Na ja, Abtreibungen. Das sei wohl nicht so ganz, was mir vorschwebe, sagte ich. Darauf meinte sie, Wenn Sie herkämen, könnten Sie einige wirklich rührende, tief bewegende Abtreibungsfälle erleben. Ich weiß, ich weiß, sagte ich, aber in diesem Fall sollten es eher Säuglinge, Findelkinder, ein Heim für ledige Mütter sein, etwas von der Art. Sie sagte, Na ja, da wäre noch unser Institut für Fortpflanzung. Und wir kümmern uns durchaus auch um ledige Mütter. Prima, sagte ich. Verdienstvoll und menschlich bewegend. Und sie bekamen ihren Scheck.

Wird er denn nicht anrufen? Ich weiß es nicht. Ich schätze nein. Die Sache scheint mir mehr zuzusetzen, als ich erwartet hatte oder als sie wert war.

In Frankreich erzählt man sich die Geschichte einer Balletttänzerin, die von ihrer Rolle so tief ergriffen war, daß sie in einer Sterbeszene, in der sie auf rührende Weise mit ihrer Mutter vereint werden sollte, tatsächlich »Maman« herausplatzte, worauf ihre Karriere im Eimer war. Es sieht so aus, als müsse man immer, ja, als müsse man einfach immer Abstand wahren.

Ob er sich wohl je fragen wird, sich sagen wird, Eigentlich war es ja nicht die Welt, was sie verlangt hat – warum habe ich sie nur gehen lassen?

Und so ist die Situation heute an diesem College für Frauen, das immer noch traditionell akademisch, immer noch feministisch orientiert ist. Man hat sich auf einen Kompromiß mit dem nächstgelegenen Männercollege geeinigt, das gedroht hatte, andernfalls auf Koedukation umzustellen. Zehn Prozent der männlichen Studentenschaft wohnen heute in dem Frauencollege. Zehn Prozent der Studentinnen wohnen im College für Männer. Da nur einige der Wohnheime für Studentinnen sich für die Aufnahme von Männern entschieden, während andere sich dagegen aussprachen, ist der Campus nun in zwei Lager gespalten, die einander allein auf Grund dessen, ob die Geschlechter in den Wohnheimen getrennt oder gemischt leben, als die Lesbierinnen und die Huren titulieren. Die Antipathie zwischen den beiden Lagern wurzelt tief. Da »bekennen« sich Studentinnen als Lesbierinnen, die früher als scheu oder als forsch, als backfischhaft vernarrt oder einfach als anhänglich in ihren Freundschaften gegolten hätten, aber keineswegs lesbisch gewesen wären und es wahrscheinlich auch heute nicht sind. Und andere erklären sich zu Huren, als gäbe es keine andere Alternative der Heterosexualität. Das Dekanat hält es, soweit es noch eine Verantwortung *in loco parentis* als gegeben ansieht, für angebracht, nicht einzugreifen, sondern sich wohlwollend im Hintergrund zu halten und nur den nötigen Freiraum zu bieten, damit sich die Fronten von selbst klären können. Der neueste Stand der Dinge ist nun der: Huren und Lesbierinnen haben in einem Punkt zur Gemeinsamkeit, ja zur vollkommenen Übereinstimmung gefunden. Und zwar in der Frage der Duschvorhänge in der Sporthalle. In Sporthallen für Männer gibt es keine Duschvorhänge. Männliche Sportler haben in den Duschräumen nichts voreinander zu verbergen. Als ein Symptom, als letztes Relikt der falschen Scham, die dem Körper der Frau gelte, erklären die Studentinnen, in schönster Einstimmigkeit, müßten die Duschvorhänge unbedingt entfernt werden.

Wer von uns sich noch entsinnen konnte, wie vergleichsweise ängstlich wir in jenem Alter auf die Wahrung unserer Intimsphäre bedacht waren, witterte Einschüchterungsversuche größten Ausmaßes auf dem Campusgelände. Und wer von uns alt genug war, dem Kuratorium anzugehören und selbst Töchter im Schulalter zu haben, und zwar Töchter, die gehemmt waren, fragte die gehemmtesten Töchter, was sie von dem Streit um die Duschvorhänge hielten. Und obwohl sie völlig unabhängig voneinander gefragt wurden, antworteten alle wie aus einem Munde: Weg mit den Duschvorhängen. Also kommen sie weg. Und was immer später einmal aus den erklärten Huren und Lesbierinnen wird, was immer erfolgt, wenn sie eines Tages irgendwo gefragt werden, Sind Sie heute, oder waren Sie je, das eine oder das andere, was die Frage der Duschvorhänge betrifft und diese zwanglos erzielte Einstimmigkeit, schön, da wissen wir, es ist alles in bester Ordnung.

Bubi geht's gut, war die stehende Rede von Onkel Jacques und Tante Zabeth in Zeiten der Sorge oder der Krise. Bubi geht's gut. Ein Freund von ihnen, der ein Einzelkind gewesen war, hatte es immer wie eine kleine Beschwörungsformel vor sich hin gesagt, wenn er im Dunkeln allein und verängstigt war, vom Kleinkindalter an, während seiner ganzen Kindheit, ja sein Leben lang. Seine Freunde hatten es aufgegriffen. Denk an unsere Flieger, war aus dem gleichen Grund die stehende Wendung meiner Mutter in solchen Augenblicken. Denk an unsere Flieger. Bubi geht's gut.

Die Welt ist alles, was der Fall ist. Und zweitens darum. Im sechsten Jahr fuhr ich allein nach New Orleans. Versteh doch, ich kann nicht. Die Beziehung zwischen Geschichtenerzählen und Erotik ist immer eng. Ich meine, es geht da nicht ums bloße Fabulieren.
Doch. Ums Fabulieren.
Heute nicht mehr, glaube ich. Nicht einmal im Krimi, in dem der reinste Impuls des Geschichtenerzählens heute fortlebt. Nicht einmal im Krimi. Wo Geschichten erzählt werden, ist immer Sex im Spiel, und manchmal auch tödliche Gefahr.
In den Geschichten, meinst du.
Wo sie erzählt werden, meine ich. Sex, Todesgefahr und manchmal vorübergehende Rettung. Für die Frau, so versteh doch, heißt es immer Scheherezade sein. Für den Mann gilt vielleicht die Rolle des harten Burschen aus Virginia. So strebt er denn fort, schreitet erhobenen Hauptes durch den Staub des Mittags auf seine Konfrontation zu. Und hier sitze ich, des Abends, und frage mich, ob ich sein Interesse noch eine Weile wachhalten kann.

Habe ich, ohne es zu wissen, das Wichtigste von allem weggeworfen?

Und dann diese Sache mit der Insektenplage. Als erstes, die Spannerraupen, in gräulich-weiß umsponnenen schwarzen Trauben in den Gabelungen zwischen Stamm und Ast, Zweig und Ast, ekelhafte Gespinste, die einem an den Händen, in den Brauen, in den Haaren kleben blieben, wenn man versuchte, sie mit einem Besen oder einem Ast loszulösen, überall, ein trüber Film, heillos, pervertierte Seide. Gesprüht habe ich. Sie mit Fackeln ausgebrannt. Ein paar müssen mir entgangen sein, oder wahrscheinlicher ist, daß sie wiedergekommen sind, vom Wind angetragen. Der Holzapfelbaum war völlig kahl. Von den Birken baumelten halbzerfressene Blätter, die mittlerweile von Leben bedeckt waren, das sich buckelnd und streckend vorwärtsbewegte, man sah es nie fressen, nur kriechen und ausruhen, Vernichtung säen, über Nacht. Dann neue Knospen, neue Blätter, ein zweites Grün. Dann, ein paar Tage später, die Schwammspinner. Kleine weißgraue Eigelege, die Rinde eines jeden Baums von oben bis unten voll davon; daneben Kapseln, baumelnd an fadenartigen Gespinsten, gelackt, verschiedene Schichten übereinander wie ein seltsames Dessert, Eier in den Gelegen, Raupen verpuppt in den hängenden Kokons, bestäubte Flügel in der Nachtluft, eine Landplage von einer solchen Fruchtbarkeit, daß wir drei Generationen von Schwammspinnern gleichzeitig erlebten. Natürlich fraßen sie nichts in jenem Sommer, hinterließen nur ihre Brut, schlafend und wartend, auf buchstäblich jeder Oberfläche, auf dem Zaun, dem Brennholz, den Glyzinien, Gespinste, lehmfarbene Hüllen, Mumienpuppen, den ganzen Winter wartend, während wir das Feuerholz ins Haus trugen und verbrannten, schlafend, ekelhaft, ausharrend in der Erwartung, nicht anders als wir vermutlich, des Frühjahrs.

Und wenn ich mich je über die Sache beklagte, dann nur darüber: daß du mir nicht beigestanden hast. Nicht, daß du mir hättest beistehen müssen, nicht, daß ich überhaupt Beistand brauchte. Ich rief schließlich beim Landwirtschaftsamt an, und sie sagten mir, was zu tun sei. Aber was zählt, ist, daß gerade zu der Zeit dein eigenes Land, deine vielen Morgen Baumbestand gegen Insektenbefall besprüht wurden. Und als ich dich nach dem Namen der Leute fragte, die dein Land sprühten, damit sie es vielleicht auch bei meinen eineinhalb Morgen übernehmen könnten, da sagtest du, ihr Name sei dir entfallen. Als ich daraufhin fragte, worunter ich im Branchenverzeichnis suchen solle, da erwidertest du, und ich fürchte, du sagtest es nicht ohne einen Anflug von Befriedigung, zum Suchen sei es wahrscheinlich ohnehin zu spät, weil die Ungezieferplage sich dieses Jahr so ausgebreitet und so überhand genommen habe, daß alle professionellen Insektizidsprüher inzwischen ausgebucht seien. Kann das wirklich so gewesen sein, wie ich es hier erzähle? Empfunden habe ich es damals sicherlich nicht so, obwohl ich seinerzeit, das weiß ich noch, eine dumpfe oder mehr als dumpfe, aber unbegreifliche Trauer fühlte. Und als die Bauarbeiter kamen, um den Anbau, den riesigen Anbau an deinem neuen Haus zu errichten, was so viel Ausheben, Sprengen, Zuschütten und Erdverschieben erforderte, und du den dafür zuständigen jungen irischen Bauunternehmer lobtest, ja fast tagtäglich lobtest, und ich dich fragte, ob er wohl jemanden wisse, der, wenn die Arbeit bei dir getan sei, den Schlamm, der sich in meinem Weiher angesammelt hatte, ausheben könne, da hast du geantwortet, Nein, der Auftrag sei wohl zu geringfügig für ihn. Monate später, als du kein Ende finden wolltest mit deinem Lob für das Brüderpaar, Finnen waren es, die mit ihrem Bagger angerückt waren, um auf deinem Grundstück nach einer Quelle zu graben, und ich fragte, ob sie vielleicht jemanden mit einem Bagger für meinen Weiher hätten oder wüßten, da hast du behauptet, du hättest auch ihre Namen vergessen, und außerdem seien sie schon wieder weg. Eine

Zeitlang glaubte ich, dahinter stecke so etwas wie eine Übervorsicht deinerseits, eine Form der Diskretion, du wolltest eben nicht, daß in deinem Haus dieselben Arbeiter beschäftigt wären wie in meinem. Ein paar Wochen später aber hattest du keine Hemmungen, Paul und seinen Sohn zu fragen, und zwar, wohlgemerkt, während sie auf meinem Land und auf meine Rechnung arbeiteten, ob und unter welchen Bedingungen sie bei dir Brennholz schneiden, kleinhacken und aufschichten könnten. Du hattest mich zuvor schon nach Pauls Namen gefragt, und ich hatte ihn dir genannt, aber mit ihm verhandelt hast du bei mir. Du hast ihn nicht zu Hause angerufen.
Vielleicht wird doch noch alles gut. Ich glaube, ich habe jemanden gefunden, der meine Bäume sprüht, und sogar jemanden, der mir den Weiher ausbaggert. Die ganze gestrige Nacht war mein Haus von einem gewaltigen ruhenden Bagger überragt, und heute morgen ist er scheppernd und donnernd draußen an der Arbeit. Der Bauunternehmer ist unbekannt. Ich meine, hier in der Gegend scheint ihn keiner zu kennen. Kann sein, daß alles teurer wird, als es hätte sein müssen. Das heißt, als der gütige alte Professor zu Besuch kam und vorschlug, daß ich, da ich ohnehin den Schlamm ausbaggern müsse, doch gleich eine kleine Insel im Weiher anlegen könne, fügte er noch hinzu, daß die näheren Vereinbarungen unbedingt von einem Mann getroffen werden sollten, da Bauunternehmer aus irgendeinem Grund dazu neigten, für Frauen weniger gute und ehrliche Arbeit zu leisten als für Männer; und als ich dir berichtete, was er gesagt hatte, da hast du ihm beigepflichtet. Wenn die Ausbaggerei abgeschlossen ist, wird es hier auf dem Grundstück wohl tatsächlich viel schöner aussehen, und die Überschwemmungsgefahr dürfte dann gebannt sein. Aber ich weiß wohl auch, daß die Zeit reif ist und ich mein Haus verkaufen sollte. Und das ist es eben. Wenn dies alles nämlich kein Mangel an

Liebe war, von deiner oder meiner Seite, kein Mangel an Freigebigkeit oder zumindest an Vorstellungsvermögen oder an Aufmerksamkeit, aber nein, natürlich war es das, und ich wollte es nur nicht sehen. Und obwohl ich weiß, daß sie mir bestimmt nicht das Herz gebrochen haben, diese Vorfälle, die mein und dein Haus angehen, nein, das kann nicht sein, ich bin sicher, daß es nicht sein kann, merke ich auf einmal, daß ich weine, während ich schreibe, denn es kann dich doch nicht, oder doch?, so viel Überwindung gekostet haben, in ein paar von diesen Fällen, oder auch in manchen anderen, ohne Widerwillen und ohne Zögern, ja zu sagen.

Hör mal.
Ich weiß.
Hätte es ihn denn die Welt gekostet, in all den Jahren ein einziges Mal eine Woche mit ihr nach New Orleans zu fahren?

Die Welt ist alles, was der Fall ist. Und zweitens darum. Und zweitens darum ist der erste Satz der Geschichte von Nabokov, und ich hasse zwar das Gekünstelte daran, aber es ist nun einmal eine geniale Volte. Ich meine, was für eine geniale Volte, was für ein dreifacher Coup, eine Geschichte so anfangen zu lassen, mit »Und«, obwohl noch gar nichts vorangegangen ist, mit »zweitens«, wo es kein erstens gegeben hat, mit »darum«, obwohl es nie ein Warum gegeben hat und auch kein Hinweis folgen wird, was überhaupt, welche Sache, welches Geschehen, welche Handlung, welche Gemütsverfassung mit diesem Darum begründet wird. Die Welt ist alles, was der Fall ist, natürlich, so beginnt das Werk Wittgensteins, und mehr noch. So trocken und beiläufig das dahingesagt ist, klingt aus diesem in sich geschlossenen, ja beinahe gestauchten Satz doch so etwas wie ein Donnergrollen. Zutreffend, selbstverständlich, über jeden *Zweifel* erhaben, hinterläßt er die schreckliche Ahnung dessen, was sich überhaupt noch sagen läßt, zu sagen lohnt. Sprache, Denken, auf dem Vormarsch wie Planierraupen, wie Zement. *Die Welt Ist Alles, Was Der Fall Ist.* Wer wollte dagegenhalten, daß die Welt auch Dinge in sich begreift, die nicht der Fall sind, daß manche Dinge, die ganz und gar nicht der Fall sind, irgendwo in der Welt im Verborgenen existieren? Nur ein spiegelfechtender Dichter oder trendverdächtiger französischer Philosoph, aus bloßer Metaphernverliebtheit, unwürdig der erhabenen Wahrheit jener Aussage. Und doch gibt es nach dem ersten Aufblitzen von Ehrfurcht und Bewunderung kein Entrinnen vor dem Verlust. Ich meine, wer will schon blenderische Halbwahrheiten schreiben? Andererseits, wer schreibt schon gerne Zement.

Die Zwillinge in der Stadtwohnung spielten auf der Stereoanlage Gesangsaufnahmen im reinsten Countertenor, daneben auch Germaine Montero mit spanischen Volksliedern. Männer, die wie Frauen singen, sagte der Hausmeister, befremdet, und Frauen, die wie Männer singen.

Und so ist es in der Stadt, in unserer Straße. Acht volle Jahre, seit ich in dieses braune Sandsteinhaus gezogen bin, bauen sie nun schon an einem Zweig der U-Bahn, der zu irgendeinem obskuren, unnötigen Ziel führt, wohin scheint keiner genau zu wissen. Das Projekt hat zumindest den Bauarbeitern während dieser Jahre Arbeitsplätze und dem Feinkostladen zusätzliches Geschäft eingebracht. Kaum irgendwelche Behinderungen, abgesehen von der verringerten Zahl der Parkplätze, die von den großen grünen Kästen verstellt sind, in denen die Bauarbeiter ihre Schmalznudeln essen und Bier trinken. Kaum Lärm, zumindest nicht in unserer Straße. Unter dem Druck der Mietergemeinschaften, die hier sehr stark sind, hat die Stadt sich zu Lärmdämpfungsmaßnahmen gegen das nächtliche Heulen und Bohren bereit erklärt und außerdem, ein recht kostspieliges Zugeständnis in dieser Branche, zum Erhalt des Baumbestands. Im Haus selbst sind die untersten beiden Stockwerke von der Hausbesitzerin belegt, von deren zwei verstorbenen Ehegatten einer oder alle beide angeblich gesagt haben, was sie an ihr so besonders liebten, sei ihr Temperament. Von Zeit zu Zeit hat sie das Bedürfnis, ein rauschendes Fest bis in den frühen Morgen zu feiern, inklusive Gesang aus dem *Hausschatz der Lieder am Kamin*; bei anderen, weitaus häufigeren Gelegenheiten jedoch hat sie das Bedürfnis, Streit vom Zaun zu brechen, an die Türen der Mieter zu hämmern und laut herumzuschreien. Das Haus hat nur vier Stockwerke. Sofern ich gerade in der Stadt wohne, bin ich die Partei im dritten Stock, direkt über den beiden Etagen der Vermieterin. Brian und Paula, beide junge Juristen und beide in ihren Familien die ersten, die es über die Highschool hinausgebracht haben, wohnen im obersten Stock mit ihrem Afghanen Apple.

Im Winter, gleich nach Neujahr, unternimmt unsere Vermieterin gerne eine Kreuzfahrt um die Welt. Sie vermietet ihre zwei Etagen für sechs Monate weiter und verläßt den Schauplatz. Wer immer dann einzieht, verändert unweigerlich in gewissem Maße die Atmosphäre im Haus. Letztes Jahr hatten wir einen Bankier mit Familie, es waren die Kinder und Enkel eines Kriegsverbrechers. Dieses Jahr ist an den Wochenenden den ganzen Tag und mitunter auch an Wochentagen nach der Schule ein Kind endlos damit zugange, »Frère Jacques« auf dem Klavier zusammenzusuchen. Mit langen Pausen, stockend, nie ganz ohne falsche Töne, mal mit einer Hand, mal mit beiden spielend, dazwischen immer wieder, obwohl wir März haben, ein paar Takte »Jingle Bells«. Als Brian einmal abends in den Keller ging, um etwas zu suchen, begegnete er dort unten einem bewaffneten Mann, den er für einen Eindringling hielt. Es war ein Leibwächter. Wie sich herausgestellt hat, lebt die Familie, die dieses Jahr die Etagen unserer Vermieterin bewohnt, unter einem Pseudonym. Ihr wirklicher Name ist Somoza. Heute, an diesem Morgen, arbeitet jemand mit Hammer und Lötlampe an dem Haus auf der anderen Seite des Gartens. Apple hat zu bellen angefangen. Und Madame Somoza duckt sich hinter ihre Jalousien und gerafften Gardinen vor so viel Lärm.

Sehr amüsant, hört man die reichen Italiener jetzt immer sagen, wenn sie da sind. Oder auch, Nicht sehr amüsant.
Als das alte Ehepaar schließlich an den Stadtrand hinauszog, war sie auf eine emotionslose, fast reflexhafte Weise widerborstig geworden. Er war so etwas wie ein Automat, der am laufenden Band Gemeinplätze produzierte. »Rom ist schließlich nicht an einem Tag erbaut worden«, sinnierte er gern über seinem Kognak. Worauf sie ohne einen Augenblick des Zögerns erwiderte: »Doch.«
Vielleicht ist er nicht da, wenn ich zurückkomme. Ich vielleicht auch nicht. Wer hätte gedacht, daß er jedesmal, wenn er die Wahl hatte, das andere wählen würde.

War das denn nichts, daß er sie jeden Tag besuchen kam?
O doch, das war schon viel, sehr viel. Und ich halte nichts davon, wenn man immerfort und bei jeder kleinsten Anwandlung verlauten läßt, So ist mir zumute, das geht jetzt in mir vor. Ich weiß ja, daß Schweigsamkeit Tiefgang hat. Ich weiß es wirklich. Aber man kann es auch übertreiben mit den Dingen, die man ungetan und unausgesprochen läßt. Das führt letztlich dazu, daß am Ende nur mehr ein beliebiger Fußabdruck bleibt, ein Haar, das von irgendwem stammen könnte, ein betrunkener Augenblick, von dem ich

nicht einmal mit Gewißheit sagen könnte, daß es ihn wirklich gegeben hat, obwohl er mich noch ein paar Jahre länger festhielt, die darauf hinweisen, daß da jemals ein lebendes Wesen war. Und während ich zu Tränen gerührt war, wenn du nachts zu Fuß hier ankamst, mit deiner Taschenlampe und deinem Hund – oder nein, zu Tränen vielleicht doch nicht, aber zu einer Stille ums Herz –, war es doch in Wirklichkeit so, daß du mit deinem Hund im Mondschein und im Wald spazieren gingst und ich dich nach Hause fuhr. Ein Bekannter von mir sprach von Frauen immer in Kategorien der Pflegeleichtigkeit. Da seine Welt auf das Stadtleben beschränkt war, meinte er damit, daß die eine Sorte von Geliebten Pelze, Autos, ständige kleine Aufmerksamkeiten beansprucht, die andere viel weniger braucht. Ich war vermutlich nur in dieser einen Hinsicht nicht pflegeleicht: daß du mir mehr Zeit gewidmet hast, bei diesen Autofahrten, Geschäftsreisen, Besuchen in den Zwischenräumen deines Lebens, als du je vorgehabt hattest. Aber im Grunde hast du doch dein Leben so gestaltet, daß all die Dinge, denen ein bißchen Freude oder Schönheit innewohnt, eben die Dinge waren, an denen ich nicht teilhatte. Nein, das wollte ich nicht sagen. Ich dachte nur, ich hätte dir keinen sonderlich hohen Preis abverlangt. Aus meiner Sicht hätte es gar keinen Preis gegeben. Aber nun bin ich schließlich hier, allein auf Orcas Island. Und es ist nichts weiter, es ist einfach nur so trist und gewöhnlich, was jetzt kommt, so oder so.

He, Moment mal.
Na ja, Liebe ist schließlich eine Gewohnheit wie jede andere.
Eine Gewohnheit vielleicht. Wie jede andere nicht.

Fahrer von großen Autos fahren extrem schlecht. Desgleichen alte Männer; Männer, die Hüte tragen; Männer mit feisten Nacken und geröteten Gesichtern; Jäger; Fahrer von Autos mit zerbeulten Kotflügeln oder von Autos mit Insassen von mehr als einer Generation, von Autos mit College-Aufklebern auf der Rückscheibe oder mit Slogans auf den Stoßstangen oder mit Nummernschildern, auf denen Namen oder Worte statt Zahlen stehen, oder Fahrer von Autos, die in New Jersey zugelassen sind. Nicht berücksichtigt habe ich Hausmütter, Klosterschwestern, unechte Blondinen und alte Frauen; sie tendieren zu groben und unaggressiven Schnitzern wie der Unfähigkeit zu parken oder dem falschen Abbiegen in Einbahnstraßen. Das ist alles, was ich kategorisch und vorbehaltlos über Autofahrer sagen kann. Noch zwei andere Dinge glaube ich sicher sagen zu können. Niemand vertraut ein Geheimnis nur einem einzigen Menschen an. Niemand vernichtet sämtliche Kopien eines Dokuments. Und dann noch, daß es am ehesten die Kinder sind, vielleicht weil ihnen so viel verboten ist, die wirklich nachempfinden können, was Verbrechen ist.

Du bist, nein, du warst von allem, was in meinem Leben passiert ist, noch am ehesten so etwas wie eine richtige Geschichte.
Aber nun bin ich schließlich hier, zum ersten Mal und zugleich auch wieder, am Ende allein auf Orcas Island.
Habe ich, ohne es zu wollen, vielleicht das Wichtigste von allem weggeworfen?

Als ich in der Zeitung las, daß eine Londoner Gesellschaft namens Exodus ein Buch herausbringen will, das unheilbar Kranken, die einfach friedlich im Schlaf sterben wollen, pharmakologische Anweisungen erteilt, dachte ich an Ed Rubin und den alten Bayard. Danach verlegte ich den Zeitungsausschnitt und vergaß die Sache. Als ich Monate später wieder auf die Notiz stieß und es mir wieder einfiel, schrieb ich an Exodus London. Doch nichts erfolgte. Keine Antwort. Erst lange danach, als es mir erneut entfallen war, erhielt ich einen Brief aus Los Angeles von einer Gesellschaft namens Schierling, die mir mitteilte, Exodus London habe, da ich Amerikanerin sei, mein Schreiben an sie weitergeleitet. Ich hatte momentan unwiderstehliche Lust zu lachen. Dieser unfehlbare Sinn für gesetzliche Zuständigkeit. Dann las ich in einem von Schierling beigefügten Rundschreiben, daß Exodus London seinen Ratgeber nie herausgebracht hatte. Die Veröffentlichung war durch Gerichtsbeschluß untersagt, die Gesellschaft verboten worden. Darüber hinaus standen die leitenden Gesellschafter von Exodus nach englischem Recht unter öffentlicher Anklage wegen Anstiftung und Beihilfe zum Selbstmord. Doch Schierling Los Angeles wollte die Veröffentlichung durchziehen. Ich rief dort an und erkundigte mich, wie sie es verhindern wollten, daß sie unter der dem englischen Gesetz entsprechenden Bestimmung im kalifornischen Recht gleichfalls verboten würde. Ihr Plan laufe darauf hinaus, sagten sie, nicht Anweisungen, sondern kurze Falldarstellungen zu veröffentlichen: Harry, Körpergewicht soundso viel Kilo, habe soundso viel Gramm von dieser Substanz genommen, und es habe nicht ausgereicht; Anna, die soundso viel weniger wiege, habe soundso viel mehr eingenommen, und es habe gereicht. Kein Gesetz könne die Veröffentlichung von Falldarstellungen verbieten. Nicht solange wir durch das im Ersten Zusatzartikel verankerte Recht auf freie Meinungsäußerung gedeckt sind. Punktum. Schierling veröffentlichte das Buch. Doch aus London folgte dann noch diese unglaubliche Fußnote: Exodus schien tatsächlich Beihilfe geleistet und angestiftet, ja sogar Unentschlossene bekehrt zu haben. Es meldeten sich Zeugen, die aussagten, bereits auf die unverbindlichsten Anfragen per Telefon habe sich eine Stimme erboten, sofort zu ihnen zu kommen. Binnen Stunden habe ein älterer Mann vor ihrer Tür gestanden, ihnen Hilfe angeboten, sie gedrängt, sich weiteres Elend zu ersparen und sich von ihrem Asthma, ihrer Traurigkeit, ihren Kreuzschmerzen erlösen zu lassen. Wieder einen Augenblick diese unbändige Lust zu lachen. Und dennoch. Und dann verging sie wieder.

Die Warteschlangen bei der Ankunft auf dem Flugplatz der Insel waren wie gewöhnlich lang und bewegten sich extrem langsam vorwärts. Die Beamten der Meldebehörde betrachteten jeden Paß mit einer ausdruckslosen, doch seltsam aufreizenden Bedächtigkeit. Bei der Qualität des örtlichen Schulsystems war es freilich auch möglich, daß sie mit dem Lesen Schwierigkeiten hatten. Die Schlangen vor dem Abflug von der Insel gingen ebenfalls, ja nicht minder langsam vorwärts, doch hatten sie immer etwas verzweifelt Hektisches an sich. Reservierungen, die deutlich auf Flugtickets vermerkt und viele Male bestätigt worden waren, fehlten aus irgendeinem Grund auf den Passagierlisten; oder selbst wenn sie auf den Listen standen, wo die Passagiere sie, die Schrift verkehrt herum ablesend, klar und deutlich erkennen konnten, sah der Angestellte der Fluglinie mit ebendieser Ausdruckslosigkeit, dieser aufreizenden Bedächtigkeit hoch und wiederholte, es sei kein Passagier dieses Namens verzeichnet, der Passagier könne, falls er wolle, als Standby auf diesen Flug warten oder auf den nächsten in sechs Stunden. Es machte kaum einen Unterschied, auf welcher Insel man sich befand. Barbados. St. Thomas. Tortola. Martinique. Besucher, insbesondere diejenigen, die sich am heftigsten über das Essen auf den Inseln beklagten, betonten gerne, daß die französischen Inseln anders seien. Aber das stimmte nicht. Mit Ausnahme von Jamaica und Grenada, wo offene Gewalt herrschte, waren die Inseln gleich.

Was man dort natürlich überall antraf, waren das klare, warme Meer, die Sonne, die langen weißen Sandstrände; und im Wasser, in den letzten Jahren ständig, mindestens einen jungen, möglicherweise schwachsinnigen Schwarzen, der lächelte und mit sich selbst spielte. In der Nähe ein großes plärrendes Transistorradio, eine Gruppe junger Schwarzer, davon einige in Badehosen, ein paar in Hosen, die sich schnatternd im Inselpatois unterhielten und ganz allmählich näher an eine sonnenbadende junge Weiße oder an ein sonnenbadendes Ehepaar heranrückten, bis diese Frau oder dieses Ehepaar, die offensichtlich beabsichtigt hatten, sich etwas abseits von den anderen zu halten, ihre Handtücher ergriffen und auf die Gruppe unter den Sonnenschirmen zustrebten, wo sich die übrigen Weißen aufhielten. An einer anderen Stelle des Strands fand sich, zwar nicht den ganzen Tag, doch unweigerlich gegen Mittag, eine zweite Gruppe von Schwarzen ein, jung, lachend, ins Tiefe hinauswatend, spritzend, schreiend, sich umarmend, einander verspottend, durch eine Art ostentativ zur Schau gestellter, gespielter Begeisterung die Tatsache verschleiernd, die für so viele Gegenden mit gefragten Badeorten, gefragten Küsten zutrifft, daß nämlich kein Eingeborener auf der Insel schwimmen konnte. Darin bestand die Anspannung des Ankommens, des Aufenthalts, des Abfliegens. Auf den stark besuchten Inseln, wo die Leute wegen der Nachtklubs, Spielcasinos, Golfplätze und Hotels hinfuhren. Und auf den fernen, abgeschiedenen Inseln der gemieteten und bewachten Häuser. Wo die Leute hinfuhren, um ungestört zu sein. Und nach dem Abendessen dann rastlos wurden.

Hör mal.
Wie hätte ich wissen sollen, daß du jedesmal, wenn du die Wahl hattest, das andere wählen würdest?

Weißt du, sagte er, ich habe mit niemand anderem geschlafen, seit ich das erste Mal mit dir geschlafen habe. Ich fragte, Mit niemandem? Nein, erwiderte er. Ich sagte, Ich auch nicht. Und dabei blieb es. Und warum ist es für unsichere, zaudernde und reservierte Menschen nicht genug, es einfach dabei zu belassen, so wie es ist, für den Rest unseres Lebens? Gut, vielleicht bin ich da im Irrtum. Aber immer wieder einmal, seit dem Jahr, in dem wir uns kennenlernten, nein, nicht kennenlernten, da wir uns so lange Zeit ja nicht einmal leiden konnten, seit dem Jahr also, in dem wir anfingen, miteinander ins Bett zu gehen, habe ich gesagt, daß ich Lust hätte, irgendwann einmal, im Frühjahr oder im Herbst, nach New Orleans zu fahren. Ich war noch nie dort gewesen. Und du sagtest, sagtest jedesmal, Dann fahre ich eben mit dir dorthin, das ist kein Problem. Im sechsten Jahr, im August, fuhr ich allein nach New Orleans. Es war nicht schlecht, nur sehr heiß, schließlich war ja August. Ich hatte es einfach nicht richtig durchdacht. Ich erfand irgendwelche Erledigungen, sprach bei diesen Richtern vor, blieb ein paar Tage. Es machte nichts. Dann begann ich, immer wieder einmal, vorzuschlagen, Weißt du, wir sollten einmal ein Wochenende irgendwohin fahren. Nicht beruflich wie bei unseren Flügen nach Cleveland, Chicago oder Atlanta, wo wir früh zu Abend essen oder ich im Motel warte, während du mit den Leuten von dort zu Abend ißt, und ich den nächsten Tag mit Lesen verbringe, während du die Arbeit erledigst, wegen der du gekommen bist, und wir am nächsten Abend oder auch am übernächsten wieder zurückfliegen. Nein, ein Wochenende in aller Ruhe, so als wärst du in deinen Häusern, auf deinen Inseln, bei deinen langen Spaziergängen. Manchmal sagtest du, Ja, das mache ich, das tun wir. Ein- oder zweimal sagtest du, Mal sehen. Es wurde zu einer Art Witz zwischen uns, dieses Wochenende. Manchmal reduzierte es sich auf ein bloßes Abendessen in einem

Restaurant in Pennsylvania, nicht weit von dem Ort, wo du manchmal ein paar Tage beim Fischen verbringst; aber auch dorthin sind wir nie gefahren. Es gab andere Abendessen, nicht dieses. Und allmählich machte es doch etwas. Ich weiß nicht, warum. Ein Kindergefühl. Andererseits bin ich nicht sicher, ob du, als ein nicht unbedeutender Mann zu einer erwachsenen Frau, einfach bloß sagen kannst, Mal sehen. Und eines Nachts dann sagte ich, es war vor deiner Abreise auf die Insel, auf der du immer die Wochen um Weihnachten zubringst, und deine Frau war schon dort, aber deine Kinder, von denen inzwischen auch das Jüngste erwachsen ist, fuhren in jenem Jahr nicht mit, ich fürchte, ich sagte, Weißt du, wir bräuchten uns nicht so oft zu lieben in einer Nacht, in einer einzigen Nacht nach einem Tag der Erschöpfung und Erledigungen und vor einem frühen Morgen der weiteren Erledigungen und einer langen Trennung, wir bräuchten uns nicht so oft in einer einzigen Nacht zu lieben, wenn wir einmal eine Woche hätten. Es war spät. Wir waren betrunken, aber nicht sehr. Und dann sagte ich, Weißt du. Du fragtest, Was denn. Ich sagte, Ich schätze, wir werden niemals eine Woche haben. Und dann, fürchte ich, habe ich geweint. Danach waren wir still, wie gewöhnlich. Aber es gibt doch Dinge, die man sagen kann, meine ich, oder vorschlagen oder auch nur einmal laut denken. Und ich hatte nun schon einmal angefangen. Also sagte ich, weil ich nach all den Jahren doch etwas sagen mußte, auch wenn es vielleicht schon viel zu spät war, Wenn es Zeit wird, daß ich gehe, willst du, daß ich dich vorher frage oder es dir sage, oder soll ich einfach wortlos gehen. Du sagtest, Aber ich will nicht, daß du gehst, ich brauche dich hier. Ich erwiderte, Nein, und in gewisser Weise willst du schon seit Jahren, daß ich gehe, und ich wußte es die ganze Zeit, aber ich habe es einfach nicht fertiggebracht. Darauf sagtest du, und nun nicht mehr in dem Ton, wie man zu einem Kind spricht, Aber du darfst nicht gehen, da bricht ja alles zusammen, wenn du gehst. Ich war gerührt und sagte irgend etwas, was immer, wie gelangweilt du manchmal seist. Du erwidertest, Aber du hast doch immer etwas Neues zu erzählen; und wenn du gehst, vertrockne ich einfach, verschrumple und vertrockne wie eine Dörrpflaume. Wir sind dann eingeschlafen. Und am Morgen hattest du es natürlich wieder vergessen. Hattest am Nachmittag, glaube ich, nur mehr die Erinnerung, daß ich unglücklich gewesen war, die Erinnerung an ein oder zwei Sätze, aber da schon eine Erinnerung, als wäre es irgendein Kindergefühl gewesen, das Heimweh einer deiner Töchter im Internat vielleicht oder ihr kurzer Abschiedsschmerz, wenn du mit ihrer Mutter wegfuhrst, oder, weniger weit zurückliegend, wenn sie selbst abreisten, zu ihren Männern oder ihrer Arbeit, ins Ausland. Es war also, als hätte ich nur wieder einmal gesagt, daß ich dich vermissen würde, während du fort wärst. Und das haben wir einander so oft gesagt, alle Welt sagt es, sagt es so formelhaft, daß es fast keine Bedeutung mehr hat. Und um mich zu trösten, sagtest du noch einmal, daß du mich liebtest, und gabst mir, als eine Art Weihnachtsgeschenk, jenes Ehrenwort, daß du in all den Jahren nur mit mir geschlafen hättest. Und ich konnte mich nicht abwenden, wie denn auch, darum sagte ich bloß, Mit niemandem? und dann, Ich auch nicht.

Wir tranken unseren Aperitif zeitig und aßen früh zu Abend, weil du nach deinem anstrengenden Tag rechtzeitig nach Hause mußtest, um dich für den Flug am Morgen abholen zu lassen. Und wir redeten, wie wir es immer tun, über die Nachrichten und unsere Erledigungen und vielleicht auch über irgend etwas, was daran erheiternd war. Dann brachtest du mich, da ich wegen des Chauffeurs am Morgen nicht bei dir bleiben konnte, und du nicht bei mir, nach Hause, und ich gab dir eine Hühnerleber für deinen

Hund mit und eine Tablette für die Nacht, und du gabst mir ein paar Briefe, die ich aufgeben sollte. Daraufhin habe ich wohl leider wieder geweint. Du schienst darüber bestürzt. Ich sagte, Weißt du, die Sache ist die, du zimmerst dir dein Leben auch ein bißchen selbst. Und darauf sagtest du, Die Sache ist die, es ist schon gezimmert. Nach Mitternacht, und das ist zwischen uns beiden etwas sehr Ungewöhnliches, riefst du an, um mir zu sagen, daß du mich liebst, und ich sagte irgend etwas, was immer, und dann noch, Fang viele Fische auf deiner Insel, und daß wir uns wiedersehen würden, wenn du zurückkämst.

Ich weiß nur nicht, ob wir uns wiedersehen, wenn du zurückkommst. Das ist das einzige, was nicht stimmt, oder ein Teil von dem, was nicht stimmt. Daß ich nicht mehr da sein dürfte, wenn du zurückkommst, daß ich viele Male zuvor schon nicht hätte da sein dürfen, daß ich das aus allem, was ich an Instinkt und Weisheit besitze, weiß und längst wußte. Die Deutschen sagen, niemand kann über seinen Schatten springen, und ich habe mir früher immer mit dem Verstand klarzumachen versucht, nein, nicht nur klarzumachen versucht, geglaubt, daß ich nicht von dir verlangen könne, daß du aus deiner gewohnten *Bahn* springst. Aber ich fürchte, ich habe dabei etwas verloren, habe dich um etwas gebracht, habe mich um etwas gebracht, habe uns durch das, worauf ich nicht bestand, um eine Möglichkeit gebracht. Weil es keinen Grund der Welt gibt, warum wir in acht Jahren nie eine Woche gehabt haben und nie haben werden. Und weil ich weder eine deiner Töchter bin noch eine deiner Mitarbeiterinnen und auch nicht deine Frau oder eine abhängige Freundin oder Kollegin, keine prozeßführende Klientin, die lautstark deine Aufmerksamkeit verlangt, und keine Politikerin, die um deinen Rat nachsucht. Ja nicht einmal, wie ich einmal im Dunkeln mit einem Lächeln zu dir bemerkte, nicht einmal eine Sekretärin oder eine Blondine in einer

Revuetruppe, mit der du eine Affäre hast. Du sagtest, mit einer der beiden letzteren hättest du wohl schwerlich eine Affäre, aber in Wahrheit wären wir wahrscheinlich besser dran, wenn du eine hättest. Wenn ich die besagte Sekretärin oder Blondine wäre, müßtest du, auch wenn du behauptest, dein Leben sei schon gezimmert, ein wenig Platz schaffen, ihr in irgendeiner Form einen Platz einräumen. Die Wochen auf der Nordinsel im Sommer, auf der anderen Insel im Winter, die Wochenenden zum Jagen und Wandern, gelegentlich auch noch eine angeblich dienstliche Spritztour an die Riviera oder nach London. Irgendwie nie mit mir, nie mit mir. Nicht an Weihnachten, natürlich, und auch nicht an den Geburtstagen, die, wie ich weiß, eigentlich nichts zu bedeuten haben. Ich weiß bloß nicht, wie es kam, daß ich es zuließ. Vielleicht hatte ich keine Wahl, oder vielleicht hast du mich doch nie genug geliebt, und ich wollte es ja auch nicht wissen.

Hier stehen wir also. Oder vielmehr, da stehst du, und hier stehe ich. Und vielleicht ist es das beste, einfach nicht darüber nachzudenken und so, wie es jetzt ist, alt zu werden, noch älter. Was wir jetzt haben, zugegeben, ist, daß du mich fast jeden Tag besuchen kommst und deinen Morgentee oder deinen abendlichen Scotch hinunterstürzt, und als ich den Ausdruck gebrauchte, der sich mir zum ersten Mal aufdrängte, um zu beschreiben, wie du manchmal von mir fortgehst, Deine Flucht inszenieren, da hast du immerhin gelacht. Und du bleibst oft über Nacht. Aber jetzt kann ich es dir ja eingestehen, daß mir, obwohl ich dich liebe und die Begegnung mit dir meine Stimmung und meinen Tag verwandelt, manches Mal graut, ich weiß nicht, wie ich es anders nennen könnte, daß mir manches Mal geradezu graut vor einer bestimmten Art von Besuch, wie du ihn mir abstattest. Ich sehne mich danach, dich hier zu haben, du fehlst mir, wenn du weg bist, aber manchmal frage ich mich, ob ich dir Unterhaltung bieten kann, oder ob du dich langweilen oder müde sein wirst, oder zum Bridge, zur Arbeit oder zum Tennis weggerufen wirst, oder auch, weil eine deiner Töchter irgendeinen spleenigen Einfall hatte, ja, manchmal graut mir vor dem, was so einem Besuch folgen wird, und so graut mir mittlerweile auch schon ein bißchen vor dem Besuch selbst. Und obwohl das vielleicht bei jedem Paar, jeder Ehe so ist, haben wir die Ordnung irgendwie umgekehrt. Nach dem gängigen Schema hat die Geliebte etwas von einer Insel; von der Last, der Routine und dem Gefühl von langem kaltem Winter gebührt einiges der Ehefrau.

Wenn du weg bist, bleiben mir diese Spuren: ein paar Zettel, die du mir in die Tür gesteckt hast, Zettel mit der Mitteilung, daß du erst spät kommst, oder der Frage, wo ich bin; ein französisches Taschenmesser mit einer einzigen Mehrzweckklinge; zwei Liberty-Schals, die mit übriggebliebenem Kleingeld auf ausländischen Flughäfen erstanden wurden; und natürlich das Verstreichen der Jahre und die Lage meines Hauses. Du hast das ganze Arsenal der Anderen Frau irgendwie in dein eigenes Haus geholt, und bei mir findest du, wenn du kommst, nur noch mich. Ich frage mich, ob du auch nur die leiseste Ahnung hast, was vorgeht in meinem Herzen, was für ein Wort. Vermutlich nicht. Du hast in deinem Leben so viele weibliche Wesen um dich, Ehefrau, Schwestern, Töchter, Kusinen, Hund, daß du mich wahrscheinlich mit allen durcheinandergebracht hast. Ich glaube, ich stelle mir gerne vor, du würdest mich mehr lieben, als du weißt, obwohl zu dieser Annahme wohl herzlich wenig Anlaß besteht. Na ja, ein Kindergefühl. Aber du bist, nein, du warst von allem, was in meinem Leben passiert ist, noch am ehesten so etwas wie eine richtige Geschichte. Betrachte es doch auch einmal so, was bleibt mir, was bleibt uns letzten Endes, auf das wir uns freuen können, auf das wir zurückblicken können. Ich meine, hier bin ich nun schließlich, zum ersten Mal und zugleich auch wieder, allein auf Orcas Island. Was wirst du tun? Was du immer getan hast, schätze ich. Aber ich, was werde ich tun, was soll ich tun, jetzt?

»Ich komm schon drüber hinweg.«
»Bist du sicher?«
»Ja. Und du wirst eine andere finden.« Dein Gesicht gefror. Du sagtest: »Werde ich nicht.« Ich sagte: »Doch. Die Sache ist die, es wird mir gar nicht so viel ausmachen. Weil ich es nicht wissen werde.«
Hör mal, ich habe dich geliebt, weißt du.
Ja, die Frage stellt sich soundso oft, beim Aufräumen von Schreibtischen, bei der Einkommensteuererklärung, beim Suchen nach Briefen, nach Dokumenten, manche fehlen, man weiß nicht genau, welche abhanden gekommen sind, bringt nicht einmal den Mut auf, genauer nachzusehen, die Frage stellt sich ein ums andere Mal, Habe ich, ohne es zu wollen, vielleicht das Wichtigste von allem weggeworfen?

II. Pechrabenschwarz

Quanta, sagte Amy, im Zug, während des Schneesturms damals, als Antwort auf meine Frage, Quanta.
Nicht hier, sagte Diana, was sie ewig bereuen würde, zu ihrer eigenen Tochter, die weinend zu ihr gelaufen kam, vor all den Leuten. Nicht hier.
Nur fragen nak José, sagte der junge Mann auf der Fahrt zum Flughafen Newark. Sie brauchen ein Krankenwagen oder ein Chauffeur für irgendwas, dann Sie rufen dieselbe Nummer an. Nur fragen nak José. Und dann noch, als das Flughafengebäude des People Express dicht vor uns aufragte, gleich jenseits des kleinen Labyrinths aus Zufahrtsstraßen und Überführungen: Von hier aus kann man es schon sehen; aber erst mal hinkommen.
Quanta. Nicht hier. Nur fragen nak José.

Du bist sehr beschäftigt. Ich bin sehr beschäftigt. Wir hier in diesem Genesungsheim, in dieser Telefonzentrale, in diesem Gerichtsgebäude, auf diesem Rennplatz, in diesem Nachtklub, in diesem Klassenzimmer, diesem Büro, diesem Leuchtturm, diesem Atelier, wir sind alle außerordentlich beschäftigt. Und darum lastet nun dieser Druck, auf jedem Satz, nicht bloß auszusagen, was er auszusagen hat, sondern auch den Anspruch an unsere Zeit zu rechtfertigen.
Die Sätze tun also einen Sprung, meinst du? auf die Bühne, wo sie all die Dinge absolvieren, für die sie schon so lange abgerichtet wurden, um dann, würgend und um Atem ringend, abzutreten, bis sie ein weiteres Mal aus den Kulissen zitiert werden. Willst du das damit sagen?
UNTER BERÜCKSICHTIGUNG, nein, so nicht, aber unter Berücksichtigung, wie es zu Beginn eines jeden Absatzes in jeder rücksichtslosen, nicht enden wollenden, oft zugleich

nichtssagenden und perfiden UNO-Resolution heißt, Unter Berücksichtigung dieser Zwänge, bitte ich dich dennoch, mir zu vertrauen, bleib einen Augenblick bei mir, ich bin allein.

»Die hier«, sagte sie, »stammen aus Isfahan. Und diese aus Chichicastenango.« Sie war alt. Sie war über dreißig Jahre lang, eingesetzt noch zu Zeiten und mit Unterstützung von Senator Joseph McCarthy, der Drache des Paßamts gewesen. Nun war sie pensioniert und eben dabei, mir ihr Haus zu zeigen. »Wann waren Sie in Chichicastenango?« fragte ich, mein kleines Notizbuch gezückt. »Das Jahr habe ich vergessen«, erwiderte sie.

Es fängt damit an, daß ich beinahe statt dessen nach Graham Island gefahren wäre.

Ich habe das Gesetz gebrochen, das sollte ich vielleicht gleich zu Beginn eingestehen, ich bin am Ende doch mit dem Gesetz in Konflikt geraten, an einem unwahrscheinlichen Ort, auf der Strecke zwischen Dublin und einem Ort namens Cihrbradàn. Um drei Uhr nachts brach ich auf, ungesehen, wie ich hoffte, ungehört. Ein Stück weiter auf der Strecke wurde ich von einem Teamster gerettet, dem ich etwas vorlog, obwohl er kaum Fragen stellte und mich womöglich ebenso belog. Als Lastwagenfahrer hätte man ihn dort bezeichnet, aber sein Lastzug war gewaltig; er fahre die ganze Nacht durch, erzählte er mir, zwei Nächte pro Woche. Auf meine Frage hin erklärte er, er sei in der Gewerkschaft, er wäre bei uns also ein Teamster gewesen. Ich verließ das Land und seine Gerichtsbarkeit per Flugzeug und unter einem Pseudonym oder jedenfalls unter einem Namen, der erfunden war. Jetzt bin ich ein flüchtiger Rechtsbrecher. Aber andererseits, mildernde Umstände bestanden so viele. Es gibt immer so viele mildernde Umstände. Die Operation. Meine seelische Verfassung. Die

undurchsichtige Geschichte am Flugkartenschalter. Hör mal, nein wirklich, jetzt hör mal. Ich versuche loszukommen. All die kleinen Schritte und Phasen und Manöver, Kriegslisten, in dem Versuch, jetzt von ihm loszukommen, ohne daß es mir das Herz bricht oder vielleicht auch ihm, ohne daß ich Todesangst bekomme oder gleich wieder wie ein Ball zurückpralle.
Wir leben im Zeitalter des Verbrechens.
Gab es denn etwas, was ich getan habe, glaubst du, oder hätte tun können, frage ich dich, irgend etwas, was ich nicht getan habe und hätte tun können, das dich noch eine Weile bei mir gehalten hätte?

Wir leben im Zeitalter des Verbrechens. Darüber sind wir uns gewiß alle einig. Es ist freilich auch das Zeitalter anderer Dinge. Das der ungeahnten Möglichkeiten, zum Beispiel, und das des verlorenen Glaubens, das Zeitalter der Bürokratie und das der Technik. Aber angefangen bei den höchsten Staatsangelegenheiten bis hin zu den kleinsten privaten Handlungen; der Straßenräuber, Hehler, Einbrecher, der Meineidige und der Steuerhinterzieher, der Killer, der Mitläufer und der Installateur, der Parteivorsitzende, der Verkäufer, das Mitglied des Kuratoriums, der Auto- oder Fernsehreparateur, Gewerkschaftsbosse, Konzernchefs, der Erzbischof, der Schieber, der Delinquent, die Polizei; von der Hintergasse bis ins Parlamentsgebäude, hinter dem verdunkelten Fenster oder hinter dem Schreibtisch; dies ist das Zeitalter des Verbrechens. Und vor kurzem, ja, das war es wohl im Grunde, vor ein paar Wochen wurde ich, für eine Reihe von Tagen und Nächten, Teil davon. Wie anders wäre es sonst zu erklären, daß ich mich in einer dunklen Novembernacht, um drei Uhr früh, am Steuer eines gemieteten Autos fand und, die Mondsichel über mir, durch die irische Landschaft jagte? Streckenweise regnete es. Zeitweise war der Himmel klar und schwarz, und der Mond und die Sterne standen gestochen scharf und makellos über mir. Es war kalt. Die Heizung im Auto funktionierte nicht. Und so raste ich auf der Landstraße dahin, von einem Ort namens Cihrbradàn in Richtung Dublin, wie ich hoffte. Ich hatte keinen genauen Plan, aber ich dachte, mir blieben höchstens zehn Stunden, um zu verschwinden.

Neben der Straße, unsichtbar, die Felder, die langen Steinmäuerchen. Auf der Straße kaum Autos, in der Stunde vielleicht drei, alle aus der Gegenrichtung. Keiner also, der mir folgte, keiner hinter mir her. Und dennoch, während ich durch die dunklen, weit verstreut liegenden kleinen Ortschaften fuhr, fragte ich mich, ob meine Scheinwerfer und das Geräusch des Motors nicht doch jemandem auffielen, ob nicht vielleicht ein Polizist oder irgendein verschlafener, aber eifriger Spitzel den Hörer abgenommen und in der nächsten Stadt angerufen hatte. Schrillende Telefone dann, von Stadt zu Stadt, gar nicht unbedingt meinetwegen. Was für ein legales Vorhaben konnte es denn auch sein, das ein billiges kleines Mietauto mit dieser Geschwindigkeit, bei diesem Wetter und zu dieser Stunde über eine südirische Landstraße trieb? Allerdings war es, wenn nicht alles schiefging, kaum mehr als Mietauto zu erkennen. Am selben Nachmittag hatte ich, am hellichten Tag, den Aufkleber der Mietwagenfirma von der Scheibe abgelöst. Tatsächlich muß, obwohl ich nicht genau zu sagen vermochte, in welchem Augenblick ich die Grenze zum Verbrechen überschritten hatte, das Entfernen dieses Schilds einen Wendepunkt markiert haben. Einerseits würden sie, sie würden sagen können, das sei der Beweis einer Schuld oder zumindest einer strafbaren Absicht. Ich dagegen, ich würde anführen können, was mir inzwischen als das Argument des Für-wie-dumm-halten-Sie-mich-eigentlich geläufig war. Ich meine, halten Sie mich für so dumm, am hellichten Tag einen

Mietwagenaufkleber zu entfernen, wenn ich die Absicht habe, unbeobachtet zu entkommen? Das Argument, das wußte ich, setzte sich fast nie durch, weder in der Politik noch im Strafrecht, noch im Privatleben – aber trotzdem, in meinem Fall lagen ja keine Vorstrafen und so wenig Beweismaterial vor. Es ergab einfach keinen *Sinn*, daß ich tat, was es den Anschein hatte, wenn man bedachte, wie geringfügig es war, was ich getan hatte. Ich würde vielleicht damit durchkommen. Schneeregen fiel. Die Nacht war pechrabenschwarz. Nur ganz selten, im Abstand von zwanzig bis dreißig Meilen, sah man Licht, ein einzelnes erleuchtetes Fenster, in einem Haus. Und dahinter, ein Dichter, eine schlaflose Mutter, ein Arbeiter der Nachtschicht, ein Terrorist, mit Uhr und Zünder und Zündschnur? Mein Gefühl, schon seit Tagen, war Angst. Im Wechsel mit einer Art doppeltem Verdacht: daß die Angst grundlos war. Und jetzt, während der Himmel wieder aufklarte, überkam mich ein Gefühl, wie es wohl jeden Amokläufer überkommen muß, während er durch die Nacht rast: freudige Erregung. Dort draußen, Orion, Finsternis, die unglaubliche, ungesehene Schönheit der irischen Landschaft. Wenn nicht echte Freude, so doch wenigstens ein Nachlassen der Beklemmung. Dann, nach etwa einer Stunde, bestand Grund zu der Annahme, daß ich meine Abzweigung in Castlebar verpaßt hatte.

Ich bremste. Fuhr links heran. Der Linksverkehr war bis dahin so sehr Teil des Problems gewesen. Ich stieg aus und schaute im Dunkeln, im Licht der Scheinwerfer, auf eine Irlandkarte. Ich fand kein Zeichen, keinerlei Eintrag für eine winzige Kreuzung, an der ich eben vorbeigefahren war. Der Name auf dem Schild am Straßenrand, R. 9 Lockarnagh, war auf der Karte überhaupt nicht vermerkt. Aber aus der Zeit, die vergangen war, und aus der Meilenzahl, schloß ich, daß ich die Abzweigung wirklich verpaßt hatte. Ich kehrte also um und raste wieder zurück, in die Richtung, aus der ich gekommen war. Ein Wagen, der mir nunmehr entgegenkam, blendete ab und fuhr vorbei. Aber ich konnte das Nummernschild nicht erkennen oder auch nur Farbe und Form des Wagens ausmachen. Ich mußte annehmen, daß der Fahrer von meinem Wagen auch nicht mehr erkennen konnte. Er war zu spät gekommen, um mich anhalten und wenden zu sehen. Sollte er mich verfolgt haben, dann fuhr er jetzt in der falschen Richtung. Meilen gingen dahin und noch mehr Meilen. Ich erkannte die Straße nicht mehr wieder. War es im Bereich des Möglichen, dachte ich, war es im Bereich des Möglichen, daß meiner Mutter Tochter, Nachkomme meiner Vorfahren, sich so, auf diese Weise, verirrt haben sollte, spätnachts in Irland, nichts Geringeres fürchtend als das Gesetz, und diese Mondsichel über sich? Gut, es hatte mich schon einmal zusammen mit jemenitischen Dienstboten und den Frauen von Atomphysikern in einen Luftschutzbunker in Rehovoth verschlagen und ein andermal mit Stammesmitgliedern der Ibo an einen Militärstützpunkt in einem namenlosen Ort. Nicht weniger als das Zeitalter des Verbrechens ist dies schließlich das Jahrhundert der Deplazierung. Nicht nur für Journalisten und Flüchtlinge; für jedermann. Ich war keineswegs die erste in meiner Familie, die Grund hatte, das Gesetz eines Landes zu fürchten, oder die seiner Gerichtsbarkeit und seiner Polizei heimlich zu entkommen suchte. Aber es war kalt. Ich war allein, und es war dunkel. Ich glaubte, mich verirrt zu haben, und dann schaute ich auf die Benzinuhr. Ein Viertel Tank noch. Ich würde nach Tankstellen Ausschau halten müssen, nicht daß ich mich entsinnen konnte, an einer offenen vorbeigekommen zu sein. An der Schnellstraße nach Dublin gäbe es bestimmt eine. Falls es mir gelingen sollte, die Schnellstraße zu finden. Dann waren im Rückspiegel Scheinwerfer zu sehen, in der Ferne zuerst, dann immer näher. Ich fuhr wieder links heran, von der Fahrbahn ab, stieg aus und stoppte den herankommenden Wagen, der sich als gewaltiger Laster entpuppte. Entschuldigen Sie, sagte ich, sieht so aus, als hätte ich mich verirrt. Können Sie mir sagen, wie ich auf die N. 5 nach Dublin komme? Er zögerte. Ein unsteter, verschlagener Ausdruck des Argwohns, den ich seit meiner Ankunft in diesem seltsamen Land schon unzählige Male gesehen zu haben meinte, glitt über sein Gesicht. Dann sagte er, Ich bin auf dem Weg nach Dublin. Sie können mir nachfahren. Er fuhr los, und ich hinter ihm drein. Was hatte dieser argwöhnische Blick zu bedeuten, fragte ich mich, hatte er womöglich diese Nachtgestalt, die ihn zum Anhalten aufforderte, für einen Terroristen gehalten? Wer wäre denn sonst unterwegs, um diese Zeit, und hielte Autos an? Dann kam mir die Frage, was er wohl auf diesem gewaltigen Transporter geladen hatte. Wenn ich es recht überlegte, hatte ich seit Cihrbradàn in dieser Nacht keinen anderen Lastwagen auf der Straße gesehen, oder jedenfalls keinen von dieser Größe und Tonnage. Konnte es sein, daß er Plastiksprengstoff transportierte, um diese Stunde? War er womöglich ein Terrorist, und war dieser Ausdruck des Mißtrauens in seinen Zügen aufgeschienen, weil er im ersten Moment befürchtet hatte, ich wäre von der Polizei? Seltsam, auch dieser Bereich des Möglichen, für die Augen meiner Vorväter.

Aber so fuhren wir denn, er und ich, preschten einer hinter dem anderen durch die südirische Landschaft. Ich war nicht mehr allein. Eine neue Angst, eine Art Verfolgungswahn, meldete sich in meinen Gedanken: Hatte er gezögert, weil er beabsichtigte, mich in die Irre zu führen, fuhr er am Ende gar nicht in Richtung Dublin, sondern schnurstracks zurück zu dieser Ortschaft, die, jetzt fiel es mir auf, wie eine Mischung aus Freud und Kafka Castlebar hieß? Meilen um Meilen. Nicht ein Wegweiser, soweit ich sehen konnte.

Irische Straßenschilder sind ohnehin grauschwarz auf grauweiß und derart klein beschriftet, daß sie für jeden, der im Auto unterwegs ist, so gut wie unleserlich sind. Von Zeit zu Zeit sah ich nach dem Benzinstand. Schließlich überholte ich ihn, fuhr ein Stück, bremste ab, hielt, schaltete den Warnblinker an und stellte mich mitten auf die Straße, um ihn ein zweites Mal anzuhalten. Geduld, keine Spur des Ausdrucks ›Was denn jetzt schon wieder?‹ auf seinem Gesicht. Ich sagte, daß mein Benzin fast zu Ende sei. Insgeheim hoffte ich, daß er welches hätte, aber ich sprach es nicht aus. Kann ich damit rechnen, daß demnächst eine Tankstelle kommt? fragte ich. Nicht vor morgen früh um halb zehn, meinte er. Wieviel Benzin hatten Sie denn noch, als Sie losfuhren? Dreiviertel voll, sagte ich. Na, dann dürften Sie wohl hinkommen, sagte er. Natürlich schien diese Bemerkung, wie so vieles, was ich in Irland zu hören bekam, völlig unsinnig. Es kam doch wohl gewiß nicht darauf an, wieviel Benzin ich beim Losfahren gehabt hatte, sondern wieviel ich für die verbleibende Strecke noch brauchen würde, oder zumindest doch darauf, von *wo* ich mit wieviel losgefahren war.

Vielleicht geht es hier um ein Mayerling für einen. Vielleicht war Mayerling immer nur für einen.

Da standen wir indes, dieser große, breitschultrige Mann und ich, standen im Schneeregen auf der Straße, im Lichtkegel seiner riesigen Scheinwerfer. Ich erkundigte mich, wie weit es noch nach Dublin sei. Er sagte, An die hundertzwanzig Meilen. Gibt es denn in Irland keine Tankstellen, die die ganze Nacht geöffnet haben? fragte ich. Er sagte nein. Tja, dann werde ich es wohl nicht schaffen, sagte ich. Meine Maschine startet um zehn Uhr in Dublin. Kurzes Schweigen. Wir stehen da, ohne einander anzusehen. Der Schneeschauer hat nachgelassen. Das Licht seiner Scheinwerfer ist jetzt gedämpft und dringt diffus durch den Nebel. Meinen Sie, es wäre möglich, frage ich und spreche dabei so langsam, wie der Gedanke in mir entsteht, daß ich weiterfahre, bis mir das Benzin ausgeht, und dann den Rest des Wegs mit Ihnen mitfahre? Er überlegt. Er wirft einen Blick zu seinem Lastwagen hinüber. Er wirkt über die Frage weniger überrascht als ich selbst. Das geht schon in Ordnung, sagt er. Ich frage, Wo soll ich mein Auto abstellen, bei irgendeiner geschlossenen Tankstelle oder einfach dort, wo mir das Benzin ausgeht. Ach, meint er, am besten abgeschlossen auf der Straße in Ballyhairness, schätze ich. Ich habe Schwierigkeiten, ihn zu verstehen, nicht nur, weil er leise spricht und sein Akzent mir fremd ist, sondern weil er, wie mir jetzt bewußt wird, stottert. Wie dem auch sei, ich habe ihn da schon liebgewonnen. Ich frage mich, ob er mich am Ende nicht doch im Stich lassen wird. Aber während wir fahren, Meilen um Meilen, in höchster Geschwindigkeit, ist der Himmel manchmal schwarz, mit Sternen und diesem hellen Mond, manchmal ein blasses Lila und manchmal voller Regen; obwohl der Zeiger auf der Benzinuhr ein ganzes Stück über Rot hinausgewandert ist und nun beharrlich auf Leer steht; obwohl ich keinen klaren Plan habe und auf meine Art wieder allein bin; taucht zumindest nach geraumer Zeit ein Schild auf. Ballyhaunis 10 steht darauf. Und obwohl ich einen Moment der Panik bodenlosen Falls durchlebe – Wenn er nun doch nicht anhält? –, vertraue ich ihm nun schon weitgehend, und in Gedanken sage ich, Schön, daß wir uns getroffen haben, Teamster.

Die Sache war die, der Eiswürfel war präpariert.
Die entscheidende Wende bei der Zeitung kam mit der Einführung der Verfasserangabe.
Und die Leute, die ich damals kannte, waren: alle.

Alle?
Na ja, nicht alle auf der Welt natürlich. Aber eine erstaunliche Anzahl und Vielfalt von Leuten, wenn man bedenkt, wie hoffnungslos einsam ich als junges Mädchen war und was für eine Einsiedlerin ich seither geworden bin.
»Das geht wirklich zu weit. Es ist unsagbar, wen sie am Tisch alles neben einen setzen«, sagte Claire nach dem Abendessen in der bewachten Inselvilla. »Ehefrauen, Kanadierinnen. Die setzen einen glatt neben jeden.« Und dann noch: »Die Tochter hat einen Misquito geheiratet. Einen Moskito. Was weiß ich.«

Angefangen hat es am Flugticketschalter. Nein, angefangen hat es drei Tage zuvor mit einem anderen Lastwagenfahrer, mittags, in einem kleinen Städtchen auf der Strecke vom Flughafen Shannon. Nein, angefangen hat es damit, daß wir zur Ehrlichkeit erzogen wurden, oder mit der Tatsache, daß meine Eltern flüchten mußten. Na gut, wo immer es angefangen hat, der Botschafter, ein Mann von Format und ein gütiger Mensch, Dichter und Kriegsheld in seiner Jugend, heute Bankier und Besitzer riesiger Ländereien in Iowa, hatte mir sein Haus an der irischen Küste bei Cihrbradàn angeboten, genauer gesagt, ein Schloß, das jetzt, bis auf das wenige Personal, leerstünde. In seiner Abwesenheit seien Haus und Grund und vor allem das Personal ziemlich gottverlassen. Reden Sie mit Ihnen, sagte er, als er von Celia, Paddy, Pat und Kathleen sprach. Sie sind einsam und ein freundliches Volk. Celia, die Köchin, vermisse es, Tischgäste zu haben und ihnen Picknicks herrichten zu können. Paddy fehlten die Jagdgesellschaften. Fragen Sie Paddy, wo man am besten jagt, falls mir der Sinn nach Jagen stünde. Wenn nicht, fragen Sie ihn, wo man die schönsten Spaziergänge machen kann. Reden Sie mit ihnen. Bleiben Sie ruhig den ganzen November über, wenn ich Lust hätte. Das Angebot war nicht nur sehr freundlich; es schien ein Geschenk der Vorsehung. Ich lese die Horoskope in Boulevardzeitungen. Selbst in meinen besten Zeiten halte ich nach schlechten Omen Ausschau. Schon ein paar Stunden später war ich unterwegs, als Standby, auf einem überfüllten Flug nach London. Die ganze Nacht über dem Atlantik einen hustenden Mann neben mir, der sichtlich fieberte. Am nächsten Morgen dann, in Heathrow, die undurchsichtige Geschichte am Ticketschalter. Aber als ich in Shannon angekommen war und im Regen über das asphaltierte Flugfeld zu einem dämmrigen Schuppen mit der Aufschrift Gepäckabholung gegangen war, dachte ich, Na ja, wenigstens habe ich endlich etwas getan. Bis hierher bin ich schon einmal gekommen. Ich fand eine freie Zelle und eine blasse Telefonistin, die mich mit Cihrbradàn verband. Ich fragte Paddy nach dem Weg; er sagte, Folgen Sie einfach den Wegweisern, es ist alles ganz klar ausgeschildert. Ich ging einen langen Korridor hinunter, durch den Zoll, und gelangte dann in das eigentliche Flughafengebäude. Die Stände der Autoverleihfirmen waren nebeneinander aufgereiht. Es war wie ein levantinischer Basar, ein Basar in Bagdad, Kairo oder Damaskus. Die Männer an den Ständen priesen lauthals und marktschreierisch an, gestikulierten und zischten mir zu, Psst, Psst, als ob ich eine Katze wäre oder (aber das ist eine andere Geschichte) eine Frau, die, in Manhattan, aus Versehen in den falschen Raum im Century Club spaziert ist. Aus irgendeinem Grund war ich offenbar der einzige in Frage kommende Kunde. Die anderen Passagiere waren schon gegangen, oder ihr Schritt verriet deutlicher ein Ziel. Ich stand noch unschlüssig in einiger Entfernung von den Ständen. Die Katzbuckelei und das auftrumpfende Gehabe verblüfften mich derart, daß ich geradewegs auf den Ausgang zustrebte, zum Taxistand. Dann überlegte ich es mir anders. Ich ging auf den jüngsten Mann in der Reihe von Ständen zu, einen zierlichen, dunkelhaarigen Burschen von etwa achtzehn Jahren. Wieviel würde es kosten, fragte ich, seinen kleinsten Wagen für etwa eine Woche zu mieten? Er nannte einen Betrag. Ich zögerte. Er senkte den Preis um neun Dollar pro Tag. Ich sagte, Also gut. Aber dann unterlief ihm nicht nur ein Fehler beim Ausrechnen der Endsumme, sondern er legte dem Betrag auch noch irische Pfund statt Dollar zugrunde. Als ich ihn darauf ansprach, zerriß er das Formular und begann noch einmal von vorn, mit deutlich zur Schau gestellter Erbitterung und Geistesabwesenheit, als habe er sich mit so praktischen Dingen wie dem Vermieten eines Autos noch nie zuvor befaßt. Für die gefahrenen Meilen berechnen wir nichts, sagte er. Er strich den Meilenpreis durch und schrieb darüber Benzin: $ 35, und darunter fügte er noch eine Zeile ein: Div. Gebühren $ 19. Schließlich fragte er, ob ich eine Versicherung abschließen wolle. Ich war unschlüssig. Mein Gefühl bei der Transaktion gab mir nicht gerade Vertrauen in die Qualität oder auch nur das Bestehen dieser Versicherung. Ich sagte, Nein danke, ich bin schon versichert. Natürlich, wir auch, erwiderte er. Hier geht es nur um die Eigenbeteiligung, achthundert Dollar. Normalerweise würde ich diese Art von Versicherung ohne jede Frage abschließen, aber schon das Stück Papier, das er mir nun entgegenstreckte wie ein Los für irgendeine Tombola, hatte etwas Behelfsmäßiges; und gegen größere Unfälle war ich, als Autohalterin, tatsächlich versichert. Also unterschrieb ich die Erklärung, daß ich auf die Versicherung verzichtete, und den Mietvertrag für den Wagen.

Reden Sie mit ihnen, hatte der Botschafter gesagt, es ist ein freundliches Volk. Na, den Teufel sind sie. Hin und wieder ein menschliches Wesen von großer Poesie und Schönheit; die übrigen argwöhnisch, gerissen, habgierig, störrisch, desinteressiert, dumm, verschlagen, gewalttätig und grausam.

Und dementsprechend ist natürlich auch die Geschichte des Landes. Punkt, Satz und Match, wie die Frau des amerikanischen Professors beim Dinner bei den Waltons bemerkte, an jenem Abend, als ich zu dem Schluß kam, daß ich das Land verlassen mußte. An jenem Abend, an dem ich endlos dahinfuhr und mir immer sicherer wurde, daß ich meine Abzweigung verpaßt hatte, was bedeuten würde, daß ich gar nicht auf Dublin zusteuerte, sondern auf Tuam und Shannon; oder schlimmer noch vielleicht, daß ich mich gänzlich verirrt hatte. Und so durch diesen Wechsel von Schneeregen und Malvenrosa und atemberaubender Klarheit bis Tagesanbruch weiterfahren und bei Tageslicht dann Aufmerksamkeit erregen würde, obwohl ich doch nur eines mußte, nämlich den ersten Morgenflug aus Dublin erwischen. Einen Flug, für den ich keinen Platz reserviert hatte, für den aber, wie mir als Antwort auf einen anonymen Anruf am Abend zuvor mitgeteilt wurde, noch Plätze frei waren. Dann, als ich angehalten und kehrtgemacht hatte, kamen diese Scheinwerfer auf mich zu, der erste Wagen, den ich seit über zwanzig Minuten zu Gesicht bekam; und ich dachte, Kann es sein, daß die Hüter des Gesetzes einander verständigt haben, in jedem kleinen Ort auf der Strecke, schon seit ich im Schloß aufbrach und in der undurchdringlichen Dunkelheit von Cihrbradàn den Schlüssel fallen ließ, und kann es sein, daß das hier einer von ihren Leuten ist, von der Polizeiwache in Castlebar geschickt, um mir zu folgen? Ein Gedanke, der aus vielen Gründen so paranoid auch wieder nicht war; nicht zuletzt deshalb, weil die Polizei in diesem Land daran gewöhnt sein muß, Mitgliedern von Terrorbanden jeder Couleur zu folgen – Protestanten, Katholiken, Waffenschmugglern, Zulieferern, Gegnern, Anhängern und Verrätern der IRA. Andererseits, gewiß, ich war es ja, die meinem Fernfahrer hinterherfuhr. Aber was gab es eigentlich für einen Grund, ihm zu trauen? Als mildernde Umstände; doch warum so defensiv das Argument der mildernden Umstände ins Spiel bringen, da ich doch, bisher, nichts getan habe; ich bin ja nur bis hierher gekommen.

»Wir saßen in ihrem Eßzimmer, meine Liebe«, berichtete der englische Verleger, »mit Blick auf ihren Balkon und die Skyline von Beirut. Mit jedem neuen Gang wurde das Tischgespräch schauerlicher. ›Erzähl ihnen, Mina‹, hat beispielsweise der Bruder gesagt, ›in welcher Verfassung sie deinen Verlobten damals in der Nacht auf deiner Türschwelle zurückließen. Und von dem Zettel, den sie ihm in einer kleinen Schachtel in die Hand gedrückt hatten.‹ ›Aber dann will ich auch erzählen, auf welche Weise und wie rasch wir Vergeltung geübt haben‹, antwortete das Mädchen. Und das, während wir beim Essen saßen, wohlgemerkt. Ich habe sie mir angesehen und gedacht, Das ist also die Crème. Die Crème de la crème der Phalange.«

Auf dem Flughafen, fällt mir auf, herrscht absolute Stille. Ein Schweigen wie auf einem Maskenfest, von Gaunern, Straßenräubern, Hehlern, Betrügern, Terroristen, Schlägern, Einbrechern, Verrätern, Schwindlern, Triebverbrechern, doch hier bewege ich mich auf unsicherem Gelände. Wir leben im Zeitalter des Verbrechens, aber noch habe ich nicht begonnen, in den Dunstkreis oder den Schatten des Bösen einzutreten. Ich ergreife mein Gepäck. Der schmächtige, dunkelhaarige Mann begleitet mich, den Schlüssel in der Hand und schirmbewehrt, hinaus in den Regen und quer über den Parkplatz zu einem kleinen gelben Auto mit einer leicht verbeulten Tür. Er hält zwar ein liebenswürdiges Gespräch in Gang, über das Wetter, über die Reiseroute, aber mein Gepäck trage ich immer noch selbst. Schließlich öffnet er mir die Wagentür, wünscht Gute Fahrt und marschiert davon. Tja, das Autoradio funktioniert nicht, und die Heizung auch nicht; außerdem komme ich, wie sich herausstellt, mit dem Scheibenwischer nicht zurecht, der nur einmal alle dreizehn Sekunden (ich zähle beim Fahren mit) hin- und hergeht. Gebeten oder ungebeten; ich meine, eingeschaltet oder nicht. Die Straßenschilder, die sich bei diesem Wetter von der Farbe des Himmels so gut wie gar nicht abheben, geben oft nicht einmal einen Hinweis auf die größten Städte. Galway, zum Beispiel, ist manchmal angezeigt, dann wieder nicht. Wie schon Paddy hatte auch der Mann von der Autovermietung gesagt, ich solle den Wegweisern nach Westport folgen. Aber es gibt keine Wegweiser nach Westport. Auf der Karte von Irland, die zusammengefaltet auf dem Sitz neben mir liegt, schaue ich nicht nach, weil die Autofenster in den Pausen zwischen diesen sporadischen, halbgelähmten und jedesmal erschreckenden Zukkungen des Scheibenwischers völlig beschlagen. Aus irgendeinem Grund bin ich auch nicht geneigt anzuhalten. Der Mann von der Autovermietung hatte außerdem noch gesagt, daß es von Shannon nach Cihrbradàn etwa dreißig Meilen seien, aber ich bin schon über sechzig Meilen gefahren. Ich versuche mir einzureden, es wären nicht Meilen, sondern Kilometer, die der Wagen anzeigt. Aber im Lauf der Zeit habe ich schon so viel über Galway gelesen und gehört. Es muß also, das weiß ich, über kurz oder lang muß da ein großes Schild kommen, auf dem Galway deutlich angezeigt ist. Schließlich biege ich in eine große geöffnete Tankstelle ein und warte neben den Zapfsäulen. Nichts rührt sich. Ich gehe durch den Regen auf das Büro zu. Ein pummeliger junger Mann mit sandfarbenem Haar und Sommersprossen auf den Lippen steht innen, direkt an der Tür. Ich frage, Können Sie mir bitte sagen, ob ich nach Galway hier richtig bin und wie weit es noch ist? Er starrt über mich hinweg in die Ferne. Ich stehe da, im Regen. Dann sieht er mir direkt in die Augen und sagt, mit unüberhörbarer Genugtuung: Keine Ahnung. Er beobachtet mich, während ich wieder ins Auto steige und losfahre, auf derselben Straße, in dieselbe Richtung. Ich mache noch einen Versuch mit dem Radio und der Heizung. Nichts. Stille und Kälte. Von den drei Vorwärtsgängen der Knüppelschaltung rastet einer nicht richtig ein; schon beim kleinsten Hügel springt er ab und zu heraus. Ich wünschte, ich hätte daran gedacht, den Mann nach der nächsten größeren Stadt zu fragen. Ich bin jetzt so gut wie überzeugt, daß ich tatsächlich von der Route abgekommen bin, so weit abgekommen und vor so langer Zeit schon, daß der Ausdruck des Mannes gar nicht mißmutige Befriedigung, sondern bloß Entgeisterung gewesen war, weil er womöglich von Galway noch nie etwas gehört hatte. Dann, keine halbe Meile nach der Tankstelle, ein großes Schild: Galway 6. Na ja, vielleicht konnte er mich nicht leiden, oder er verstand meinen Akzent nicht. Vielleicht ist er nie sechs Meilen über die Stelle, an der wir standen, hinausgekommen, und das Schild ist ihm so vertraut, daß er es vergessen hat. Vielleicht hat er auch eine Mutter oder eine ältere Schwester, die ihn gern mit leerem Blick fixiert und in genau diesem Tonfall zu ihm sagt: Keine Ahnung. Was immer der Grund, es hört auf zu regnen, und die Straße ist die richtige. Immer noch verwirrt, aber mit neu erwachenden Lebensgeistern, fahre ich zu.

Ich komme in eine kleine Ortschaft; und als ich um eine Kurve fahre, auf der kopfsteingepflasterten Straße, höre ich so etwas wie ein Krachen oder ein dumpfes Aufprallen, und leicht spüre ich es auch, auf meiner Seite des Wagens. Ich glaube einen Lastwagen gestreift zu haben, einen sehr großen Lastwagen, der in dieser Kurve halb auf dem Gehsteig, halb auf der Straße geparkt ist. Ich steige aus und stelle zu meiner Erleichterung fest, daß ich nur gegen seine Stoßstange gefahren bin. Oder genauer gesagt, die vordere Stoßstange des Lastwagens, die weit über den Randstein hinaus-

ragt, hat sich unter den linken vorderen Kotflügel meines Wagens geschoben, genau über der Radkappe, und diesen Kotflügel, in einem geraden Schnitt, vom Rand hinter dem Reifen bis zum Türscharnier, auf einer Länge von etwa dreißig Zentimetern aufgerissen. Seltsamerweise ist der Kotflügel nicht verbeult, sondern lediglich in dieser sauberen, geraden Linie aufgeschlitzt. An der Stoßstange des Lastwagens, aus massivem Stahl mit einer dicken Gummischicht, ist dagegen nur der Rand ganz leicht nach vorn gebogen. Mehr nicht. Ein junger Mann überquert die Straße. Ich sage, Ich bin gegen Ihren Lastwagen gefahren. Er meint, Sieht ganz so aus. Als er sieht, was passiert ist, wirkt er zunächst so erleichtert wie ich. Er sagt, Zum Glück ist kein Schaden entstanden, zum Glück; und er fängt an, seine Stoßstange zurückzubiegen. Dann sieht er den Aufkleber der Verleihfirma auf der Rückscheibe meines Wagens. Seine Augen werden schmal, und er fragt, Ist das ein Leihwagen? Ich bejahe. Darauf sagt er, langsam und gedehnt, Leihwagen sind versichert, und will meinen Versicherungsschein sehen. Ich sage, Ich habe keinen, bloß den Mietvertrag, und fange an, in meiner Tasche danach zu suchen. Immer noch arglos, sage ich, Dann sollte ich wohl auch Ihren Führerschein sehen, wir sollten die Papiere austauschen. Er sagte, Das ist nicht nötig. Es ist nichts. Zum Glück ist kein Schaden entstanden, zum Glück. Er sieht sich mein Auto an, sagt, Ich will die bloß nicht auf den Hals kriegen. Ich finde den Mietvertrag. Er nimmt ihn, sagt, Ich bin gleich wieder da, will das bloß dem Meister zeigen, mir seinen Rat holen. Dann geht er rasch davon.
Die Zeit vergeht. Ich weiß nicht, wohin er gegangen ist. Aus unerfindlichem Grund stelle ich mir den Meister als Besitzer einer Reparaturwerkstätte vor, und nachdem er etwas von Rat holen erwähnt hat, nehme ich an, dieser Meister sei so etwas wie ein welterfahrener Freund. Noch mehr Zeit ver-

geht. Er kommt nicht zurück. Ich parke mein Auto an einem günstigeren Platz, weiter von der Kurve entfernt. Im Ort ist es absolut still, fällt mir auf. Ich mache mich auf die Suche nach der Werkstätte, finde sie und erkundige mich bei dem Besitzer, wohin der Lastwagenfahrer verschwunden sein könnte. Der Mann gibt zunächst sonderbar ausweichende Antworten, will gar nichts wissen von dem Lastwagen, dessen Fahrer oder überhaupt von den Geschehnissen, die sich soeben, in dieser Stille, in einer Kurve, nur wenige Meter vor seiner Tür, zugetragen haben. Er wartet. Dann sagt er unvermittelt, Vielleicht ist er auf die Polizeiwache gegangen. Ich erkundige mich, wo das ist. Und obwohl die Straße die einzige im Ort ist und diese Straße auf jeder Seite höchstens zehn Häuser hat, sind er und die Umstehenden in der Werkstatt sowie die beiden Leute, die ich dann noch frage, entweder nicht in der Lage, einen Weg zu beschreiben, oder aber ich bin zu verdattert oder zu begriffsstutzig, um der Beschreibung zu folgen, jedenfalls kann ich die Polizeiwache nicht finden. Noch mehr Zeit vergeht. Ich gehe langsamer. Ein Hauseingang fällt mir auf, mit einem kleinen blauen Porzellanmedaillon darüber, es trägt eine Inschrift, möglicherweise auf gälisch. Die Fenster sind dunkel. Die Tür ist verschlossen; sie hat keine Klinke; und auf mein Klopfen erfolgt keine Antwort. Wieder vergehen zwanzig Minuten. Ich bin den Ort mehrmals in seiner ganzen Länge abgeschritten und immer wieder zu dem Lastwagen zurückgegangen. Obwohl ich mich frage, wie ich ohne meinen Mietvertrag weiterkommen soll, gebe ich auf. Ich gehe gerade, ein weiteres Mal, auf meinen Wagen zu, als der Lastwagenfahrer aus ich weiß nicht welcher Tür heraustritt. Wo waren Sie denn? frage ich, fast so, als müßte ich mich entschuldigen. Er sagt, Ich war beim Wachtmeister, um seinen Rat einzuholen, es ist alles erledigt, kein Schaden zu verzeichnen. Obwohl ich ihm, aus irgendeinem Grund, noch immer nicht ganz mißtraue, sage ich, Hören Sie, ich brauche meinen Mietvertrag wieder. Er war schon wieder auf dem Weg zu seinem Laster. Das geht in Ordnung, sagt er, den hat wahrscheinlich noch der Meister. Und sein Blick streift verstohlen, unwillkürlich, den Eingang mit dem Medaillon darüber. Die Tür steht jetzt einen Spalt offen. Ich gehe darauf zu. Der Fahrer macht kehrt und folgt mir, im Laufschritt. Fast gleichzeitig treten wir ein.

In dem Raum, der klein und nahezu finster ist, sitzt rechter Hand, an einem Holzschreibtisch, ein Polizeibeamter und schreibt im Licht einer kleinen Lampe in ein riesiges liniertes Hauptbuch. Der Hintergrund des Zimmers ist in Dunkel gehüllt, in dem sich, dunkler noch, Umrisse abzeichnen, die allem Anschein nach zu drei Stühlen gehören. Bis jetzt habe ich noch in keinem Moment, weder am Flughafen noch als ich mich verirrt zu haben glaubte, ja nicht einmal, als ich das Aufeinanderprallen von Stoßstange und Kotflügel hörte, oder in der langen Wartezeit danach, auch nur im entferntesten so etwas wie einen Adrenalinstoß verspürt. Doch aus irgendeinem Grund verschlägt es mir nun ein wenig den Atem. Der Polizist sagt, Das geht schon in Ordnung, Ma'am, die Sache ist erledigt. Inzwischen fast schon daran gewöhnt, nichts zu verstehen und mir dabei irgendwie fehl am Platz vorzukommen, antworte ich, Wie meinen Sie das? Er hat seinen Helm auf und schreibt weiter in sein großes Buch. Er antwortet, Wir haben schon die Verleihfirma angerufen, und sie haben gesagt, sie werden zahlen. Ich erwidere, Aber nein, verstehen Sie denn nicht, ich habe ihre Versicherung nicht abgeschlossen. Laut Vertrag muß ich selbst für den Schaden aufkommen. Der Polizeibeamte schreibt weiter, sagt, Das geht schon in Ordnung, Ma'am, ich habe mit ihnen gesprochen und bin gleich fertig. Ich sage, Gut, in diesem Fall, das werden Sie sicher verstehen, brauche ich Ihren Namen und den des Fahrers und eine

Kopie Ihres Berichts. In Ordnung, Ma'am, meint der Polizist, ich bin fast fertig damit. Ich sage, Aber Sie haben doch mein Auto gar nicht gesehen, nicht einmal den Lastwagen. Er gibt keine Antwort. Ich füge hinzu, Sie werden sich doch bestimmt den Lastwagen ansehen gehen. Als ob dieser Gedanke ihm völlig neu wäre, erhebt er sich widerstrebend von seinem Schreibtisch. Seinen Helm hat er die ganze Zeit aufbehalten. Und ich erliege nach wie vor, oder wieder, vielleicht weil sie beide so träge und begriffsstutzig wirken, dieser idiotischen Gutgläubigkeit. An der Tür sagt der Lastwagenfahrer, mittlerweile wohl etwas verlegen, Der Schaden ist natürlich nicht der Rede wert. Ich wollte die bloß nicht auf den Hals kriegen wegen Ihres Wagens. In dieser Frage der Kommas. In dieser Frage der Absätze. In dieser Frage des Skandals auf den Tennisplätzen. Nicht gerade hier, denke ich, nicht jetzt.

Wir gehen zum Lastwagen. Als der Polizist, auf meinen ausdrücklichen Hinweis, endlich sieht, daß die Stoßstange verbogen ist, drückt er selbst den Fuß dagegen, hält inne, tritt einen Schritt zurück, sagt zu dem Fahrer, Das werden Sie wohl wieder ausbiegen, nehme ich an. Der Lastwagenfahrer, der vielleicht einen Verlust an Rückhalt wittert, sieht uns beide an und erklärt gedehnt, Ich werde den Schaden schätzen lassen. Und so, als besänne er sich auf seine Rolle, wiederholt der Polizeibeamte, Er wird den Schaden schätzen lassen. Ich sage, Hören Sie, da die Schuld bei mir liegt, warum lassen wir den Schaden nicht gemeinsam schätzen, und ich zahle einfach. Schweigen. Der Fahrer sagt, Oh, ich kann jetzt nicht weg. Ich frage, wann es sonst ginge. Er schaut weg und meint, das könne er im Augenblick nicht sagen. Da endlich dämmert mir etwas, und ich sage, Wieso nennen Sie mir nicht einfach Ihre eigene Schätzung des Schadens, dann könnte ich Ihnen die Summe vielleicht gleich bezahlen. Er zögert, scheint zu rechnen, sagt, Nein, ich fürchte, das kann ich nicht. Der Polizist steht nur da, den Blick starr in die Ferne gerichtet. Ich frage, eigentlich alle beide, was ich tun solle. Ich frage, ob ich mir nicht doch den Führerschein des Lastwagenfahrers zeigen lassen solle. Keine Antwort. Ich schaue den Polizisten an. Er erkundigt sich, wann ich in die Vereinigten Staaten zurückfahren werde. Ich antworte, Freitag oder Samstag. Er sagt zu dem LKW-Fahrer, Warum geben Sie der Dame nicht Ihre Telefonnummer, dann kann sie Sie am Freitagnachmittag anrufen. Ich sage, Schön und gut, aber wissen Sie, eigentlich bräuchte ich seine Führerscheinnummer. Der Polizeibeamte sagt, Ich schreibe rasch seine Telefonnummer für Sie auf; fragt den LKW-Fahrer danach, läßt sie sich von ihm diktieren. Sie gehen gemeinsam weg, als wäre die Sache damit erledigt. Ich sage, Ich müßte meinen Mietvertrag wiederhaben, wenn Sie damit fertig sind. Darauf er, Den habe ich Ihnen doch schon zurückgegeben, glaube ich. Ich sage, Vielleicht haben wir ihn auf der Wache vergessen; und gehe in Richtung Eingang. Durch Zufall stehe ich weiter von dem Lastwagen entfernt und näher bei der Polizeiwache als die anderen beiden. Der Mietvertrag liegt offen auf dem Schreibtisch, neben dem Hauptbuch. Ich nehme ihn an mich. Es folgt ein spannungsgeladener Augenblick. Dann meint der Polizist, Am Freitagnachmittag kann er Ihnen dann den Schätzwert sagen. Der LKW-Fahrer lächelt. Wir gehen zurück zur Landstraße. Als wir uns verabschieden, klettert der Fahrer ins Führerhaus seines Lastwagens, wieder mit einem Lächeln, und erklärt, höchst sonderbarerweise, Ich gebe Ihnen mein Wort.

Quanta, sagte Amy im Zug, während des Schneesturms damals, als Antwort auf meine Frage. Hallo, hier ist Medea. War ich nicht immer. Nun, er hat nach mir gefragt, du hast dich nach mir erkundigt, bei der Konferenz im Motel on the

Mountain. Das Motel ist inzwischen, was spielt das für eine Rolle, was inzwischen daraus geworden ist. Ich glaube nicht, daß dort Konferenzen stattfinden. Dort hat es angefangen zwischen uns.

Beim Weiterfahren kann ich mir einfach keinen Reim darauf machen. Was für ein Wort denn. Warum kein Austauschen der Führerscheinnummern. Da schwang ein Unterton mit, sicherlich der Komplizenschaft, aber was mochte nur für eine Absicht dahinterstecken? Schließlich schien es taktisch nicht eben geschickt, mir seine Telefonnummer zu geben; in mancher Hinsicht, sollte man meinen, wäre es günstiger gewesen, die meine zu verlangen. Es war vermutlich eine Finte, um vom Führerschein des LKW-Fahrers und dem tatsächlichen Bericht des Polizisten abzulenken. Aber zu welchem Zweck? Ich tendiere immer noch dazu, ihren offenkundigen Mangel an Intelligenz oder an Kompetenz mit Harmlosigkeit zu verwechseln. Der Polizist hatte sich mein Auto nicht einmal angesehen; und falls sie beispielsweise vorhatten zu behaupten, ich hätte Fahrerflucht begangen, warum dann den Polizeibeamten die Telefonnummer handschriftlich notieren lassen? Aber eines weiß ich sicher: daß ich bei der Begleichung des Schadens besser nicht dem Lastwagenfahrer, der Autovermietung und dem Schätzer ausgeliefert sein sollte. Der Fahrer hatte an einem Punkt unserer Unterredung gesagt, Wissen Sie, der Schaden könnte sich auf zwanzig, vierzig oder auch achtzig Pfund belaufen. Ich hatte eingewandt, So hoch doch bestimmt nicht. Da hatte der Polizeibeamte mit einem kleinen Lachen bemerkt, Sie kennen unsere irischen Automechaniker nicht. Vielleicht müssen sie die ganze Stoßstange durch eine neue ersetzen. Und selbst da noch hatte der Fahrer mein Angebot abgelehnt, ihm auf der Stelle zu bezahlen, was es kosten würde. Ich weiß nicht, was ich machen soll. Normalerweise würde ich die Autovermietung anrufen, aber wenn der Polizist sie schon angerufen hat, scheint das überflüssig; und warum wurde ich in der Frage nicht gehört, warum telefonierte er nicht in meinem Beisein mit ihnen oder sah sich mein Auto an? Ich habe das unbestimmte Gefühl, daß sie doch irgendwie behaupten wollen, ich hätte Fahrerflucht begangen. Aber das kann nicht sein. Wo ich doch die Telefonnummer in seiner Handschrift habe. Ich weiß, daß ich jetzt einen ehrlichen Automechaniker finden muß, der nicht wie der LKW-Fahrer beim ersten Blick auf den Aufkleber des Autoverleihs gleich an die Versicherung der Verleihfirma denkt. Der Wagen muß schließlich erst in einer Woche wieder beim Verleiher sein. Vielleicht kann mir im Schloß jemand einen Mechaniker nennen. Vielleicht auch Captain Walton, den der Botschafter mir als einen besonders guten Freund und Nachbarn geschildert hatte. Ich habe nun einen kleinen Fingerzeig erhalten, daß Gefahr besteht und ich, von einer Sekunde zur anderen, völlig in der Hand von fremden Menschen sein kann. Und ich denke, Gott sei Dank ist nichts Schlimmes passiert; von einer Minute zur anderen ist alles wie ausgewechselt.

Im Schwimmbecken der Chirurgischen Spezialklinik, die, vielleicht weil sie nicht auf Krankheiten spezialisiert ist, bei denen es um Leben oder Tod geht, sondern nur auf solche des Bewegungsapparats, sicher zu den freundlichsten Krankenhäusern der Welt gehört, stellten wir uns zunächst, ganz von selbst und ins Gespräch vertieft, der Schwere unserer Leiden nach in einer Reihe auf. Der Raum mit dem Schwimmbecken liegt im Erdgeschoß. Auf der einen Seite gehen die Fenster zur Auffahrt und auf den Fluß hinaus, auf das blendend helle, graue Licht und die Lastkähne. Keiner schwimmt hier, kein Spritzen, kein Johlen und kein Widerhall von den Fliesenwänden. Am tiefen Ende des Beckens, wo das Wasser, das natürlich geheizt ist, den Erwachsenen nur bis zum Knie reicht, ging ein junger Therapeut langsam hin und her, eine kurze Holzstange in den ausgestreckten Händen. Ein etwa sechsjähriges Kind, das diese Holzstange umklammert hielt, wurde sanft, lachend, durchs Wasser gezogen. Mrs. Martinez, Mutter von acht Kindern, die neben mir auf- und abging, sah wohlwollend zu; damit der Therapeut für andere Patienten frei würde, übernahm sie dann selbst die kurze Stange und das Kind. Bald gesellte sich noch Mr. Lanier zu unserem Dreiergrüppchen. Von Mrs. Martinez, Mr. Lanier oder mir zu sagen, daß wir durchs Wasser gingen, trifft nicht ganz zu. Man hatte uns mit Hilfe von Lastenaufzug und Bahre ins Becken hinuntergelassen, und nun bewegten wir uns, im technischen Sinne zwar aufrecht und auf den Beinen stehend, aber vorwiegend vom Wasser getragen, mit feierlichem Ernst von einer Seite des Beckens zur anderen. Anna Mills, die ein bißchen kleiner war als wir, ging etwas weiter im Seichten hin und her, beteiligte sich jedoch an unserer allgemeinen Unterhaltung. So auch, hin und wieder, die drei jungen Sportler direkt neben ihr. Zur Nachbehandlung von Knieoperationen standen sie, die Arme am Beckenrand ausgebreitet, im Wasser und beugten und streckten ihr krankes Bein vor dem Körper. Temperamentvoll oder gesetzt, schmerzlich zusammenzuckend oder ausdruckslos, wir plauderten: über das, was uns fehlte, wie es dazu gekommen war, ob wir verletzt oder damit geboren wurden oder einfach, allmählich, abgebaut hatten; über vergangene Operationen, bevorstehende Operationen, keine Operationen. Aber das Thema von brennendstem Interesse, das Thema, das uns jenseits aller Schranken von Alter, Klasse, Beruf oder persönlicher Neigung in Lager spaltete, waren Medikamente. Die Tylenol-Clique, die Gruppe, die auf Empirin mit Codein gesetzt war, die Ärmsten, die Bufferin oder Darvon oder irgendwelche anderen rezeptfreien Schmerzmittel bekamen, waren vom kleinen Lager jener Glücklichen ausgeschlossen, die Morphinderivate oder Percodan bekamen. Der Unterschied hatte, wie wir bald feststellten, oder vielmehr wie die Percodan-Gruppe feststellte, weniger mit der Art der Erkrankung oder der Stärke der Schmerzen zu tun als mit der jeweiligen Philosophie und Neigung des verschreibenden Arztes. Dem Lastwagenfahrer Al Hines waren, das wußten wir, von seinem Arzt Vorhaltungen gemacht worden, weil er zuviel Aspirin nahm, obwohl er an dem gleichen litt wie Mrs. Martinez, Mr. Lanier und ich. Zehn Tage Streckverband, hatte Als Arzt angeordnet, und wenn das nichts fruchte, Operation. Mein Arzt dagegen hatte gesagt, der Streckverband – und in unserem Zimmer lagen wir alle im Streckverband – sei völlig nutzlos, nichts weiter als eine Einrichtung, um Krankenkassen zufriedenzustellen. So war das also; wenn Al neben uns herging, nahmen wir, wie Kinder, die weniger erleuchteten Kindern taktvoll die Wahrheit über den Storch oder den Nikolaus verschweigen, mit keinem Wort auf unsere Medikation Bezug. Und an dem Tag, als die alte Mrs. James, die von ihrer Arthritis völlig deformiert und zu einem klauenbewehrten, O-beinigen Bogen gekrümmt war, erwähnte, daß ihr Arzt, Gott segne ihn, ihr tatsächlich die Einnahme von Percodan gestatte, genauer gesagt, viermal pro Tag eine halbe Tablette, verloren wir, wir paar Glückspilze, die Percodan nahmen (und zwar manchmal, wenn wir die Tabletten unauffällig gehortet hatten, achtmal täglich drei Stück), kein Wort darüber, sondern fuhren nur fort in unserer gravitätischen Prozession, gleich Schwänen oder Philosophen, Generälen oder Bürgern von Athen, von einer Seite des Beckens zur anderen.

Aber dann war, obwohl ich immer wieder anhielt, um nach dem Weg zu fragen, an vielen Kreuzungen keineswegs klar, wo die Straße weiterging und wo es sich um eine ganz andere Straße handelte. Ich fragte verschiedene Radfahrer, Bauern, Passanten. Und einmal, als ich am äußersten Straßenrand angehalten hatte, um die letzten Nachzügler einer Gruppe von Bauern mit ihren brüllenden Viehherden vorbeizulassen, traf ich, nein, treffen ist das falsche Wort, begegnete ich einem dieser wahrhaft sanften und poetischen Wesen, einem Mann, der sagte, Das hohe Gras hier hat Ihren Kotflügel etwas verbogen; und sich dann bückte, um das Metall entlang der sauberen Schnittkante wieder zurechtzubiegen, wobei er sich Hosen und Hände mit Lehm beschmutzte. Ein gütiger Mann, mit jenem ausgeprägten natürlichen Ehrgefühl, auf das, in irgendeiner Form, so meine Vermutung, auch das ›Ich gebe Ihnen mein Wort‹ des Lastwagenfahrers zurückging. Meine dunkle Ahnung von etwas Ominösem, Feindseligem, legte sich. Ich begann, die Vorfälle als Omen zu sehen, die vielleicht, letzten Endes, doch Gutes verhießen. Als der Regen nachließ, nahm ich zum ersten Mal eine Stimmung der Heiterkeit wahr, die Felder, die Steinmauern, den schiefergrauen Himmel, die unglaublich langen Wimpern der Kühe. Ich fuhr durch die Landschaft, die Städtchen. Kurz vor Dunkelheit fand ich die ungepflasterte Straße nach Cihrbradàn, dann das Gittertor und die lange Auffahrt zum Schloß. Auf dem Kiesrund vor dem Vordereingang parkte ich den Wagen so, daß die Fahrerseite, die Seite mit dem beschädigten Kotflügel, für alle Ankömmlinge von der Straße sichtbar war. Später, so ging es mir selbst da schon durch den Sinn, später würde ich sagen können, Für wie dumm halten Sie mich eigentlich; wenn es mir darum zu tun gewesen wäre, den Schaden zu verheimlichen, meinen Sie, dann wäre ich so dumm, den Wagen so zu parken, daß die beschädigte Seite für alle Welt sichtbar ist? Als ich die Wagentür öffnete und ausstieg, fühlte ich mich beobachtet. Ich sah ein rundes Gesicht mittleren Alters, das durch die Jalousien nach mir spähte. Celia, dachte ich, die herzliche Köchin, die eifrig Ausschau hält, um den ersten Blick auf den fremden Gast zu erhaschen. Doch während ich die letzten paar Meter auf der Kiesstraße zurücklegte, machte sie keine Anstalten, an die Tür zu kommen.

Nachdem ich eine ganze Weile geklopft hatte, wurde die Tür von einer jüngeren Frau geöffnet. Kathleen, dachte ich, aber als ich mich vorstellte, nannte sie ihren Namen nicht. Sie sagte, Es ist eine Nachricht für Sie da, von Captain und Mrs. Walton, und führte mich in ein kleines Zimmer, vollgestopft mit Gewehren, Stiefeln, Jacken für die Jagd und einem großen Schreibtisch. An der Wand über dem Schreibtisch stand ein uraltes Telefon auf einem hölzernen Podest mit vielen Drähten und Schaltern. Auf dem Schreibtisch ein an mich adressierter Umschlag. Kathleen reichte ihn mir und ging zurück durch die kleine Eingangshalle und durch einen kurzen, schmalen Gang in eine gewaltige Küche, wo sie mich Celia vorstellte, die neben dem Küchentisch stand und fürsorglich über ein rosiges, rundliches Kleinkind wachte. Sie werden Ihr Zimmer sehen wollen, sagte Kathleen. Wir stiegen eine schöne alte, weit geschwungene Treppe hinauf, zu einem Zimmer mit Ausblick nach zwei Seiten, auf einen alten grauen Turm und aufs Meer. Ruhig spielten die Wellen um die schwarzen Felsen der Bucht; bis an den äußersten Rand dieser Felsen und sogar bis unmittelbar ans Wasser erstreckten sich die Felder, in einem ruhigen, makellosen, unerklärlich vertrauten, gedämpften Grün. Drei Heizmöglichkeiten im Zimmer, erklärte mir Kathleen kurz angebunden: Zentralheizung, eine elektrische Heizdecke, der torfbeheizte offene Kamin. Dann zeigte sie mir noch den Schrank und das Bett. Aber das Badezimmer zeigte sie mir nicht; ich entdeckte es später ein ganzes Ende weiter auf dem Korridor. Sie werden Tee wollen, sagte sie, auf dem

Weg zurück nach unten. Ich sagte, Ja bitte. Und um wieviel Uhr möchten Sie Ihr Abendessen? Ich sah auf die Uhr. Es war viertel nach fünf. Ich sagte, Um sieben bitte. Und dann, Oder eigentlich, wenn es schon so bald Abendessen gibt, hätte ich lieber statt Tee einen Drink. Ich gehe gern früh schlafen und stehe früh auf. Wir gingen durch die erste Küche, an Celia und dem Kleinkind vorbei, und durch eine zweite noch größere Küche in eine Vorratskammer mit einem gewaltigen Wandschrank. Wir halten ihn immer abgeschlossen, sagte Kathleen, wenn der Botschafter nicht da ist. Als die Tür zurückschwang, kamen dahinter Fächer über Fächer mit jeder erdenklichen Art von Whiskey, Gin, Rum, Kognak und Wodka zum Vorschein. Weil Sie sein Gast sind, sagte sie, lasse ich den Schlüssel stecken, solange Sie da sind. Ich wählte eine von den irischen Whiskeysorten, Bushmills. Sind Sie schon lange mit dem Botschafter bekannt, fragte sie, als sie mich durch eine Reihe dunkler Zimmer, von denen eines das Arbeitszimmer zu sein schien, in den Salon führte, wo nur die Lampen neben dem Sofa an waren und im Kamin ein Torffeuer brannte. Er hatte gesagt, Reden Sie mit ihnen, es sind freundliche Leute; also sagte ich, Nein, noch nicht lange, und erzählte ihr, auf welche Weise ich ihm begegnet war und daß er bestens grüßen lasse. Wollen Sie Eis? fragte sie. Sie brachte Eiswürfel in einem Glas und etwas Wasser in einem kleinen Zinnkrug. Ich blieb neben dem Kamin im Salon sitzen, lange allein, mit meinem Glas. Ich öffnete den Umschlag von Captain Walton und seiner Frau. Eine Einladung zum Abendessen für den folgenden Abend, um acht Uhr. Paddy, der Verwalter, wird Ihnen den Weg beschreiben, stand da. Hoffe, Sie können kommen. Eine unleserliche Unterschrift. Eine leserliche Telefonnummer. Einstellig wie auch die Telefonnummer des Schlosses. Ich schüttete noch etwas Wasser aus dem Krug in mein Glas. Ein wenig müde jetzt, vom Whiskey und dem ganzen Tag, hielt ich es für angebracht, anzurufen und zuzusagen. Ich fand mich bis zu dem Jagd- und Telefonzimmer durch und nahm das Holzpodest mit seinen Drähten und Schaltern in Augenschein. Celia erschien in der Tür. Ich möchte die Waltons anrufen, sagte ich. Ich komme nicht ganz mit, wie das hier funktioniert. Dafür ist Kathleen zuständig, sagte Celia. Eine Pause entsteht. Sie ist oben. Füttert das Baby. Soll ich sie holen? Ich sage, Es ist nichts Dringendes. Wieder eine Pause. Celia geht zum Telefon, dreht an einer Kurbel, betätigt eine Reihe von Schaltern und reicht mir dann den Hörer. Sehr erfreut, daß Sie angekommen sind, sagt der Captain; habe schon viel von Ihnen gehört; freue mich schon außerordentlich; fragen Sie einfach Paddy nach dem Weg; also dann bis zwanzig Uhr. Hängt ein. Celia steht in der Tür. Wann immer Sie wollen, sagt sie. Ihr Abendessen steht bereit.

Ich sehe dich an, suche nach Zeichen, ob du von mir fortgehen willst, und sehe mit Verzweiflung, daß einer von uns schon gegangen ist. Vielleicht bin ich es. Aber wenn ich es bin, dann komme ich immer wieder zurück, oder so war es jedenfalls bisher. Bitte geh nicht fort. Schreiben heißt immer auch, sich bei jemandem Gehör erzwingen. Wie Lesen. Und das mit den Kommas. Das mit den Fragezeichen. Das mit der Zeitenfolge. Und das mit dem Skandal auf den Tennisplätzen.
Aber dann, so versteh doch, hat mich die Hoffnungslosigkeit gepackt. Ich habe einfach, nein, nicht einfach, ich tue fast nie etwas einfach, die Hoffnung aufgegeben. Und dann habe ich die Hoffnung aufgegeben.

Im Eßzimmer ist mein Platz gedeckt, mit dem Rücken zum Fenster, an einem Ende des Tischs, der sehr lang ist. Am gegenüberliegenden Tischende steht an der Wand ein massives Buffet mit einer silbernen Obstschale darauf. Auf dem Tisch, links neben meinem Teller, liegt eine kleine elektrische Klingel. Kathleen trägt Ochsenschwanzsuppe auf, die sehr heiß ist. Noch ehe ich fertig bin, bringt sie auf einem Servierbrett fünf Lammkoteletts, dazu Kartoffelbrei, grüne Bohnen, Kürbis, alles aus dem Schloßgarten. Fünf Lammkoteletts scheint mir reichlich viel für einen einzelnen Gast. Ich esse zwei davon, frage mich nur einen winzigen Moment, wer die übrigen essen wird. Kathleen kommt mit einer Karamelcreme herein, die, so schätze ich, gut und gerne für zwanzig Leute reichen dürfte. Als ich, zum ersten Mal Gebrauch von der elektrischen Klinkel machend, noch etwas nachverlange, kommt Kathleen mit der Riesenschüssel zurück, in der jetzt noch etwa die Hälfte einer einzigen Portion ist. Ich bin wirklich müde und womöglich etwas beschwipst. Als ich auf dem Weg zur Treppe an der Küche vorbeikomme, fragte Celia, Um wieviel Uhr möchten Sie frühstücken? Ich antworte, Machen Sie sich keine Mühe mit dem Frühstück; ich gehe immer sehr früh schlafen und stehe sehr früh auf. Kathleen sagt, Wir sind ab halb zehn Uhr da, aber schlafen Sie ruhig aus. Irgendwie scheint das Thema abgeschlossen. Doch bevor ich Gute Nacht sage, frage ich noch, Gibt es bei dem Torffeuer in meinem Zimmer etwas, was ich wissen müßte, ich meine, brauche ich dazu bloß ein Streichholz? Kathleen bejaht. Als ich in mein Zimmer komme, sind keine Streichhölzer da. Ich gehe zurück in den Salon, finde welche neben dem Kamin, gehe wieder hinauf in mein Zimmer und halte ein Streichholz nach dem anderen an die Torfkohle, ohne Erfolg. Ich gehe in die Küche hinunter, sage, Irgendwie scheint das mit den Streichhölzern nicht recht zu klappen. Ach ja, Sie brauchen natürlich den Feueranzünder, erklärt Kathleen. Sie geht in ein Zimmer, das sich, als sie das Licht einschaltet, als das Arbeitszimmer herausstellt, reicht mir ein Päckchen brauner Würfel, in Farbe und

Struktur ziemlich ähnlich dem, was man uns im College als Schweinegulasch servierte. Ich nehme das Päckchen mit auf mein Zimmer, lege einen der Würfel an die Torfkohle und zünde ihn an. Das Feuer kommt sofort in Gang. Bald darauf ist das Zimmer warm. Einen Spaltbreit öffne ich das Fenster, mit Blick hinaus auf die hell schimmernde Meerlandschaft und den Turm; ich ziehe die Vorhänge nicht zu, um den Himmel nicht auszuschließen. Ich lege Decken, Kissen und Laken neben dem offenen Kamin auf den Teppichboden und schlafe, wegen des schwelenden Torfs oder auch wegen des Luftzugs vom offenen Fenster leicht hustend, so gut wie sofort ein. Der hustende Mann im Flugzeug fällt mir ein, und dann muß ich, mit einem Lächeln, an die tiefe Beunruhigung denken, die unserem Redakteur vom Nachtdienst bei der Zeitung das bereitet, was seine Sekretärin seine Schnüpfchen nennt. Als ich lange vor Morgengrauen aufwache, ist mir warm. Der Himmel ist noch blauschwarz; und doch sind Meer, Felsen, grüner Saum und Turm angestrahlt, hell. Ich habe begonnen, die Schönheit und Ruhe zu lieben. Es fing schließlich damit an, daß ich beinahe, statt dessen, nach Graham Island gefahren wäre. Nicht mehr auf dich warten zu müssen, auf deinen Anruf, auf das Motorengeräusch deines Wagens in der Einfahrt, so charakteristisch wie deine Schritte, was das bedeuten würde. Nicht mehr die ganze Zeit an dich zu denken. Und plötzlich waren mir graues Wetter, Wolken und Regen willkommen.

Was gibt's Neues? soll die große Opernsängerin, ihrer Biographie zufolge, bei jedem Telefongespräch gefragt haben, und Was sonst noch? Ich bin nicht sicher, ob der Biograph vom Leben des Opernstars auch nur einen blassen Schimmer hatte, aber dieses Was gibt's Neues, das nehme ich ihm ab. Was sonst noch. Vielleicht sind das die Fragen, mit denen die Geschichte, der Morgen, das Bewußtsein anfängt. Was gibt's Neues. Was sonst noch. Was jetzt. Was ist hier vorgefallen, fragt der Inspektor oder der Familienvater beim Anblick der rauchenden Trümmer seines Hauses. Was geht Sie das an, fragt der Rowdy oder der Zaungast. Was ist es Ihnen *wert,* fragt der bezahlte Spitzel oder der Erpresser. Was ist denn jetzt schon wieder, sagt der Manager oder der Ehemann, aufgeschreckt durch das fünfzehnte Klopfen an der Tür, Schellen des Telefons oder Stöhnen in den grauen Morgenstunden. Was hat das zu bedeuten, fragt der Kryptographologe. Was hat das alles zu bedeuten, fragt der Student oder der Philosoph auf dem Barhocker. Was schert das mich. Was soll's. Was gibt's. Wo ist hier was los. Wo ist der Spaß bei der Sache. Ich möchte fast sagen, daß jedermanns Geschichte am Ende auf die der alten Hure oder die des Alten Seefahrers hinausläuft: Ich war nicht immer so, wie ich jetzt vor Ihnen stehe. Und der Mensch, der Empfindungen hat, das Wesen, das empfindet, fragt sich insgeheim, von Zeit zu Zeit, Was habe ich getan.

Hatten meine Vorfahren kommen sehen, daß ich während eines langen Wochenendes ein Gästezimmer mit Mausi Esterhazy teilen sollte? Hatten es Mausis Vorfahren kommen sehen? Hatten meine Vorfahren kommen sehen, daß der oberste Sushi mir am Ende des Sommers besorgt erklären würde, Sie sind verloren Gewicht? Oder daß ein Kurator zu einem anderen, in meiner Gegenwart, über einen dritten sagen sollte, Er ist verheiratet, was in Chicago überaus wichtig ist?

Du verbringst zuviel Zeit allein, raunt es aus der Ecke des bestellten Buhmanns; du bist wie eine struppige, besessene nasse Ratte oder Maus, in einem Zementbunker, die ganze Zeit allein. Aber auch, du verbringst zuviel Zeit mit Freunden. Hier sehen Sie die Aquarelle, und hier die Basreliefs. Und da haben wir die Ölbilder. Hier sehen Sie den Skulpturengarten. Wir haben auch Mobiles, farbige, sie können sich sowohl bewegen als auch Geräusche erzeugen. Und hier haben wir den Schutt, der entstanden ist, als der große Durchbruch kam. Du erinnerst dich an alles, sagte er, du erinnerst dich an alles, völlig aus dem Zusammenhang gerissen, und dann kommst du ins Brüten. Hör mal, auf einem Trapez kann man nicht schreiben, und das hier ist kein Metronom. Doch. Ich lebe mit einer Hysterikerin und einem Metronom zusammen. Ich lebe mit einem verzweifelten Menschen zusammen. Ich lebe auf einem Trapez in einem Dschungel, in dem eine Harfe steht. Ich bin ein ganz schön überzeugender Anwalt, wenn es um eine gerechte Sache geht.

Nachdem ich mich angezogen habe und hinuntergegangen bin, entdecke ich im Kühlschrank einen kleinen Krug Milch; und auf einem Regal in der Nähe ein offenes, nur mehr zu einem Drittel volles Glas Nescafé, in dem noch ein Löffel steckt, zweifellos Celias. Sonst ist alles sauber, ordentlich, gähnend leer. In einer kleinen, feuchten Speisekammer, nicht der mit dem Wandschrank, finde ich einen Mülleimer, voll mit Kaffeesatz und Eierschalen. Für den Komposthaufen, denke ich. Keine Eier. Auf der Anrichte ein wenig altbackenes Brot. Obwohl die Küche bestens ausgestattet ist, mit Töpfen, Pfannen, Herden, Kühlschränken, kleinen Geräten, ja, übrigens sogar mit einem aufwendigen HiFi-Radio (Celia hat, das fällt mir jetzt auf, vom ersten Augenblick, seit ich ihr begegnet bin, immerfort laute, nicht hierher passende Rockmusik gespielt), kann ich seltsamerweise den Toaster nicht finden. Ich weiß, daß es einen geben muß. Ich versuche es mit dem Gasbackofen. Nachdem ich ein paar Minuten vergeblich mit Streichhölzern nach der Zündflamme gesucht habe, gebe ich es auf. Aus Angst vor einer Explosion stelle ich die Backröhre wieder ab und erwäge, dem Haus einen Toaster als Gastgeschenk zu machen. Ich mache Kaffee mit heißem Wasser aus der Leitung und kalter Milch aus dem Krug. Dann beschließe ich, mein Glück mit dem Telefon zu versuchen. Nachdem ich an der Kurbel gedreht und herausgebracht habe, wie die Schalter funktionieren, meldet sich ein Telefonist vom Amt, dem ich erkläre, daß er die Leitung, sobald ich nach New York durchgekommen bin, unter gar keinen Umständen unterbrechen darf, da sonst mein Anrufbeantworter, wenn nicht für immer, so doch allermindestens für eine halbe Stunde außer Betrieb gesetzt wird. Oh, ich würde niemals unterbrechen, sagt er; ich verbinde Sie lediglich mit der internationalen Vermittlung. Daraufhin stellt er, die internationale Vermittlung umgehend, die Verbindung direkt her und unterbricht sie dann ohne Vorwarnung. Als ich nach der obligatorischen Wartezeit von einer halben Stunde noch einen Versuch unternehme, erreiche ich die internationale Vermittlung. Nachdem ich der Telefonistin die Sache erklärt habe, sagt sie und versteift sich dabei hartnäckig auf diesen Punkt, Ich würde mich nie in eine Leitung einschalten, gewiß nicht, niemals. Sobald der Anruf dann durchgestellt ist, schaltet sie sich ein, um zu sagen, Bitte sprechen Sie, Ihr Teilnehmer ist am Apparat. Nachdem eine weitere halbe Stunde vergangen ist, lande ich wieder bei ihr. Ich setze gerade an, Aber dieses Mal bitte ich Sie. Da sagt sie, mit dieser gekränkten und verächtlichen Schärfe im Ton, die ich hier mittlerweile aus all ihren Stimmen heraushöre: Das war nur ein Tonband. Dann kommt die Verbindung zustande. Keine Nachricht da.

Sie war in Wirklichkeit Goldilocks mit dieser einen Ausnahme: Der dritte Bär hatte beim Weggehen seinen Brei und seinen Stuhl mitgenommen. Und das Bett? Nun, das Bett war da, und der Prinz kam und küßte sie. He, Moment. Hör mal, hier ist Medea. Hier ist Eloise im Plaza Hotel. Hier ist

Agatha Runcible. Hier bin ich nun, zum ersten Mal und zugleich auch wieder am Ende allein auf Orcas Island. Du warst, nein, du bist von allem, was in meinem Leben passiert ist, noch am ehesten so etwas wie eine richtige Geschichte, und du bist fort.

Ich gehe ins Arbeitszimmer, zünde ein Torffeuer an, verfolge das Morgengrauen durch den sanften Regen. Aus dem Bücherregal greife ich mir Samuel Pepys, gekürzte Fassung; ich habe ihn aus irgendeinem Grund nie gelesen. Ich spanne Papier in die Schreibmaschine und fange ein paar freundliche Zeilen an den Botschafter an. Kurz nach zehn geht die Haustür auf. Ich höre Stimmen in der Küche. Dort finde ich Celia, Kathleen und dieses gemästete, mondgesichtige Kleinkind, alle drei vertilgen gebratene Eier mit Schinken. Ich erwähne, daß ich mir einen Kaffee mit Milch gemacht habe. Hat es Ihnen gereicht? fragt Celia, vielleicht ironisch, aber gewiß keine Spur freundlich. Oder was möchten Sie denn jetzt zum Frühstück. Ich sage, ich hätte gerne ein Fünf-Minuten-Ei. Und als Kathleen es mir an meinem Platz im Eßzimmer serviert, ist das Ei tatsächlich wie bestellt. Celia hatte nichts von Toast gesagt, und ich auch nicht, darum fahre ich während des Essens in dem stillen Raum zusammen, als plötzlich Toast aus einem Toaster hochspringt, der mir auf der Anrichte nur nicht aufgefallen war. Ich stehe auf und hole mir den Toast und eine Banane. Als ich fertig gegessen habe, gehe ich zurück ins Arbeitszimmer. Ich fange gerade zu tippen an, als Kathleen hereinkommt und fragt, Werden Sie mich zum Telefonieren brauchen? Ich antworte, Nein danke, ich glaube, ich komme zurecht. Etwa eine Stunde später kommt ein stämmiger Mann mit wollener Mütze und Jacke herein, sagt, Guten Tag, ich bin Paddy. Kann ich irgend etwas für Sie tun heute vormittag? Er wirkt eine Spur freundlicher als die anderen. Zugleich aber hat er in seiner Art etwas versteckt Taxierendes, eine geradezu laszive Schläue, daß ich mich unwillkürlich frage, Liegt es nur daran, daß sie mich für die Geliebte des Botschafters halten und an unserer Abmachung etwas nicht ganz schicklich ist; liegt es an meiner Kleidung, den verblichenen Cordhosen, Tennisschuhen, meiner Daunenjacke; oder vielleicht an dem lädierten Kotflügel draußen vor der Tür? Aber ich sage, Ja, Paddy, können Sie mir sagen, wo man hier die schönsten Spaziergänge machen kann. Wie lang soll der Spaziergang denn sein, an den Sie gedacht haben? Etwa eine Stunde, sage ich und füge noch hinzu, daß ich keinen sonderlich guten Orientierungssinn habe. In einiger Ausführlichkeit beschreibt er mir nun einen Spaziergang. Ich frage, welchen Weg ich nehmen könne, wenn ich einen zweistündigen Spaziergang vorhätte. Daraufhin beschreibt er mir genau denselben Spaziergang, wie ich feststelle. Wenn ich auch gesagt habe, daß ich mich wegen des bewußten schlechten Orientierungssinns praktisch überall verlaufen kann, scheint es mir doch sonderbar, nicht schlimm, aber sonderbar, daß der einstündige und der zweistündige Spaziergang identisch sein sollen. Als ich auf dem Weg zur Eingangstür an der Küche vorbeikomme, fragt mich Celia, was ich zum Mittagessen haben wolle. Die Worte des Botschafters fallen mir ein, und ich erkundige mich, ob ich vielleicht ein Picknick haben könne. Sichtlich auftauend, fragt Celia, Jetzt? Ich werfe einen Blick auf die Uhr. Es ist viertel nach elf. Ich sage, Nein danke, wenn ich von diesem Spaziergang zurückkomme, gehe ich einfach noch einmal los und halte dann mein Picknick. Die Auffahrt hinuntergehend, steuere ich auf einen Pfad zu, der am Rand des Meeres und an den Felsen entlangführt. Als der Pfad landeinwärts biegt, leicht bergan, läßt der Wind nach, der Regen dünnt sich zu einem feinen Sprühen aus, und auf mich zu kommt ein kleiner Mann in mittleren Jahren, mit einem dieser traurigen, poetischen Gesichter – Weisheit liegt darin, Humor und Schönheit. Schon von weitem grüßt er, Guten Morgen, in einem so überaus freundlichen Ton. Ich erwidere das Guten Morgen. Und um den Faden nicht abreißen zu lassen, füge ich hinzu, Schöner Tag heute. Ein bißchen regnerisch, meint er, während er zur Seite tritt, um mich vorbeizulassen. Wir gehen unserer getrennten Wege.

Was den Solipsismus und das Beten anbelangt. Es ist natürlich sinnlos zu beten, wenn es nur das eigene Ich gibt und keine Welt außerhalb des Bewußtseins, außer man betrachtet das Gebet nur als eine Art Lied. Ein einsames Lied. Aber wenn man zu etwas und um etwas betet, ist man meines Erachtens auch Solipsist, wenn man betet, um einen Ausgang zu beeinflussen, der zwar noch unbekannt, aber schon weitgehend festgelegt ist. Wenn man natürlich deterministisch eingestellt ist, dann ist und war alles schon seit jeher festgelegt, und alle Gebete, die man spricht, sind Lieder. Keine einsamen Lieder, vielleicht, aber doch Lieder. Was ich hier meine, ist jedoch ein Gebet von der gewöhnlicheren Sorte: der Ausdruck eines sehnlichen Wunsches, mit der realen Absicht, den Ausgang einer Sache zu beeinflussen. Und so ein Gebet, soll es in einer Welt, in der es noch andere Menschen gibt, sinnvoll sein, muß sich auf Ergebnisse richten, die wirklich und eindeutig in der Zukunft liegen. Es wäre zum Beispiel solipsistisch, wenn man darum betete, daß der Ausgang einer Prüfung, die man bereits geschrieben hat, so oder so ausfällt oder daß das feststehende Resultat irgendeiner bereits vergangenen Handlung beeinflußt wird. So ein Gebet enthält dem Anschein nach zwar eine durchaus realistische Erwartung an die Zukunft, ist aber schon in gewissem Sinn rückwirkend gedacht: ein Gebet um die wunderbare Umgestaltung der Vergangenheit. Obwohl gegen das Wunderbare an sich nichts einzuwenden ist, erfordert es im eigenen speziellen Fall immer eine Aufhebung des Gesetzes; wenn es außerdem noch auf die Vergangenheit zurückwirken soll, birgt es im Kern einen zusätzlichen, wenn auch vielleicht unbewußten Solipsismus. Die Zeitform, die abgeschlossene Zukunft, in der es steht, liefert das Indiz. Man kann ruhig beten, daß Dinge anders werden, als sie waren oder als sie sind. Die verbotene, die solipsistische Zeit aber ist die: daß die Dinge anders *geworden sein werden*, als sie waren. Das Gebet muß rechtzeitig einsetzen und es muß umgehend einsetzen. Nicht einmal in einer Welt der Wunder, und nur, wenn einem die Welt ganz allein gehört, läßt sich Vergangenheit wegbeten.

Und der Virtuose und die immergrüne Pachysandra und die Liebe vor langer Zeit und jene schreckliche Nacht, in der Eva tanzte? »Ein Anreiz zum Verlassen einer Straße«, entschied Richter Holmes in einem berühmt gewordenen Urteilsspruch, »ist einzig und allein an deren Ende gegeben«. In dem erwähnten Fall ging es um das, was in der amerikanischen Rechtssprache als ein verleitendes Ärgernis bezeichnet wird, etwas Gefahrvolles, eine blanke Klinge oder, sagen wir, eine unbeaufsichtigte Maschine, durch die ein Kind zum Herumspielen verleitet und verletzt werden könnte. Die Kinder im Fall Holmes wurden mehr als nur verletzt, sie fielen in einen Chemikalienteich und lösten sich auf. Aber je länger man über die Worte des großen Richters nachdenkt, desto eindeutiger entpuppen sie sich als eine Variante dieses hohlen, absolut sinnentleerten Aphorismus. Die einzige Stelle, an der Straßen normalerweise zu gar nichts verleiten, ist ihr Ende. Wie es scheint, liegt der Anreiz, der von einer Straße ausgeht, immer entweder in ihr selbst, als einem Mittel, ein Ziel zu erreichen, oder zu beiden Seiten von ihr, wo die zur Straße gehörenden Ziele, Imbißstuben, Läden und Häuser, zu finden sind. Normalerweise befindet sich am Ende einer Straße bestenfalls eine Kreuzung mit einer anderen Straße. Häufiger noch gar nichts. Oder ein Steinbruch oder ein Stausee.

Die Olive-Pell-Bibel, eine der meistverkauften Bibelfassungen ihrer Zeit, wenn auch vielleicht nicht aller Zeiten, war eine bereinigte Bibel. Angefangen hatte Mrs. Pell damit, aus den Bibeln ihrer Freunde jede Passage mit einer Anspielung auf Fleischliches zu streichen und zu tilgen, unter anderem, um nur ein Beispiel zu nennen, die vielen ›zeugte‹. Was dabei herauskam, war ein sehr kurzer, verdichteter Text. Bald wurde Mrs. Pell von ihren Freunden bestürmt, auch die Öffentlichkeit von diesem ihrem Talent und dem Arbeitseifer profitieren zu lassen, die eine solche Kürzung erfordere, und so erlebte die Olive-Pell-Bibel die erste ihrer vielen weiteren Auflagen. Heute ist es sehr schwer, noch eine Ausgabe zu bekommen.

Eine Stunde später bin ich wieder zurück, von meinem Spaziergang, in meinem Zimmer im Schloß. Auf dem Läufer im Gang, vor einem der Zimmer, zwei Türen weiter von meinem, sind mir ein Eimer, eine leere Flasche Evian-Wasser und ein Handtuch aufgefallen. Der Botschafter hatte, dessen entsinne ich mich jetzt, bei seiner Schilderung der Lebensgewohnheiten im Schloß gesagt, Kathleen wird Ihnen Mineralwasser geben. In meinem Zimmer stand kein Mineralwasser, und außerdem habe ich bemerkt, daß das Wasser, nicht nur das aus der Leitung, sondern auch das in dem Glas neben meinem Teller bei Tisch deutlich braun ist. Ich habe nichts gegen braunes Wasser, habe es bei Freunden in Süd-Carolina und Georgia auch schon verwendet; der Schwefelgeruch war mir sogar eher angenehm. Trotzdem geht jetzt etwas Beunruhigendes, etwas wie eine – kann das sein? – Aussage oder Erklärung von dieser leeren Evian-Flasche aus. In der Nähe höre ich Celias Stimme und die von Kathleen, und ich sage mir, Es ist nichts, vielleicht nur die

Zeitverschiebung oder ein Kater. Sie putzen ein Zimmer. Was wäre da normaler als ein Eimer, eine leere Flasche und ein Handtuch? Ich schaue mich in meinem Zimmer um, ordne ein paar Sachen im Schrank anders, ziehe trockene Schuhe und Socken an. In dem Korb mit der Torfkohle neben dem Kamin bemerke ich erst jetzt mehrere aufgerauchte, vergilbte alte Zigarettenstummel. Obwohl es sich eindeutig um die Relikte irgendeines früheren Besuchs handelt, frage ich mich, ob man nicht vielleicht annehmen wird, sie seien von mir. Weil ich nicht zu dieser Sorte von Gästen gerechnet werden will und auch aus einem instinktiven Gefühl heraus, daß sie dort einfach nicht hingehören, fange ich an, in den Torfstücken zu wühlen und die Kippen herauszuklauben. Als ich gerade die erste Handvoll von diesen zerdrückten Dingern mitsamt den losen Tabakkrümeln zusammengelesen habe, nehme ich zum ersten Mal eine Stimmung wahr, die mir von nun an deutlich wie die einer sich zuspitzenden Verschwörung vorkommt. Ich hoffe, daß der Botschafter sich, trotz unserer wenigen und kurzen Begegnungen, noch daran erinnert, daß ich Nichtraucherin bin. Vielleicht ist dies der Moment, in dem das Hirngespinst oder die Paranoia, oder was immer es ist, voll einsetzt, aber es ist die Umkehrung von Verfolgungswahn, eine Art von Vertrauen: das Vertrauen, daß der Botschafter, wenn er diese widerlichen Zigarettenkippen sieht oder davon zu hören bekommt, sich erinnern wird, daß ich keine Raucherin bin und man mir also auch nicht die Schuld daran geben kann. Da ich nun also diesem Schloßkrieg, wenn Krieg das richtige Wort ist, der Sturheiten allmählich auf die Spur komme; da ich sowieso nicht weiß, wo ich sie sonst hintun sollte; und da es schwieriger ist, als ich dachte, alle verbleibenden Kippen und losen Tabakkrümel herauszufischen, wühle ich sie wieder unter die Torfkohle.

Als ich hinuntergehe, ist die Küche leer. Auf dem Tisch

finde ich die Lunchbüchse für das Picknick – ähnlich den Blechbüchsen, mit Schnallenverschluß, in denen wir früher unser Lunch mit in die Schule nahmen. Ich breche erneut auf zu meinem Spaziergang. Wo der Pfad einen scharfen Knick macht und vom Meer hügelaufwärts biegt, gehe ich unten am Wasserrand weiter. Obwohl meine Kleider feucht sind und mich fröstelt, suche ich mir ein paar flache Felsen, die durch andere Felsen gegen den Wind geschützt sind. Aus dem Deckel der Thermoskanne trinke ich Suppe, die gleiche Ochsenschwanzsuppe, die mir am Abend vorher zum Abendessen serviert wurde, so heiß allerdings, daß sie nach jedem Schluck tief in der Kehle brennt. Bestimmt gut, nehme ich an, für das, was mir von meinem leichten Husten geblieben ist. Die Sandwiches bestehen aus Weißbrot mit Schinken, dem gleichen Schinken, den sie sich zum Frühstück mit ihren Eiern brieten. Außerdem ein Tomatenbrot, eine Orange, ein hartgekochtes Ei. In der Hocke zwischen die Felsen geduckt, esse und trinke ich das alles auf. Als ich Celia vorgestellt wurde, hatte in einer Ecke der Küche ein großer, gebückter Mann gestanden, von dem ich annahm, es sei Pat. Er machte den Mund nicht auf, und wir wurden einander nicht vorgestellt. Jetzt, bei meiner Rückkehr, arbeitet dieser stumme Mann, mit einer Motorsäge, unter Paddys Aufsicht, gleich innerhalb des Kiesrondells. Er hält inne, lächelt mir zu, winkt und nimmt seine Arbeit wieder auf. Ich erzähle Paddy, daß ich bei den Waltons zum Abendessen eingeladen bin und der Captain mir empfohlen hat, Paddy nach dem Weg zu ihrem Haus zu fragen. Paddy überlegt, sagt, Das krieg ich nicht hin, setzt zu einer Wegbeschreibung an, bricht ab, sagt, Ich krieg das nicht hin, wissen Sie, ich lebe schon mein ganzes Leben hier. Das klingt irgendwie plausibel. Es fällt vielen schwer, einen Weg zu beschreiben, wenn er ihnen zu vertraut ist. Gleichzeitig kommt es mir seltsam vor, da sowohl der Botschafter als auch die Waltons mir Paddy als Führer zugedacht haben. Ich weiß was, sagt er, warum fragen Sie nicht Kathleen. Ihr Junge geht dort in der Nähe zur Schule. Sie können hinter ihr herfahren, wenn sie ihn abholt. Ich frage, um wieviel Uhr das sein wird. Am späten Nachmittag heute, antwortet er; aber dann sagt er noch, ganz langsam und bestimmt, Sie müssen gleich gehen und sie fragen. Ich gehe hinauf in den Oberstock, wo der Eimer, das schmutzige weiße Handtuch und die leere Evian-Flasche sich noch immer auf dem Flurläufer befinden, und gehe in das Zimmer, in dem Kathleen und Celia sind. Sie blicken nicht auf. Auf meine Frage sagt Kathleen, sie hole das Kind gegen halb drei, dreiviertel drei ab. Paddys Vorstellung von spätem Nachmittag, mag sein. Als ich mich in meinem Zimmer hinlege, um zu ruhen und vielleicht ein wenig zu lesen, fange ich an zu rekapitulieren, ob es sich bei diesen Vorfällen tatsächlich um das handeln kann, was mir wie eine wahre Kampagne der Widerborstigkeiten scheinen muß. Die Geschichte mit den Feueranzündern und den Streichhölzern, das riesige, dann so plötzlich in sich zusammengeschmolzene Dessert, sogar die Frage, ob ich den Botschafter schon lange kenne, fügen sich nun nahtlos ein mit den nicht vorhandenen Mineralwasserflaschen, den nicht angezündeten Lampen, dem Widerstreben in Sachen Telefon bei meiner Ankunft. Ich denke, Das ist absurd, es liegt nur daran, daß ich zu lange allein gewesen bin. Mein Gefühl, daß etwas nicht stimmen kann am Verlauf dieser Ereignisse, fängt ja schließlich schon bei dem kleinen Vorfall mit dem Auto an; und an der Sache mit dem Auto bin ich selbst schuld. Ich schaue zum Kamin hinüber. Keine Streichhölzer. Kein Feueranzünder. Zerdrückte Zigarettenstummel. Ich höre ein Auto anfahren, gehe ans Fenster, sehe hinter dem Lenkrad einen pulloverbekleideten Busen und nehme an, daß es Kathleen ist. Als ich hinuntergehe und sehe, daß das Auto schon am anderen Ende der Auffahrt ist, denke ich, Ich werde dieses Land und dieses Haus verlassen.

Wenn sich, für die Dauer eines Augenblicks oder mehrerer Augenblicke, die Wolken verschieben und ein Handeln ohne die kleinste Spur von Widerstreben möglich wird – jede beliebige Form des Handelns, Einkaufen, Tennisspielen, aus dem Bett Aufstehen –, wenn man die Fähigkeit verspürt, etwas zu tun, und nicht zugleich die ebenso große, dialektische Unfähigkeit dazu noch den Wunsch, es nicht zu tun, wenn der Drang, sich zu bewegen, für die Dauer eines Augenblicks oder mehrerer Augenblicke freikommt von dem Drang, sich in eine andere Richtung zu bewegen oder gar nicht zu bewegen, oder wenn man den Hemmschuh eines Felsbrockens, eines Zweifels, einer Lähmung abwirft; dann ist es, als könnte an einem Ort, dessen Klima immer und immer nur unwirtlich ist, die Wolkendecke, für kurze Zeit, doch aufreißen. Es gibt natürlich auch Traurigkeiten, die aus Stille, gehäuft auf Stille, zu bestehen scheinen, Schichten von Apathie, auf einem Untergrund, der Verzweiflung und fehlende Hoffnung ist. Verzweiflung *und* fehlende Hoffnung, weil das Fehlen von Hoffnung keineswegs unvereinbar ist mit dem wolkenlosen und dem freien Zustand. Der Zeuge Jehovas Ben und der Swami und die Leute im Aschram, ohne Hoffnung, aber in einem Zustand der Glückseligkeit. Aber wenn der Zustand, die Verfassung, die Phase, die Stimmung, in die kein Licht dringt, jede Spur von Gelassenheit oder auch von Erwartung vermissen läßt, so gibt es auch Depressionen, die den Anschein von Munterkeit, von Auftrieb erwecken. Das heißt, das Ausmaß, in welchem die Kreatur zu handeln vermag oder es zulassen kann, gesehen zu werden, spiegelt ein solches Oberflächenspiel von Energie wider, das, im perfekten Gleichgewicht widerstreitender Kräfte, die Lähmung mit einer fast konvulsivischen Kraft ausgestattet hat, so daß die Energie nach außen aktiv, befreit, ja sogar fröhlich wirkt. Dieser Zustand entzieht sich der Analyse. Er stellt uns jedoch sehr radikal vor die Frage, was Aufrichtigsein heißt.

Von hier aus kann man es schon sehen; aber erst mal hinkommen.

Was du willst, so versteh doch, was du willst, ist, bei all den bewußten Zwängen, eine Überraschung unter Wahrung der Regeln.

Wir finden alle, daß wir keine weiteren Patienten mehr annehmen können. Wir warten alle auf Anrufe von Menschen, die über uns stehen, greifen jedesmal wieder mit der Hoffnung, es sei einer von ihnen, zum Hörer, um dann festzustellen, daß es nur wieder ein Patient war. Die über uns halten natürlich uns für die Patienten und sehen unseren Anrufen mit Schrecken entgegen.

Dann ist es also immer dieselbe Geschichte? Einer, der liebt, und einer, der nicht liebt oder weniger liebt oder einen anderen liebt. Oder einer, der eine gute Haut ist, und einer, der ein Schuft ist. Und es gibt nur diese Episoden, Anekdoten, Orte, Pausen, Rufe nach dem Taxi, Siege über Hindernisse oder deren Siege über uns, Krankheiten, Unfälle, Genesungen, Kriege, Begierden, Begrüßungsszenen, Abfuhren, Momente schwelgerischen Auskostens (selten, nicht sonderlich lang), Momente verzehrender Sehnsucht (häufiger vielleicht und länger), Handlungen, unterlassene Handlungen, Unentschlossenheiten, Ausweitungen, abgebrochene Verbindungen und dann den Tod. Oder nein, doch nicht. Ich habe eine wunderbare, zärtliche Erinnerung an Liebe und Vertrauen und *Bücher*. Ich meine, ein Hund hat mir zurückgeschrieben. Ich meine, das Buch endete mit einer Aufforderung, dem Hund zu schreiben, und enthielt in der hinteren Klappe eine Packung mit drei Blatt Papier und drei Umschlägen. Ich schrieb dem Hund dreimal, und er schrieb dreimal zurück. Ich schrieb ihm auch noch ein viertes Mal und war ein bißchen enttäuscht, als die Tage vergingen und keine Antwort kam. Aber man hat es mir erklärt, oder ich habe es irgendwie begriffen oder vielleicht erwartet, daß ich *eines Tages*, wenn er Zeit hätte und zum Schreiben käme, wieder von ihm hören würde. Und als mir schließlich klar wurde, daß ich nichts gehört hatte und wahrscheinlich nie mehr etwas hören würde, da hatte ich natürlich vollkommen verstanden, und außerdem war ich erwachsener geworden. Wie anders jedenfalls die Sache mit Tom McDermott, dem Schwimmlehrer, der sich Tom McDermowitz nannte, was ich, da ich noch nie von Juden gehört hatte und nicht wußte, daß wir Juden waren, nicht verstehen konnte; die Tatsache, daß er mir einen Brief schrieb, dem eine Fahrtenschwimmerkarte für Fortgeschrittene beigefügt war, die ich ohnehin schon hatte, und wieso eigentlich schrieb er mir überhaupt, oder, von einem anderen Standpunkt aus gesehen, wieso merkte er nicht, daß meine Eltern, hätten sie zu dieser Sorte Eltern gehört, ihm in jenem Hotel in Florida sehr wohl Unannehmlichkeiten hätten bereiten können. Mein Vater sagte immer, man könne im Leben von der berechtigten Erwartung ausgehen, daß kein Mensch, wo es dem Eigeninteresse zuwiderlaufe, sich eigens anstrengen würde, sein Wort zu brechen oder einem anderen weh zu tun. Und eben das erweist sich, nicht nur in offensichtlichen Fällen, wie zum Beispiel bei Menschen, die hassen, bei pathologischen Personen und Institutionen und bei Sadisten, sondern im ganz alltäglichen Leben, schlicht als unwahr. Eine berechtigte Erwartung ans Leben wird, wie ich festgestellt habe, nie ganz erfüllt.

Als ich hinuntergehe und sehe, daß der Wagen schon am anderen Ende der Auffahrt ist, denke ich, ich werde dieses Land und dieses Haus verlassen. Aber vielleicht wird beim

Abendessen alles besser. Vielleicht können die Waltons den offenkundigen Verlauf und Grundton dieser Vorfälle ändern. Ich habe trotzdem vor, sie nach den von Dublin auslaufenden Fähren zu fragen (entgegen meiner Absicht, von Shannon aus zurückzufliegen); mit anderen Worten, ich gehe nun mittlerweile ständig vom Gedanken einer Flucht aus. Ich ziehe auch in Betracht, ein nasses Handtuch zu benützen, jenes Handtuch etwa, das oben auf dem Teppich liegt, um den Aufkleber der Mietwagenfirma von der Heckscheibe des Wagens zu entfernen. Ob dies mit der Überlegung zu tun hat, was man mir in einer Reparaturwerkstätte berechnen könnte, oder ob es einfach darum geht, mich unauffällig zu machen, falls man mir folgen sollte, ist im Augenblick noch nicht klar. Ich gehe zurück in mein Zimmer, packe den kleineren meiner beiden Koffer und trage ihn die Treppe hinunter, in der Hoffnung, ihn unbemerkt ins Auto stellen zu können. In der vorderen Eingangshalle laufe ich jedoch Kathleen über den Weg. Ich wollte Sie gerade holen, sagt sie, ich fahre jetzt. Ich lasse also meinen Koffer auf einem Stuhl in der Eingangshalle. Sowie ich ins Auto steige und den Zündschlüssel herumdrehe, fährt Kathleen auch schon los, braust in rasendem Tempo die Schloßallee hinunter. Als wir in die öffentliche Verkehrsstraße einbiegen, legt sie Geschwindigkeiten von über sechzig Meilen pro Stunde vor. Die Straße hat viele Kurven und Kreuzungen. Versuchsweise bremse ich ab, bleibe hinter ihr zurück. Sie rast weiter, fast außer Sichtweite. Ich gebe es also auf und halte, um dicht hinter ihr zu bleiben, auf offenen, ebenen Strecken, an Abzweigungen, in engen Kurven dasselbe rasende Tempo. Vielleicht, denke ich, ist es nur überschäumende Laune, vielleicht fährt sie immer so. Ganz plötzlich, ohne jedes Signal, schwenkt sie scharf nach links ab und kommt mit quietschenden Reifen zum Stehen, vor einer unbemannten Tankstelle, wie es scheint. Brauche Benzin, sagt sie. Ich warte, während sie an dem Schlauch zerrt und den Tank auffüllt. Mit aufheulendem Motor braust sie davon, gibt noch mehr Gas, dann, unvermittelt, sogar ohne links heranzufahren diesmal, hält sie. Ich halte hinter ihr. Sie steigt aus. Da oben ist es, sagt sie, mit einer vagen Handbewegung auf eine kleine Nebenstraße deutend, die von der Hauptverkehrsstraße abzweigt. Die Abzweigung ist, soweit ich sehen kann, durch nichts besonders gekennzeichnet, abgesehen vielleicht von einem Schild ›Müll abladen verboten‹, das mit der Vorderseite in die entgegengesetzte Richtung weist als die, aus der ich kommen werde. Wie soll ich das in der Dunkelheit jemals finden? frage ich. Das habe ich mich auch schon gefragt, erwidert sie. Kurzes Schweigen. Dann sagt sie, Wir sind vorhin über eine kleine Brücke gefahren. Wo? frage ich. Ein Stück weiter hinten, sagt sie. Es ist die erste Abzweigung gleich nach dieser kleinen Brücke. Sie steigt wieder ein und fährt in höchster Geschwindigkeit ihrer Wege.

Langsam fahre ich die Strecke wieder zurück und finde die kaum erkennbare Überführung, die sie Brücke nennt. Mir fällt auch auf, daß sie genau da ist, wo der Mittelstreifen auf der Fahrbahn aufhört. Ich behalte den Meilenstand im Auge, von der Brücke bis zu der Stelle, die für mich zu einer Art Orientierungspunkt wird, eine heruntergekommene Autowerkstätte mit Schildern von Exxon und Toyota. Ich überlege kurz, ob das womöglich der geeignete Ort wäre, den Wagen reparieren zu lassen. Von der Brücke bis zur Autowerkstatt: 1,9 Meilen. Dann noch acht Meilen bis zur Abzweigung nach Cihrbradàn. Selbst bei Tageslicht finde ich sie nur mit Mühe. Im Schloß angelangt, überlege ich, ob ich die Waltons anrufen und sie bitten soll, mich abzuholen, denke aber, daß sie alt und gebrechlich sein müssen und es deshalb nicht angeboten haben. Wieder in meinem Zimmer, fange ich an, meinen zweiten, größeren Koffer zu packen, alles bis auf die Sachen, die am schlimmsten knittern würden. Mir wird mit einem Mal bewußt, daß nirgendwo Licht brennt. Ich schalte ein paar Lampen ein, frage mich, ob ich mir einen Drink holen soll, entscheide mich dagegen. Es liegt kein Zettel da, von Kathleen oder Celia, wie das mit dem Absperren ist. Das Haus wirkt besonders still. Der Eimer mit dem Handtuch und der leeren Flasche ist immer noch draußen auf dem Korridor, zwei Türen weiter von meinem Zimmer. Sie sind alle offenbar schon nach Hause gegangen für die Nacht, und ich stelle fest, daß ich allein bin. Ich gehe hinunter, hole meinen Koffer von dem Stuhl in der Halle und gehe hinaus, um ihn ins Auto zu stellen. Während ich mich über den Rücksitz beuge, nehme ich den Aufkleber der Verleihfirma, der auf der Innenseite der Heckscheibe angebracht ist, näher in Augenschein. Mir war vorher schon unbestimmt durch den Kopf gegangen, das bewußte Handtuch auf dem Korridor, naßgemacht, dafür zu benutzen, aber als ich jetzt probeweise die durchsichtige Ecke des Aufklebers löse, stelle ich fest, daß sich das Ganze ohne weiteres abziehen läßt. Ich falte den Aufkleber, rolle ihn klein zusammen und stecke ihn in die Hosentasche. Ich bin mir bewußt, daß es mit diesem Schritt endgültig kein Zurück mehr gibt. Der Aufkleber ist jetzt in sich verklebt. Ich lege mir zurecht, wie ich es erklären könnte: Befürchtung, in einer Reparaturwerkstätte aufgrund irrtümlich angenommener Versicherung zuviel berechnet zu bekommen. Ich übe eine kleine Rede ein; klingt ganz überzeugend. Vielleicht ist es, bis zu diesem Punkt, auch noch wahr. Auf dem Weg zurück in mein Zimmer gehe ich durch das Arbeitszimmer, nehme meinen halbfertigen Brief an den Botschafter mit, decke die Schreibmaschine wieder ab und gehe hinauf, um mich ein wenig hinzulegen. Beim Blick aus dem Fenster, das auf den Turm hinausgeht, fällt mir ein Mann in einem gelben Regenmantel auf, der auf das Pförtnerhaus zuhält.

Paddy, das weiß ich, wohnt im Pförtnerhaus, und nun kommt mir der Gedanke, daß er vielleicht das Abziehen und Entfernen des Objekts, das jetzt zusammengerollt und verklebt in meiner Tasche steckt, gemeldet hat und daß der Mann im gelben Regenmantel ein Polizist aus dem Ort sein könnte, der kommt, um nach dem Rechten zu sehen. Ich kann das Ding ja schlecht wegwerfen, wo sie beide draußen stehen; und es dürfte wohl schwerlich gegen das Gesetz sein, den Aufkleber einer Wagenvermietung vorübergehend bei sich zu führen. Ich beschließe, mir doch einen Drink zu holen. Ich gehe hinunter und stelle fest, daß die Flasche Bushmills immer noch auf dem Buffet im Salon steht. Natürlich ist kein Eis da, aber es ist auch kein Wasser in dem Zinnkrug, kein Feuer im Kamin und kein Feueranzünder im Korb. Mein Husten meldet sich wieder. Mir kommt zu Bewußtsein, daß ich mich schon die ganze Zeit nicht wohl fühle. Während ich in der Nähe der leicht qualmenden Torfstücke, die ich mühsam mit Zündhölzern zum Brennen gebracht habe, auf dem Kamingitter sitze, frage ich mich, ob es nicht am Ende das beste wäre, meine restlichen Sachen zu packen, ins Auto zu verfrachten und noch in derselben Nacht, direkt von den Waltons aus, zum Flughafen zu fahren. Nein, denke ich. Vielleicht, wenn sie nett sind, zum Beispiel, oder mir einen Rat geben können über Automechaniker, fahre ich überhaupt nicht weg. Wenigstens, denke ich wieder, habe ich endlich etwas unternommen. Ich bin so weit bis hierher gekommen; vielleicht wird noch alles gut werden. Wenn nicht, wäre es das beste, am nächsten Morgen ganz früh aufzubrechen, nach ein paar Stunden Schlaf. Aber ich bin immer noch unruhig. Deshalb gehe ich ins Telefonzimmer und mache mich daran, die Fluglinien anzurufen. Meinen Flug am Freitag, von Shannon aus, den regulären Rückflug auf meiner Flugkarte, habe ich schon bestätigt. Nun buche ich einen zweiten Flug, von Dublin aus, und gebe dabei meinen Namen mit einem falschen Anfangsbuchstaben für den Vornamen an. Dann rufe ich British Airways in Dublin an; ohne überhaupt einen Namen zu nennen (aber natürlich gehen alle Anrufe von diesem Apparat über die lokale Vermittlung; und der Botschafter hatte halb im Scherz zu mir gesagt, Versuchen Sie gar nicht erst, irgendwelche Privatangelegenheiten über diesen Apparat zu besprechen, sie hören alle mit), erkundige ich mich nach den Flügen am Donnerstag. Was, wie mir plötzlich klar wird, schon morgen ist. Es stehen vier Flüge zur Wahl, zwei von British Airways, zwei von Aer Lingus. Ich bilde mir ein, daß man als Passagier bei der staatlichen Fluglinie Irlands eindeutiger dem irischen Gesetz und der Gerichtsbarkeit des Landes unterstellt ist. Von den Flügen mit der irischen Gesellschaft nehme ich lieber Abstand. Ich frage, ob in der Frühmaschine von British Airways noch Platz ist, was man mir bestätigt. Ich reserviere keinen Platz auf diesem Flug, aus der Überlegung, daß ich nun zwei Flugreservierungen für Freitag habe, eine von Shannon und eine von Dublin aus. Falls man nach mir sucht, wird man also am Freitagmorgen suchen. Unterdessen habe ich die Absicht, den nicht reservierten Flug am Donnerstagmorgen zu erwischen.

Ich gehe wieder hinauf, um mich umzuziehen. Ich mache mich schon früh auf den Weg zu den Waltons, plane genug Zeit ein, daß ich die Strecke ganz langsam zurücklegen, mich sogar noch verfahren kann. Es geht ein starker Wind, und ein peitschender, mit Schnee vermischter Regen fällt. Mit diesen Dreizehn-Sekunden-Wischern kann ich kaum etwas sehen. Ich frage mich erneut, ob die Waltons zu gebrechlich sind oder vielleicht auch zu knapp mit Personal, um mich abholen zu lassen. Die Exxon-Toyota-Werkstätte finde ich, exakt 1,9 Meilen danach auch die Brücke, das Ende des weißen Mittelstreifens und die Abzweigung. Fast unmittelbar nach dieser Abzweigung gabelt sich die kleine Nebenstraße. Gemeines Luder, hatte ich gedacht, und der Ausdruck ist völlig untypisch für mich, als Kathleen losgerast war und sich weigerte, langsamer zu fahren, selbst als ich langsamer wurde und sie mich beinahe abgehängt hätte, aber ich hatte auch gedacht, Nein, vielleicht ist das nur ihre überschäumende Laune, und sie erkennt nicht, wie schwierig es ist, wenn man bloß versucht, hinter ihr herzufahren und sich den Weg einzuprägen. Aber diese Gabelung jetzt, nachdem sie nur, mit einer vagen Handbewegung, gesagt hatte, Da oben ist es. Ich dachte, na bitte, es war doch nicht bloß überschäumende Laune. Ich entschied mich für links. Nach langer Zeit, während der ich das Meer, dort in der Dunkelheit, ganz dicht neben mir fühlte, kam ich an eine hohe Mauer, fast so etwas wie ein Festungswall, mit einem kleinen Haus und einem einzigen trüben Licht dahinter. Ich fragte mich, wieso die Waltons, in Erwartung eines Gastes, ihr Anwesen nicht besser beleuchtet hatten, komme zu dem Schluß, sie hätten bestimmt, fahre an der Festungsmauer vorbei und komme zu einer zweiten Gabelung. Neben den zwei asphaltierten Abzweigungen bieten sich noch zwei ungeteerte Straßen oder Zufahrten an, die eine mit dem Schild Cul de Sac, die andere mit dem vielleicht noch unwahrscheinlicheren Hinweis Danger Taureaux. Ich drehe um. Das Meer liegt nun zu meiner Linken, auf der Beifahrerseite. Ich biege in die Auffahrt ein, die in das Innere der Festungsmauer führt, parke, gehe zu dem Haus mit dem einzelnen beleuchteten Fenster, klopfe an die Tür. Keine Antwort. Von drinnen höre ich, gedämpft, ein Fernsehgerät laufen. Ich klopfe mittlerweile ziemlich laut. Schließlich probiere ich, ob die Tür auf ist. Sie führt direkt in eine Küche, in der ein Mann und ein kleiner Junge vor dem Fernseher sitzen. Ich entschuldige mich, frage nach dem Weg zu den Waltons. Und der Mann erklärt mir, in dieser typisch irischen, verrückten, unklaren Art, ich solle einfach der Straße, auf der ich gewesen sei, folgen und bei der nächsten Abzweigung so gut wie geradeaus weiterfahren. Ich wende in der Einfahrt, die sehr eng ist. Der Mann steht unter der Tür und macht die Geräusche, ja sogar die physischen Gesten, die Männer aller Schichten auf der ganzen Welt einer Frau gegenüber zu machen scheinen, die einfach den Rückwärtsgang einlegt, um ihr Auto zu wenden oder einzuparken, während sie ihr zurufen, so als handle es sich um eine geheime Weisheit, die noch keiner Frau zu Ohren gekommen ist, Einschlagen, scharf einschlagen. Ich sage, Danke. Dann, nicht viel anders als Kathleen, oder doch, anders als sie, vielmehr weil der zweite Gang am Auto inzwischen ganz ausgefallen ist, fahre ich mit aufheulendem Motor davon. Ein oder zwei Meilen nach der Gabelung entdecke ich eine Einfahrt, die ich aus irgendwelchen Gründen für die der Waltons halte. In diesem Haus brennen zwei Lichter, beide schwach. Da sie weit auseinander liegen, ist mir nicht klar, welches den Eingang zum Haus kennzeichnet. Ich entscheide mich für eines von beiden. Wieder stehe ich in einer Küche. Eine Frau Anfang Vierzig, mit glattem blondem Haar, das ihr auf die Schultern hängt, kommt von einem Korridor herein und sagt, Ich bin Nicole Walton. Clem ist noch nicht fertig. Sie sind sicher Kate. Ich schaue auf die Uhr und merke, daß ich zuviel Zeit eingeplant habe. Ich bin zehn Minuten zu früh da. Nicoles Akzent habe ich auf Anhieb erkannt. Berlinerisch. Sie trägt einen dunklen Wollrock mit Pullover. Nun führt sie mich in einen sehr behaglichen Salon, mit verwohnten hübschen Möbeln und Perserteppichen, läßt mich neben dem Kamin Platz nehmen. Dann offeriert sie mir einen irischen Whiskey, den ich annehme. Sie sagt, Ich hole Ihnen etwas Eis. Ich sage, Nein danke, kein Eis. Sie fragt mich, wo ich herkomme. Ehe ich Zeit finde zu antworten, sagt sie, Der Botschafter hat uns schon alles über Sie erzählt. Dann fragt sie mich, warum ich nach Cihrbradàn gekommen sei. Ich antworte, Ich habe etwas gesucht, wo es schön und ruhig ist, am Meer. Zu meiner Überraschung füge ich hinzu, Wo ich mich erholen kann. Captain Walton kommt herein, sehr resolut, stämmig und herzlich, mit einem Blick auf seine Uhr. Ich war gerade dabei, mir die Zehennägel zu schneiden, sagt er, es ist eine außerordentlich günstige Stunde, um sich die Zehennägel zu schneiden. Ich nehme an, das ist seine Art von Witz, von lockerer Konversation, von Bodenständigkeit. Wir geben uns die Hand. Nicole sagt, Kate und ich sprachen gerade von den vielen Orten, die sie während der kurzen Zeit, die sie in Irland ist, besuchen muß. Natürlich hatten wir über nichts dergleichen gesprochen. Ich sage, Nein, im Grunde bin ich speziell nach Cihrbradàn gekommen, einfach wegen der Ruhe und um mich zu erholen. Aber das scheinen sie irgendwie nicht zu hören. Sie vertiefen sich sofort in ein Gespräch untereinander über die Orte, die ich besuchen müsse. Sie kommen überein, daß Clem mich morgen, in aller Frühe, zu einer Stelle mitnehmen soll, die ihm schon seit Kindertagen besonders lieb ist und die, aus Gründen, die sie nun ausführlich darlegen, Mammis Strand heißt. Ich frage Nicole, wo sie herkommt. Sie antwortet, Aus Chicago, mit einem so eindeutig deutsch ausgesprochenen *o*, daß ich völlig verblüfft bin. Ich erwidere nur, Wirklich. Dann sagt sie, Und vorher aus Minneapolis. Ich habe mich inzwischen fest entschlossen, daß ich schon morgen nicht mehr in Irland sein werde. Während ich mir Gedanken mache, wie das im einzelnen vor sich gehen soll, läutet das Telefon. Nicole geht in ein anderes Zimmer, um abzunehmen, kommt zurück und sagt zu Clem, Das war Judy, aus London; und zu mir, Sie wollte dieses Wochenende herkommen. Judy liebt Irland ebenso wie Sie und Clem und ich, aber seit dieser jüngsten Geschichte mit der IRA hat das dumme Mädchen Angst zu kommen. Clem sagt, Das liegt doch bloß an den Zeitungen; Kate weiß genau Bescheid über die Zeitungen. Mit einigem Interesse sage ich, Aber ich habe schon seit Tagen keine Zeitung mehr gelesen. Wir hören Schritte in der Diele. Clem ruft laut, Hallo, William, Iris. Und ein zweites Ehepaar kommt herein, Amerikaner. Nachdem Clem uns miteinander bekanntgemacht und ihnen ihre Drinks, mit Eis, gebracht hat, bringt er auch mir noch einen zweiten, sehr großen Whiskey. Auch mit Eis diesmal. Nicole sagt zu dem Ehepaar, Wir haben gerade besprochen, wo Kate auf ihrer Rundreise durch Irland überall hinfahren soll. Morgen fährt sie mit Clem mit, zu Mammis Strand.

Und dann die Sache mit den Kommas. Und das mit den Absätzen. Das echte Komma. Das Pausenkomma. Das Nachsatzkomma. Das Zauderkomma. Das Rhythmuskomma. Der Blues. Und das mit der Zeitenfolge und den Fragezeichen. In dieser Sache mit dem Skandal auf dem Tennisplatz. Verstand er denn so wenig von Liebe, daß er nicht merkte, daß es die Erfahrungen waren, die ich so viele Male, all diese Jahre, mit ihm durchgemacht habe, die ich in Andeutungen, für ein paar Stunden, von Zeit zu Zeit, eben jetzt, durchscheinen ließ?

Nicole sagt, zu dem amerikanischen Ehepaar, Wir haben gerade besprochen, wo Kate auf ihrer Rundreise durch Irland überall hinfahren soll; morgen fährt sie mit Clem mit, zu Mammis Strand. Ich sage, Nein, es hat sich ergeben, daß ich morgen nach London muß, nur für einen Tag. Bin noch am selben Abend wieder zurück, vielleicht auch erst am nächsten Morgen, aber ich fürchte, es läßt sich nicht verschieben. Ich will jetzt bei diesen Leuten den Eindruck festigen, ich hätte unter allen Umständen die Absicht, Irland nicht nur zu verlassen, sondern innerhalb von Stunden wieder dorthin zurückzukehren; ich sage es also mit besonderem Nachdruck. Ich will, daß gar nicht erst die Vermutung aufkommt, ich hätte versucht, mich der Strafverfolgung zu entziehen, oder zumindest weniger aufkommt, wenn ich erwischt werde; das Wort erwischt und mein Problem werden für mich indessen immer realer. Clem und Nicole geben eine kleine Pantomime fürsorglicher Verzweiflung zum besten und werden dann deutlich bevormundend. Ich müsse meine Londonreise auf den letzten Tag meines Irlandaufenthalts verschieben; unter gar keinen Umständen dürfe ich schon morgen fahren. Aber inzwischen hat sich herausgestellt, daß William, ehe er aus Altersgründen seinen Lehrstuhl für Physiologie in Amerika aufgab, als Berater für die Vereinten Nationen tätig war. William erwähnt nun, daß ein höherer Funktionär bei der UNO, ein Mann, dessen Name häufig durch die Nachrichten geht, am selben Tag in Paris eingetroffen ist. Wie es der Zufall will, kenne ich diesen Funktionär sehr gut. Ich behaupte, mit erstaunlicher Überzeugungskraft, ich müsse deswegen morgen fahren, weil ich ein Interview mit ihm zu machen hätte. Da der Mann, um den es sich handelt, bemerkenswerten Chic und Einfluß hat, übersieht Clem irgendwie die Frage, warum ich ausgerechnet nach London muß, um ein hohes Tier zu interviewen, das eben in Paris angekommen ist. Ich mache mir nicht allzuviel Gedanken über diese offenkundige Ungereimtheit. Wir hatten mittlerweile alle mindestens drei Drinks, und als wir ins Eßzimmer gehen, nimmt Clem meinen Arm. Dann aber, sobald Sie zurückkommen, sagt er, übermorgen fahren wir beide zu Mammis Strand. Der Botschafter hat uns alles über Sie erzählt. Nicole und ich, müssen Sie wissen, besitzen gemeinsam ein Stück Land. Mammis Strand, genauer gesagt. Und in seinem Brief hat uns der Botschafter geschrieben, Kate kennt genau die richtigen Leute, die als

Käufer für das Land in Frage kommen. Leute, die hier hereinpassen würden, sagt er und drückt dabei meinen Arm. Sie wissen schon, *des gens convenables.* Ich denke, Du lieber Himmel, höre ich recht? Laut sage ich, O ja, wirklich eine interessante Idee.

Wir setzen uns zum Abendessen, Nicole, William, Iris, Clem und ich. William wird als erster ausgesprochen redselig und betrunken. Was an Essen aufgetischt ist, hat man sich, unverkennbar, einiges kosten lassen: Räucherlachs, russischer Wodka, sehr guter Wein, Hammelbraten, eine reiche Auswahl an Gemüsen. Es gibt vielleicht einen Koch im Haus, aber allem Anschein nach kein weiteres Personal. Wir bedienen uns selbst von der Anrichte. Das Tischgespräch landet irgendwie beim Thema der irischen Politik, nichts von dem, was einem in der übrigen Welt beim Stichwort irische Politik einfallen würde, sondern vielmehr dies: die Auswirkungen der Europäischen Gemeinschaft auf die angeborene Faulheit des irischen Arbeiters. Jedesmal, wenn ich einen Schluck Wein trinke, richtet Nicole einen vielsagenden Blick auf Clem und auf mein Weinglas, und er schenkt nach. Sie scheinen sich keine Sorgen zu machen, ob ich überhaupt noch fahrtüchtig bin, geschweige denn, ob ich nach Hause finde, nach Hause durch die Dunkelheit, nach allem, was ich getrunken habe. Durch die Mitgliedschaft in der Europäischen Gemeinschaft, so haben sie einstimmig festgestellt, sei auch das letzte Quentchen Arbeitswille bei den irischen Armen untergraben worden. Aber Iris ist jetzt deutlich angeheitert, von dem Stolichnaya; sie holt zu einer komplizierten Geschichte aus, es geht um einen bärtigen jungen Mann, der mit zwei Helfern gekommen war, um irgendwelche Arbeiten bei ihnen im Haus auszuführen, in dem Cottage, das sie und William seit seiner Pensionierung bewohnen. Der bärtige junge Mann kam regelmäßig zu spät; die Reparaturarbeiten verzögerten sich endlos. Als Iris ihn eines Tages nach dem Grund fragte, gab er zur Antwort, er und sein Team hätten noch drei andere Jobs. Und die Krone des Ganzen ist, fügt sie hinzu, donnerstags konnte er überhaupt nie kommen; weil das nämlich der Tag war, an dem er seinen Scheck abholen mußte. Er bezog Arbeitslosengeld. Schweigen in der Runde. Das nenne ich Punkt, Satz *und* Match, sagt sie. Dann von William eine Erinnerung aus seinem Leben als Physiologe in Uganda. Ein paar Gedanken über die Leiden und Freuden des Landlebens von Nicole. Seltsam brutal, ihre Anekdoten, wenn man bedenkt, daß es ihr erklärtes Lieblingsthema ist, wie friedlich dieses Fleckchen Erde, dieses Land doch sei und daß sie niemals wieder in das alte Stadtleben in Chicago zurückkönne. Indessen erzählt sie uns von dem Tag, an dem der Gänserich, kaum daß sie ihn eine Minute aus den Augen ließ, seine gesamte Brut mit Schnabelhieben tötete. Von der Kuh, die zusehends schwächer wurde, zu schwach vielleicht, um noch einen Winter durchzustehen. Wie sie, Nicole, der Kuh ein Halfter übergestreift und sie eigenhändig zum Metzger geführt hatte. Von dem unglücklichen Zufall, daß die Kuh genau auf der Schwelle des Metzgerladens tot zusammenbrechen mußte. Und von der Bürokratenseele, der Pedanterie und der Uneinsichtigkeit des Metzgers, die ihn eisern daran festhalten ließen, er dürfe kein Fleisch von einer Kuh verkaufen, die ihm schon tot geliefert worden sei. Nicole hatte an dem Kuhschwanz gedreht. Sie schwor jeden Eid, das Tier habe gezuckt. Aber der Metzger wollte nicht gesehen haben, wie das Tier sich bewegte, und weigerte sich, es zu schlachten. Nicole kichert und seufzt erneut über die Unsummen, die eine solche Kuh kostet. Dann erzählt sie, wie die Schafe sich einmal vergifteten; und wie ein andermal ihr Sohn, heute erwachsen, aber damals noch ein Baby, von einem Hund gebissen wurde, der danach nicht aufzufinden war. Sie schildert den Schmerz bei Tollwutimpfungen. Und von Zeit zu Zeit, mit jedem Mal aufdringlicher, stimmen Clem und Nicole eine Art Wechselgesang des multinationalen Namenleckens an, um dann wieder auf das Thema Grundbesitz in diesem idyllischen Teil Irlands zurückzukommen. Und auf Mammis Strand. Iris und William, schon sehr beschwipst, aber allem Anschein nach vorbereitet, verfallen in Ausrufe und bekunden Zustimmung, wann immer einer unserer Gastgeber einen Blick in ihre Richtung schickt. Doch schließlich sagt Nicole, Als ich klein war und Papa zu der Zeit natürlich noch Mannschaftskapitän. Nach einem tiefen Blick ins Glas sekundiert William hilfsbereit, Eishockey? Und Nicole, wohl etwas ungehalten über die Unterbrechung, sagt, Nein, U-Boot. Es entsteht eine Pause. Dann erklärt sie, was die Sache nicht wahrscheinlicher macht, Das waren damals doch alle Papas. Daheim in Chicago? frage ich mich, Oder in Minneapolis?

Nach dem Abendessen ziehen sich Männer und Frauen kurz getrennt zurück, in verschiedene Schlafzimmer, die Frauen oben, die Männer unten, die beiden Orte offenbar, wo sich die Badezimmer befinden. Es ist bitterkalt im oberen Schlafzimmer, und etwas an seiner Schäbigkeit, vielleicht auch an der Tatsache, daß die Fenster mit durchnäßten Handtüchern gegen Zug abgedichtet sind, läßt ahnen, daß es in diesem Haus, trotz allem, an Geld fehlt. Und als Nicole, die uns den Weg zum Badezimmer gezeigt hat, wieder hinuntergeht, wendet sich Iris plötzlich zu mir und sagt, ganz leise und mit ungespielter Freundlichkeit, Falls Sie sich, wenn Sie aus London zurückkommen, aus irgendeinem Grund bei uns wohler fühlen würden, ich meine, bei William und mir, na ja, es ist nur ein kleines Landhaus, verglichen mit dem Schloß oder mit diesem Haus, aber wir haben noch ein Schlafzimmer für Gäste. Ich danke ihr. Aus irgendeinem Grund haben wir uns nahezu flüsternd unterhalten.

Nicole kommt zurück. Wir verstummen und gehen hinunter. Draußen in der Diele, vor dem Wohnzimmer, ist die Unterhaltung schleppend. Obwohl auch Iris und William schon im Begriff sind, sich zu verabschieden und ihre Mäntel anzuziehen, bin ich es, die als erste aufbricht. In der Tür stehend, schauen sie zu, wie ich das Auto schon wieder in einer schmalen Einfahrt wende. Es regnet heftig, ein Regen, der sich in Schnee verwandelt. Wie durch ein Wunder finde ich wieder zur Einmündung in die Hauptstraße zurück. Als ich in diese einbiege, hört der Schneefall auf, und es ist klare Nacht. Ich fürchte, die Abzweigung nach Cihrbradàn nicht zu finden, deshalb halte ich Ausschau nach irgendwelchen Schildern an der Straße. Außer mir sind überhaupt keine Autos unterwegs. Dann aber, nach ein paar Meilen, kommt ein vereinzeltes Auto, aus der Gegenrichtung. Wir befinden uns auf gerader Strecke und zunächst noch in beträchtlichem Abstand; doch der verringert sich rasch, und soweit ich auch nach rechts ausweiche, fast schon halb die Böschung hinauf, scheinen wir dem Zusammenstoß immer näher zu kommen. Als wir scharf abbremsen und, beide fassungslos, praktisch Kühler an Kühler zum Stehen kommen, sehe ich, daß am Steuer des anderen Wagens ein Priester sitzt. Bis jetzt hatte ich, angesichts dieser unerklärlichen Schwierigkeit, nahezu ausschließlich meinem Instinkt gehorcht. Er natürlich auch. Und erst als wir, kurz vor Mitternacht, am äußersten Straßenrand, auf so unglaubliche Weise zum Stehen kommen, dämmert mir, was ich falsch gemacht habe. Ich mache Gesten der Entschuldigung, der Priester nickt, wir setzen zurück, und ich wechsle auf die richtige Straßenseite über. Ohne weiteren Zwischenfall gelange ich ins Schloß und in mein Zimmer zurück.

Ich packe meine Sachen fertig, trage sie die Treppe hinunter. Als ich an der Küche vorbeigehe, kommt mir zum ersten Mal die Frage der Trinkgelder. Mit anderen Worten, obwohl ich mich den ganzen Abend bemüht habe, den Eindruck zu untermauern, ich hätte vor, aus London zurückzukehren, bevor der Mietvertrag für den Wagen abgelaufen ist, besteht jetzt eine mehr als hohe Wahrscheinlichkeit, daß ich, falls ich unbeschadet aus Irland herauskomme, nicht mehr zurückkehren werde. Das Zurücklassen von Trinkgeldern freilich läßt darauf schließen, daß die Abreise in gewissem Sinne endgültig ist. Wenn Sie tatsächlich vorgehabt hätten, innerhalb eines Tages zurückzukehren, würden sie sagen, falls sie mich auf der Straße oder am Flughafen erwischen sollten, dann hätten Sie nicht diese Trinkgelder hinterlassen. Aber ich bringe es, wie auch immer unsere Beziehungen gewesen sein mögen, aus irgendeinem Grund nicht über mich abzureisen, ohne etwas für das Personal dazulassen. Also mache ich noch einmal von der Schreibmaschine des Botschafters Gebrauch, um Umschläge für Kathleen, Paddy und Celia zu beschriften. Und dem Umschlag für Celia lege ich einen Zettel bei, auf dem steht: »Ich bin über Nacht weg«; hier ergänze ich aus irgendeinem Grund noch »Nach Limerick« und füge dann noch hinzu »Bin Freitag zurück oder rufe an.« In meinem Zimmer lasse ich wieder die Vorhänge offen, um mit dem ersten Tageslicht aufzuwachen. Es ist inzwischen nach Mitternacht. Ich möchte nichts einnehmen, damit ich nicht verschlafe. Und schlafen kann ich nicht. Ich lese ein bißchen Samuel Pepys, finde ihn ganz gut. Dann ruhe ich bloß. Da ich so viel Zeit einplanen will, daß ich mich auf dem Weg nach Dublin noch verfahren kann, andererseits aber nicht zu einer verdächtigen Zeit aufbrechen will, stehe ich um drei Uhr morgens auf, gehe hinunter, sehe mir noch einmal meine Nachricht an Celia an, streiche »Limerick« durch und schreibe »London« darüber, streiche dann überhaupt »Nach London« durch und schreibe statt dessen »Auswärts«. Ich trinke etwas Milch, mir ist ziemlich übel danach, so sämig und fett ist sie; mache etwas Kaffee, den ich mit warmer Milch trinke, fühle mich eine winzige Spur besser. Ich hole den irischen Whiskey aus dem Salon, stelle ihn in den Fliegenschrank in der Vorratskammer, schließe den Schrank ab, denke, es könnte beleidigend wirken, wenn ich den Schlüssel neben die Briefumschläge auf den Küchentisch lege, lasse also den Schlüssel auf der Anrichte neben dem Vorratsschrank. Dann gehe ich ein letztes Mal nach oben, schaue mir mein Zimmer an, sehe Eimer, Handtuch und Evian-Flasche, immer noch, natürlich, auf dem Läufer im Korridor. Unten denke ich noch ein allerletztes Mal über die Sache mit den Briefumschlägen nach und komme zu dem Schluß, daß ich sie einfach hinlegen *muß*, schätze ohnehin, daß sie nicht vor halb zehn gefunden werden, wenn ich, so ist zu hoffen, schon durch die Abfertigung am Flughafen bin. Ich beschließe, das Außenlicht, das über der Eingangstür, nicht einzuschalten, um zu vermeiden, daß Paddy im Pförtnerhaus wach wird. Mit meinem Koffer und meiner Handtasche gehe ich quer über die Einfahrt. Als ich mich ins Auto beuge, um den Koffer auf dem Rücksitz zu verstauen, fällt mir der Autoschlüssel aus der Hand. Ich stehe im Stockfinstern jetzt, dazu noch im strömenden Regen. Ich fange an, die Einfahrt abzusuchen, das Kiesrondell, das Gras im näheren Umkreis, das Auto. Ich knie mich auf den Boden, um unter dem Auto nachzusehen, und meine Cordhose wird triefnaß. Ich gehe ins Haus zurück, schalte nun doch das Licht über dem Eingang an; aber der Schlüssel muß mir auf der abgelegenen Seite heruntergefallen sein, im dunklen Schatten des Autos. Schließlich finde ich ihn, am Ende doch irgendwo im Inneren des Wagens, fasse mich wieder, gehe zurück zur Tür, schalte das Eingangslicht aus, brause mit heulendem Motor davon. Kein Licht im Pförtnerhaus, nirgends Licht, und, wie es scheint, auch keine Autos auf der Straße. Ich werde also nicht verfolgt. An den Flughäfen könnte natürlich immer noch jemand sein. Aber dennoch, auch wenn es strichweise regnet und strichweise bewölkt ist und der Himmel dann wieder schwarz und klar mit dieser Mondsichel, ich bin auf dem Weg.

Quanta, sagte Amy, im Zug, während des Schneesturms damals, als Antwort auf meine Frage. Nicht hier, sagte Diana, was sie ewig bereuen würde, zu ihrer eigenen Tochter, die weinend zu ihr gelaufen kam, vor all den Leuten.
Die entscheidende Wende bei der Zeitung kam mit der Einführung der Verfasserangabe.
Von dem Augenblick an, als er auf Band zu sprechen begann, war er kein Schriftsteller mehr.
Die Sache war die, der Eiswürfel war präpariert.
Ich habe kein Interesse an diesen Expertengesprächen und Randbemerkungen, weißt du, so wenig wie ich hören will, wie der Reporter an seine Geschichte gekommen ist. Aber die Geschichte besteht, schon seit einiger Zeit, so weitgehend aus Wer sagt das?
Trauerte wie, verging vor Sehnsucht wie ... Warum muß es immer einen Vergleich geben? Warum mußt du immer zu grundlegenden Fragen vordringen, jedesmal weit über die Torlatten hinaus? Und du, was mußt du auch immer unseren Quarterback kassieren, wenn wir schon bei dem Thema sind.
Sie hatte ihn geliebt, weißt du, mit der opernhaften Intensität eines Bassets, einer Diva, eines Kindes.

Die Abzweigung *nach* Castlebar finde ich ohne weiteres. Sie ist mir schon auf dem Weg zu und von den Waltons aufgefallen. Dann fahre ich geradeaus, immer weiter geradeaus, und der Regen hört auf, und der Himmel ist ein klares Schwarz, und alle Sterne sind zu sehen. Ich kann auf keiner Seite einen Straßenrand erkennen, aber ich habe sie im Gefühl, die ganze Zeit, diese langen Steinmäuerchen, die Wiesen, manchmal das Meer, die Kühe, die unglaubliche, nie gesehene Schönheit der irischen Landschaft. Nur ein oder zwei Autos, im Abstand von vielen Minuten. Was mögen ihre Geschäfte sein, was sind meine Geschäfte, warum ist der Verkehr so spärlich? Und in den verstreut liegenden Häusern, ja selbst in den Ortschaften, in keinem Fenster Licht, außer, wieder im Abstand von vielen Meilen, ein einzelnes Licht, im Oberstock oder im Erdgeschoß: ein Einsamer, der keinen Schlaf findet, ein Arbeiter der Nachtschicht, ein Terrorist, ein Dichter, wer? Aber während der langen Strekken, die ich durch die Dunkelheit fahre, steigt allmählich ein Hochgefühl in mir auf. Ich kann nicht absehen, wohin das alles führen wird. Ich habe immer noch das Gefühl, wie soll ich es beschreiben, daß das Land und selbst die schlafenden Provinzstädtchen von mir wissen. Daß sie mein Vorbeifahren wahrnehmen, ob sie mir nun folgen oder nicht: ein einzelner Wagen, beschädigter Kotflügel, fehlender Mietwagenaufkleber, unterwegs nach, doch noch können sie nicht wissen, wohin. Plötzlich Straßenlampen, Kurven, ein oder zwei Ampeln. Aber kein Schild, soweit ich sehe, das Dublin anzeigt oder irgendeine andere größere Stadt. Ich fahre also geradeaus weiter, und als die Straßenlampen und Kreuzungen allmählich aufhören, vermute ich, daß das eben der ganze Kern des hauptstädtischen Castlebar war, durch den ich da gefahren bin, nicht mehr und nicht weniger. Geradeaus weiter, Hochstimmung. Ist das die Stunde? das Abgleiten ins Verbrechen? wiewohl ich im Grunde meines juristischen Herzens weiß, daß ich noch kein Gesetz gebrochen haben kann. Was mich jetzt überkommt, während ich zum Orion aufblicke und an das Kindheitswissen über Sterne, Mythen, Sternzeichen, Dinosaurier denke, ist auch das Bild, der physische Mut dieser Vogelfreien, dieser verwegenen, den Tod nicht fürchtenden Vandalin, dieses Kindes. Mitten hinein in diesen kinetischen, den Gesetzen spottenden Übermut die Feststellung, daß ich, aller Wahrscheinlichkeit nach, meine Abzweigung verpaßt habe, das Umkehren, der Fahrer des Wagens kam zu spät, um mich umkehren zu sehen, so daß ich ihn, falls er mir gefolgt war, jetzt abgehängt haben dürfte. Und was ist, habe ich schon gedacht, wenn ich tatsächlich dabei erwischt werde, wie ich in Dublin das Flugzeug besteige. Ach was, ich werde sagen, ich hätte vorgehabt, morgen wieder zurückzukommen. Fragen Sie das Personal in Cihrbradàn, fragen sie Captain Walton. Und auch mein Wagen ist erst dann zur Rückgabe fällig; sehen Sie nur, ich habe den Schlüssel immer noch in der Tasche. Im Flughafen werde ich dann ein Ticket besorgt haben, für den Rückflug aus London morgen. Sehen Sie, hier habe ich eine Flugkarte zurück nach Irland. Und den fehlenden Aufkleber. Ich habe das Ganze schon erklärt. (Ich kann nicht sagen, ich wüßte nicht, wie er abgegangen sei; vielleicht hat mich jemand dabei beobachtet, wie ich ihn entfernt habe.) Es geschah, um zu vermeiden, daß man mir für Reparaturen am Auto zuviel berechnet. Und ich würde dasselbe Argument ins Feld führen wie so viele, die sich auf die stümperhafte Ausführung ihres Verbrechens berufen: Hätte ich das alles getan, den Schlüssel behalten, das Auto so geparkt, daß der beschädigte Kotflügel nach außen zeigte, und den Aufkleber abgezogen, wenn ich wirklich vorgehabt hätte, mich dem Gesetz zu entziehen. Halten Sie mich für so dumm, ich meine, für wie dumm halten Sie mich eigentlich. Aber ich bin unruhig, unruhig, was danach passiert. Werden sie sagen: Eine glaubhafte Geschichte. Nein. Aber muß ich bleiben und zahlen, sofort und auf der Stelle, wie hoch auch immer der Wucherpreis, den zu umgehen ich eben die Flucht antrete. So gut wie sicher. Genaugenommen bin ich schon unruhig, was jetzt gleich passiert, wenn ich Dublin näherkomme. Falls ich Dublin überhaupt näherkomme.

Und dann bemerke ich, daß die Nadel der Benzinuhr nur mehr ganz wenig über Viertelvoll steht. Ich fahre weiter und zähle in Gedanken die Meilen, die ich von der Stelle, an der ich umkehrte, wieder zurückgefahren bin, frage mich, wie viele Meilen ich umsonst verfahren habe. Was da riesig hinter mir auftaucht, ist, natürlich, dieser gewaltige Laster. Und auf mein Signal hin hält er an. Ich frage ihn nach dem Weg zur Nationalstraße N.5 nach Dublin, und auf seinem Gesicht malt sich einen Augenblick jener Ausdruck des Argwohns, des Zögerns, den ich selbst bei Nacht wiedererkenne; ich habe ihn inzwischen schon so oft gesehen. Er sagt, Ich bin auf dem Weg nach Dublin, Sie können mir nachfahren. Wir fahren los, und dann fange ich an, ihn zu verdächtigen. Mit anderen Worten, mein Vertrauen ist gründlich erschöpft, und ich frage mich, ob sie wieder einen von ihren Leuten hinter mir hergeschickt oder ihn alarmiert haben, und fährt er jetzt vielleicht gar nicht in Richtung Dublin, sondern auf direktem Weg zurück zur Polizeistation in Castlebar. Da ist Kafkas Schloß, natürlich, und das Schloß, in dem ich gewohnt habe; und bar, nun ja, ich lasse den Gedanken sein. Und Mammis Strand. Schon die ganze Zeit werde ich den unerklärlichen Eindruck nicht los, daß an der Verkettung der Vorfälle etwas höchst faul ist, und ich frage mich unablässig, was es, abgesehen von einem kleinen Unfall, den ich verschuldet habe, sein könnte, ich frage mich, Was könnte es nur sein, was sie mir, in dieser Geschichte mit dem Auto, anhängen wollen. Statt dessen fallen mir Gründe ein, die das Zögern des Mannes erklären. Ich denke, vielleicht meinte er, ich sei von der IRA, so wie ich angezogen bin, mitten in der Nacht, in diesem verschrammten Auto, in wer weiß was für Geschäften unterwegs, mit meiner Kordhose und meiner Daunenjacke. Und dann taucht dieser andere Gedanke auf, vielleicht ist er das IRA-Mitglied, und sein Lastwagen hat Nitroglyzerin geladen, und sein Argwohn erklärt sich daraus, daß er glaubt, ich sei von der Polizei. Und die schiere Unwirklichkeit der Lage, der Situation, in der ich mich da befinde, die schiere, statistische Unwahrscheinlichkeit des Ganzen, kommt mir wieder voll zu Bewußtsein, und mich erfaßt eine diebische Freude, eingeschränkt nur durch die Tatsache, daß ich nicht mehr ganz allein bin. Einsamkeit schien bis jetzt so sehr Teil des Abenteuers.

Und das ist das Schema: eine Waschbrett-Kapelle; das Schema ist ein Klarinettenquintett; das Schema, eine Gitarre, ein Fado, ein Orchester. Mit Paul Wiseman auf dem Motorrad unterwegs zum Boston Symphony; das kleine Mädchen auf der Bühne, das in Ginas Vorschulklasse Oboe spielt; John, der freimütig erklärt, ich finde, Frauen ins Century zu lassen wäre so unpassend wie die Mitwirkung einer Posaune in einem Streichquartett.

Als ich zum ersten Mal von der Spitzmaus erfuhr, der armen, nieder entwickelten, geistesschwachen Spitzmaus, die fortfährt, hoch durch die Luft zu springen, wo auf ihren gewohnten Pfaden einmal ein Hindernis, ein Felsbrocken etwa, war, aber nicht mehr ist, da machte ich mir Gedanken über all die Stellen im Leben, an denen man, obwohl die Hindernisse längst beiseite geschafft sind, nach wie vor entweder springt oder einen großen Bogen macht. Es schien eine so unnötig ruckartige Bewegung oder Vergeudung von Zeit und Energie. Aber trotzdem, wenn man eine tiefe Abneigung gegen eine solche Stelle gefaßt hat, bloß weil dort einmal ein Hindernis war oder man nicht imstande ist zu erkennen, daß es nicht mehr existiert, oder es einem gleichgültig ist, ob es noch existiert oder nicht, oder wenn man die Gewohnheit des sinnlosen Springens oder Umgehens oder gar des entmutigten Zurückscheuens schon als Teil des Wegs ansieht oder man das abergläubische Bedürf-

nis hat, an der bewußten Stelle nach wie vor so zu verfahren, als wäre das Hindernis immer noch da, oder wenn man gar der Überzeugung ist, die Entdeckung, daß das Hindernis beseitigt ist, sei an sich schon ein strafbares Vergehen, wenn irgend etwas von diesen Dingen auf dich zutrifft, dann bist du verloren. Oder wahrscheinlich verloren, außer der gewohnte Weg, der innere Zwang, der Sprung, das Zurückscheuen, der weite Umweg verkörpern für dich einen anderen Wert. Individualität, zum Beispiel, Liebe, Besessenheit. Oder auch Kunst, übrigens.
Lebst du denn so? fragte ich. Du sagtest nein. Und ich sagte, Ich auch nicht. Und damit war die Sache noch ein Jahr aufgeschoben.

Die Straße ist jetzt manchmal klar, dann wieder, über längere Strecken, unter einer feinen Nebelschicht. Zu beiden Seiten, in dieser tiefen, modulierten Dunkelheit, immer noch, natürlich, die unglaubliche, ungesehene Schönheit der irischen Landschaft. Ich schaue auf die Uhr, 4:35, und da ich die Augen von der Straße genommen habe und da wir sehr schnell fahren, denke ich, Wird es heißen, sie sei zu Tode gekommen, während/weil sie auf die Uhr schaute? Ich sehe auf die Benzinuhr. Ich sehe nach den Tankstellen, die samt und sonders geschlossen sind. Ich überhole den Lastwagen, rechts natürlich, und winke, ein weiteres Mal mit blinkendem Warnlicht, voller Hoffnung, daß er mich jetzt nicht im Stich läßt, winke ihm noch einmal, daß er anhalten soll. Ich erkläre, daß mir das Benzin ausgeht. Sein Blick ist unstet, argwöhnisch, verschlagen. Ich deute auf meine Benzinuhr. Ich frage, ob auf der Strecke nach Dublin offene Tankstellen kommen. Er meint, Nicht vor halb zehn. Ich frage, Gibt es in Irland keine Tankstellen, die die ganze Nacht offenhaben. Er sagt nein. Ich frage, wie weit es noch nach Dublin ist. Er sagt, Etwa hundertzwanzig Meilen. Ich weiß zu der Zeit noch nicht, daß Entfernungen in Irland so notorisch unterschätzt werden, daß es tatsächlich ein Maß für Entfernungen gibt, das die Engländer irische Meile nennen. Trotzdem sage ich, Das schaffe ich unmöglich. Meine Maschine in Dublin geht um zehn. Und ich frage, Kann ich einfach so lange fahren, bis mir das Benzin ausgeht, und dann den Rest des Wegs bei Ihnen mitfahren. Und er sagt, Das geht schon in Ordnung. Und er spricht leise und stottert; aber, wie gesagt, ich habe ihn da schon liebgewonnen. Wir fahren und fahren, und dann kommt ein Schild, auf dem Ballyhaunis 10 steht. Ich überlege, ob das Auto es bis dorthin schaffen wird. Ich überlege, ob er wohl einfach weiterfahren wird, wenn ich anhalte. Doch dann erreichen wir eine Ortschaft. Er bremst ab, und ich auch. Das ist offenbar Ballyhaunis. Obwohl es auf dem Dorfplatz so etwas Ähnliches wie eine Abstellfläche für Autos gibt, mit mehreren geparkten Autos und mehreren freien Plätzen, schlägt er vor, daß ich mein Auto anderswo parke, am Randstein. Ich erkundige mich noch einmal, da es möglich ist, daß ich mich verhört habe, ob ich das Auto abschließen soll. Er sagt, O ja. Ich schließe das Auto also ab. Er wartet. Er öffnet die Tür auf seiner Seite. Ich reiche ihm mein Gepäck hoch. Da es sehr weit hinauf ist zum Fahrerhaus und ich zum Einsteigen die Hände frei haben muß, reiche ich ihm auch meine Handtasche. Er schlägt die Tür auf seiner Seite zu. Ich gehe auf die andere Seite herum. Er beugt sich herüber und macht mir dort die Tür auf. Ich schaffe es hinaufzuklettern. Werfe die Tür zu. Aus irgendeinem Grund halte ich, wie ich feststelle, immer noch die Irlandkarte der Verleihfirma umklammert. Dann fahren wir los.

Ich frage, ob mein Auto dort, neben dem Randstein geparkt, sicher steht. Er sagt, Ja, es wird keinem auffallen; diese Ortschaften sind klein. Ein langes Schweigen folgt. Er fragt, Wo kommen Sie also jetzt her? Ich erzähle meine erste Lüge.

Ich sage, Von einem Ort kurz vor Castlebar. Erneutes Schweigen. Ich sage, Das Auto gehört Freunden, sie können es abholen kommen, wenn ich sie anrufe und ihnen sage, wo es steht. Eine Pause. Er sagt, Ja, mit einem Zweitschlüssel. Ich denke, Er weiß offensichtlich, daß ich lüge. Vielleicht auch nicht. Ich frage, woher er kommt. Er antwortet, von Achill Island. Ich erkundige mich, wie oft er diese Fahrt nach Dublin macht. Zwei Nächte die Woche, sagt er. Ich frage, was der Laster geladen hat. Er lacht, sagt, Von allem ein bißchen. Wieder kommt mir der Gedanke, daß er so sehr oder so wenig wie ich ein Vogelfreier sein könnte, diese Möglichkeit. Nach einer langen Weile fragt er, wo ich her sei. Ich sage, Aus Boston. Massachusetts. Er lacht, sagt, Dann sind Sie ja weit weg von zu Hause. Ich erwidere, Ja, das stimmt. Ich fliege nach London, um meinen Bruder zu treffen. Er darauf, Warum auch nicht: um Ihren Bruder zu treffen. Ich, Na ja, er ist nur auf der Durchreise in London. Sehr langes Schweigen. Er fragt, Dann arbeiten Sie also in London? Ich kann mich nicht entsinnen, ob ich mich zu diesem Thema schon geäußert habe, also sage ich nein; und dann, unglaublicherweise, daß ich vielleicht dorthin versetzt werde. Während ich die Straße im Auge behalte, überlege ich, was ich zu ihm sagen soll, was ich von Beruf sei, und wie ich erklären soll, was ich hier mache. Allem Anschein nach versteht auch er mich nicht sonderlich gut, deshalb, so kommt es mir, wird er, falls ich mich in eine Lüge oder Unstimmigkeit verstricke, vielleicht bloß meinen, er hätte mich falsch verstanden. Ich sage, Ich bin auf Urlaub da, ich hätte eigentlich schon im frühen Sommer kommen sollen, aber es ging nicht, darum bin ich statt dessen jetzt hier, und weil mein Bruder gerade kurz in London ist, fahre ich hin, um mich mit ihm zu treffen. Nur für einen Tag. Eine Pause. Wenn ich es recht überlege, sage ich, ist es gar nicht nötig, daß ich meine Freunde anrufe. Ich kann den Wagen selbst abholen, auf dem Rückweg. Seine Miene hellt sich auf, er fängt an, mir bis in die kleinste Einzelheit zu erklären, welche Folge von Bussen ich auf dem Rückweg vom Flughafen Dublin nehmen muß, um nach Ballyhaunis zu kommen. Um mein Auto abzuholen. Dann unser bisher längstes Schweigen. Ich bin drauf und dran, ihm zu erzählen, daß ich in einer Computerfirma arbeite oder vielleicht in einer Werkzeugfabrik. Da kommt mir schließlich die Idee. Ich werde sagen, ich arbeite für eine religiöse Organisation, den Weltkirchenrat etwa oder den Verband Christlicher Hilfsorganisationen. Ich bin sehr befriedigt über diesen Einfall. Vielleicht sage ich sogar, mein Bruder sei Priester. Wir fahren endlos lange schweigend, und dann frage ich ihn, ob er einer Gewerkschaft angehört. Er sagt ja. Ich überlege, ohne jedoch die Frage laut zu stellen, wie diese Gewerkschaft wohl heißt. Teamster vermutlich nicht. Er fängt plötzlich an, sich lang und breit darüber zu beklagen, daß demnächst neue Regeln in Kraft treten sollen. Keine Fahrten von mehr als acht Stunden hintereinander. Eine Pflichtpause alle vier Stunden. Eine Geschwindigkeitsbegrenzung für Lastwagen auf fünfunddreißig Meilen pro Stunde, in ganz Irland. Er sagt, Kein Lastwagenfahrer wird sich daran halten. Ich frage, wie sie denn, wie sie jeden Lastwagenfahrer erwischen wollen, der die Geschwindigkeitsgrenze überschreitet. Das Fahrtenbuch, sagt er, mit merklicher Entrüstung; sie brauchen einen nicht mal auf der Straße zu schnappen und anzuhalten. Sie können einen übers Fahrtenbuch drankriegen. Ich spreche ihm mein Mitgefühl aus, insbesondere was die Geschwindigkeitsbegrenzung auf fünfunddreißig Meilen anbelangt, und wir sind uns jetzt zumindest in dieser Opposition gegen das Gesetz einig. Er sagt noch einmal, daß sich kein Lastwagenfahrer daran halten werde. Ich frage ihn, ob sie vorhaben zu streiken. Ich verstehe seine Antwort nicht im einzelnen, kann aber entnehmen, daß sie in der Grundtendenz auf Ja hinausläuft. (Bei der Erwähnung von Fahrtenbüchern muß ich an den schwarzen Busfahrer auf der Strecke von Red Hill zum Hafenamt denken und an den Polizisten des Staates Connecticut, der ihn anhielt. Dieser kleine Aufstand unter den Passagieren, die der Meinung waren, der Polizist prüfe das Fahrtenbuch nur, weil der Fahrer Schwarzer war. Und dann der Passagier, in jenem anderen Bus, der aus seiner Flugtasche einen Hammer holte und unter seinem Mantel versteckt hielt. Sein kurzgeschorener Kopf, seine Blässe, der Hammer in seiner Hand.) Über eine Stunde vergeht, teils mit Schweigen, teils mit Nichtverstehen der Rede des anderen. Dann erzählt er eine lange Geschichte über eine Tante von ihm, die aus den Vereinigten Staaten, aus der Nähe von Boston, herübergekommen sei, um Dublin zu sehen und seinen Lastwagen, und wie es dort hintendrin aussehe, und wie der Laster dann über eine Bodenwelle gefahren sei, und wie sie gelacht habe, und was er glaube, daß sie erzählen werde, wenn sie wieder in die Staaten zurückkäme. Ich frage, wie alt seine Tante ist, aber die Frage erweist sich, aus irgendwelchen Gründen, als völlig danebengegriffen. Er sagt, Um die fünfzig, und ich stelle fest oder vermute, daß er das vielleicht schon erwähnt hat. Dann sage ich, Sie müssen einmal nach Boston kommen, und damit scheine ich richtiger zu liegen, obwohl ich immer noch nicht verstehe, was er darauf erwidert. Ich habe sehr wenig über die religiöse Organisation gesagt, für die ich arbeite, und er hat mich nicht viel danach gefragt. Wir sind sonderbar zurückhaltend in dem, was wir einander fragen. Es scheint nach wie vor keineswegs undenkbar, daß sein Von-allem-ein-bißchen da hinten tatsächlich Plastiksprengstoff *ist.* Mir wird bewußt, daß es mir freisteht, jede nur erdenkliche Art von Lüge zu erfinden, und ihm auch.

Während die Meilen und die Stunden dahingehen, wird mir

klar, daß wir einander nicht mehr nach dem Namen fragen oder ihn nennen werden. Er sagt, Sie wollen also in die Smoke City. Es ist das erste Mal, daß ich eine *Spur* Feindseligkeit gegenüber England wahrnehme. Ich sage, Ja, wir haben dort mehrere Missionen. Eine Pause. Ich frage, ob er von Achill Island aus die Fähre nimmt. Er sagt, Es gibt eine Brücke. Ich frage, ob das sein eigener Lastwagen ist. Er sagt, Ich wünschte, es wär so. Er erklärt, er sei nun schon vierzig Jahre Mitglied bei der Gewerkschaft, und er werde nie bereit sein, in den Nächten, in denen er auf Achse sei, nur acht Stunden zu fahren. Wie viele Stunden fahre er denn gerne am Stück, in der Regel? frage ich. Er sagt, So viel es geht. Ich muß an das Gespräch denken, bei den Waltons, über den irischen Arbeiter. Punkt, Spiel und Match. Ich weiß, daß ich ihm kein Geld anbieten kann, wenn ich aussteige (er hat gesagt, er werde mich nicht bis ins Zentrum von Dublin fahren, sondern an einer Bushaltestelle in den Außenbezirken absetzen, wo ich einen direkten Bus erwischen könne; mehr darüber zu gegebener Zeit, aber ich glaube ihm natürlich); und ich habe mich schon gefragt, wie ich ihm danken will. Mich nun innerlich auf meinen Beruf einstellend, bin ich sicher, daß ich sagen werde: Ich hoffe, daß wir uns wiedersehen und daß eines Tages ich ihm einen Gefallen tun könne; aber auch, das vor allem, Gott segne Sie. Er fragt, warum ich mir heute morgen nicht ein wenig Zeit nehme und mich in Dublin umsehe. Ich sage, Aber dann würde ich meinen Flug versäumen und meinen Bruder verpassen. Anhaltendes Schweigen. Er fragt mich etwas über meine Freunde in der Nähe von Castlebar, und aus meiner Antwort werde ich selbst nicht schlau. Als wir uns Dublin nähern und am Stadtrand eben die Sonne aufgeht, beschreibt er, wieviel Zeit es in Anspruch nehmen würde, mich direkt an den Flugplatz zu bringen, bei diesem Verkehr. Und tatsächlich wird der Verkehr allmählich dicht.

Schließlich setzt er mich an einem Bushäuschen ab. Er reicht mir mein Gepäck herunter. Ich bedanke mich. Gott segne Sie, sage ich noch. Er fährt davon.
In dem Bushäuschen stehen drei junge Leute. Ich frage, Fahren alle Busse, die hier vorbeikommen, zum Flughafen? Und in diesem Ton der Verstocktheit, Genugtuung, ja selbst des Spotts geben sie zur Antwort, Die Busse hier fahren nicht zum Flughafen. Für einen Bus zum Flughafen müssen Sie nach Dublin hineinfahren; das geht in die andere Richtung. Und sie tauschen dabei Blicke aus. Ich bin ein wenig vor den Kopf geschlagen durch diese Auskunft. Ich sage, Ich soll also von hier aus einen Bus nach Dublin nehmen? Und sie sagen, Ja, genau. Eines der jungen Mädchen fügt hinzu, Wenn sie nicht schon voll sind. Sie macht Anstalten, einen herankommenden Bus anzuhalten. Der Bus hält nicht, und sie sagt, mit großer Befriedigung, Der ist schon mal voll. Wir warten. Wie durch ein Wunder sehe ich ein schwarzes Auto, das allem Anschein nach ein Taxi ist, aus der Richtung kommen, aus der der Lastwagenfahrer und ich herkamen. Ich sage, Dann versuche ich wohl besser, ein Taxi zu erwischen, und winke ihm. Und wie durch ein zweites Wunder hält der Fahrer am Straßenrand und hat noch keinen Fahrgast. Ich erkundige mich, wieviel es zum Flughafen kostet. Er sagt, sechs oder sieben Pfund. Nur für Bruchteile eines Augenblicks schießt mir die Frage durch den Kopf, ob der Lastwagenfahrer sich in der Richtung, in der der Flughafen liegt, und in der Route, auf der die Busse verkehren, geirrt haben kann; und die Frage, warum er mich nicht wenigstens bis ins Zentrum von Dublin mitgenommen hat. Aber er ist da schon, noch, so sehr mein Freund, daß ich gar nicht anders kann als annehmen, es handle sich in irgendeiner Form um einen Irrtum, und vielleicht ist es auch so. Ich glaube nicht, daß es so ist. Aber was auch immer sein Auftrag oder seine Absicht gewesen sein mag, er hat meinet-

wegen angehalten. Es gab dazu keine Verpflichtung. Es hat seinen Arbeitstag zusätzlich verlängert. Seine Arbeitsnacht. Er hat meinetwegen angehalten. Und was immer er für meinen Auftrag gehalten haben mag, nun, wie soll ich es anders nennen? Ich habe ihm gegenüber immer noch ein sehr herzliches Gefühl. Allerdings steht fest, daß ich, wäre nicht dieses von der Vorsehung geschickte freie Taxi gekommen, so gut wie sicher, nein, sicher mein Flugzeug versäumt hätte.

Der Taxifahrer fragt, Um wieviel Uhr geht Ihr Flugzeug? Ich sage, Um zehn, aber ich sollte bis spätestens Viertel nach neun da sein. Ich muß noch meine Flugkarte abholen und einchecken. Tja, bei dem Verkehr fahren wir wohl besser durch den Park. Wo waren Sie denn untergebracht? Ich sage, Ganz in der Nähe von Dublin. Eine Pause. Mehrere Minuten vergehen. Ich frage, Ist das ein großer Umweg. Er meint, Nein, im Grunde ist es kürzer. Das ist eindeutig gelogen, warum hätte er denn sonst gesagt, wir fahren durch den Park wegen des Verkehrs. Außerdem scheinen wir in dichteren Verkehr geraten zu sein, als er erwartet hat. Er wird ungeduldig. Ich sage, Der Park ist wunderschön. Er sagt nichts. Ich habe das Gefühl, ich sollte irgendeine Frage stellen. Wenn ich freilich ganz in der Nähe von Dublin gewohnt haben will, weiß ich nicht, welche Frage ich stellen sollte. (Da fällt mir plötzlich ein Augenblick mit dem Lastwagenfahrer ein: Als wir uns Dublin näherten und am Stadtrand eben die Sonne aufging und unübersehbar war, daß Zeitaufwand und Entfernung viel größer waren, als ich erwartet hatte, kam mir zu Bewußtsein, daß ich mein Auto an gar keinem Flughafen würde abgeben können, weil ich es, natürlich, in Ballyhaunis stehengelassen hatte. Auch daß mein Argument, daß ich das Auto morgen abholen würde, reichlich fadenscheinig war. Wie also erklären, daß ich, nachdem ich ein beschädigtes Auto, bei Nacht, in einer obskuren Kleinstadt gelassen habe, jetzt aus Irland abreise und trotz allem die Absicht habe, das Auto bis Freitagnachmittag zur Verleihfirma zu bringen. Ohne Zweifel ein Problem. Aber ich hatte meine neue, meine religiöse Identität, und plötzlich kam mir die Idee: Ich würde Irland auf dem Luftweg unter falschem Namen verlassen, genau, das würde ich tun. Um nicht dabei erwischt zu werden, würde ich nicht meine Kreditkarte benützen; ich würde bar zahlen. Und ich würde mich auch vorher erkundigen müssen, ob man in Irland beim Verlassen oder Betreten des Landes seinen Paß vorzeigen muß. Soweit ich mich erinnern konnte, mußte man ihn nicht vorzeigen. Ich könnte so tun, als wollte ich mich für jemand anderen erkundigen. Für meinen Chef vielleicht oder meinen Bruder. Falls Pässe erforderlich waren, müßte ich es natürlich mit meinem eigenen Namen riskieren. Andernfalls würde ich einfach bar zahlen, unter einem beliebigen Namen, und das Land verlassen. Unter falschem Namen zu reisen könnte vielleicht irgendein Vergehen darstellen. Ich sollte also einen Namen wählen, der dem meinen so ähnlich wie möglich ist, um den Irrtum eventuell erklären zu können. Alder, fiel mir ein. Aber andererseits kommt diese Art Fehler so häufig vor. Ich hatte die Befürchtung, sie könnten denselben Fehler machen und ausgerechnet nach einer Alder fahnden. Also überlegte ich, Hadler, da sicher keiner unter H nachsehen würde. Und dann dachte ich, in meiner neu erwachten Albernheit, Warum nicht gleich Radler. Aber das schien doch zu weit zu gehen. Also entschied ich mich nun für Hadler.) Am Flughafen zeigt das Taxometer neun Pfund an, und dabei hat er natürlich nur sechs oder sieben gesagt. Ich habe jetzt so ein Gefühl, als sei er etwas zerknirscht oder vielleicht auch nur leicht beschämt. Aber ich denke es nicht bewußt. Ich zahle ihm zehn Pfund fünfzig. Er stutzt, dreht sich um und sagt, Es ist zuviel. Ich frage, Was soll das heißen? Er sagt, Der Fahrpreis beträgt nur neun Pfund. Ich antworte, Ich weiß, ich wollte Ihnen nur etwas geben. Und darauf sagt er, Gott segne Sie.

Also, die Antwort auf meine Frage, ob man seinen Paß vorzeigen müsse, war nein. Dann fragte ich die Frau am Flugkartenschalter, ob ich in zwei verschiedenen Währungen zahlen könne. Sie sagte, Nein, nur in einer. Ich wollte es kurz machen. Ich dachte also, Na wenn schon, und gab ihr meine Kreditkarte. Sie sah, daß die Namen nicht übereinstimmten, und meinte, Ach, ich habe mich vertan. Ich sagte, Nein, der Name auf der Kreditkarte ist mein Mädchenname, ich benutze diesen Namen noch manchmal. Und, natürlich, da war es wieder, das Argument, Halten Sie mich für so dumm, meine Kreditkarte zu benutzen und zu behaupten, ich führe zwei Namen. In dem Fall, sagte sie, nimmt mein Computer die Karte nicht an. Ich erwiderte, Was soll das heißen, dann rufen Sie an, oder was. Sie fragte, Wollen Sie, daß ich anrufe? Ich bejahte. Dann war alles in Ordnung, und sie sagte, Entschuldigen Sie die Verzögerung. Und ich, Einen Augenblick war ich wirklich beunruhigt. Worauf sie meinte, Nein, der Computer macht das öfter; wirklich peinlich wird es allerdings dann, wenn ich dort anrufe und sie mir mitteilen, die Karte sei gestohlen oder nicht gedeckt, und mich auffordern, sie nicht mehr auszuhändigen. Als das Ticket glücklich erstanden war, ging ich hinauf. Dann die Meldung, daß der Flug von British Airways Verspätung haben werde, zuerst zehn Minuten, dann zwanzig. Mittlerweile hungrig auf ein Frühstück, blieb ich unschlüssig neben der Bar in der Abflughalle stehen. Während ich, nach Kleingeld kramend, meine Pence zählte, um mir ein paar Kekse zu kaufen, richtete ein Mann, der mit einem Drink an der Bar stand, die Frage an mich, Sind Sie Schriftstellerin? Mir wurde ganz anders. Ich sagte, Sieht man mir das an. Er meinte, Ich habe einen Riecher dafür.

Dieses Mal kam mir, im nachhinein, etwas ganz Ähnliches wie das Argument: Für wie dumm halten Sie mich eigentlich, das *sie* betraf. Wenn sie, wenn sie tatsächlich hinter mir her waren, wenn dieser Mann ein Polizeiagent war, wären sie dann so töricht, wäre er dann so töricht, mich stutzig zu machen, mich vorzuwarnen, durch eine Frage, die zwangsläufig Verdacht und Unruhe bei mir erregen mußte. Na ja, möglich war es schon, aus verschiedenen Gründen: spontan oder um zu testen, wie meine spontane Reaktion auf meine Identifizierung wäre; ein Trick, um mich dazu zu bringen, etwas zu tun oder zu unterlassen. Ich drückte mich eine Weile draußen vor der Bar in der Abflughalle herum und betrachtete den trinkenden Mann genauer, überlegte, ob er zu dieser frühen Tageszeit tatsächlich schon trank oder sich lediglich für einen irischen Alkoholiker ausgeben wollte. Aus Sicherheitsgründen waren dieser Tage bestimmt in allen irischen Flughäfen Polizeiagenten erforderlich, die nach Bomben, Schußwaffen, Gesetzesflüchtigen, Decknamen, Gott weiß was, fahndeten. Vielleicht konnten sie sich mit bloßen Zivilrechtsfällen wie meinem gar nicht abgeben. Weil ich aber nicht weiter herumlungern wollte, ging ich zu einer Reihe von Sesseln direkt vor dem abgesperrten Gang zu dem Schlauch, vor dem eigentlich ein Flugzeug stehen sollte. Aber da stand kein Flugzeug. Wieder eine Durchsage mit der Ankündigung, der Flug habe weitere zehn Minuten Verspätung. Allmählich fragte ich mich, ob ich nicht doch besser die Aer Lingus nähme, deren planmäßiger Abflug inzwischen nur mehr eine Viertelstunde später war als der, den sie für die British Airways angesagt hatten. Ich erkundigte mich, am Schalter für letzte Check-ins, ob die Maschine der Aer Lingus, die ich unverkennbar draußen stehen sah, planmäßig starten würde, vor der anderen. Der Angestellte der Fluggesellschaft, oder was immer er war, meinte nein. Ich setzte mich also hin. Dann beschloß ich, auf die Toilette zu gehen, aber es stand eine Stuhlreihe davor, mit einem Brett darüber und einem Schild, auf dem Defekt stand. Ich ging an der Herrentoilette vorbei. Ich sah eine Tür mit einem Schild, auf dem ein kleiner Mann im Rollstuhl dargestellt war. Ich ging hinein. Drinnen saß, hinter halbgeöffneter Tür, eine Frau auf der Toilette, die ein kleines Kind an der Hand hielt. Ich wartete vor der Tür, bis die beiden herauskamen. Da die Toilette nicht gespült war, nahm ich an, sie sei defekt. Aber als ich an dem Griff zog, funktionierte die Spülung ohne weiteres. Ich ging zurück, nahm meinen Platz in der Abflughalle wieder ein, auf einem Stuhl näher am Schlauch, und schlug eine meiner Zeitungen auf.

Ich schaute hoch; und direkt neben dem Flugkartenschalter sah ich zwei Männer im Gespräch. Der eine, dick, dunkelhaarig, blaß, mit rundem Kragen, Krawatte, Pullover und Jackett und einem Regenmantel überm Arm, stand mit dem Gesicht zu mir. Der andere, mit sandfarbenem Haar und in einem braunen Anzug, ebenfalls einen Trenchcoat überm Arm, sah nach der anderen Richtung. Ich verließ meinen Platz und ging, durch das Sperrenlabyrinth, um die Männer herum. Ich bildete mir auf einmal ein, der Mann, der mir den Rücken zukehrte, wäre derselbe, den ich mit einem Drink in der Bar hatte stehen sehen. Ich ging in die Bar zurück, um nachzuschauen. Er war nicht mehr da. Der Mann mit dem sandfarbenen Haar, in der Nähe des Schalters, trug einen Bart, der mir vorher nicht aufgefallen war, oder doch? Als ich in seinem Blickfeld vorbeiging, kam es mir so vor, als hätte er weggeschaut. Ich ging wieder an meinen Platz. Ich überlegte, Was war denn mein Vergehen bis jetzt; ich konnte keines erkennen, außer dem einen, unter falschem Namen zu reisen, und das hatte ich noch nicht begangen. Ich stand auf und erklärte dem Angestellten von British Airways, oder was immer er war, daß ich den Namen auf meinem

Ticket ändern wolle. Der Ordnung halber für meine Unterlagen. Er sagte, sein Schalter sei nur für letzte Check-ins. Für Buchungsänderungen müsse ich wieder hinunter zum Flugkartenschalter im Erdgeschoß. Und dazu sei keine Zeit mehr. Ich sagte, In dem Fall muß ich die Maschine von Aer Lingus nehmen. Er sagte, Das liegt ganz bei Ihnen. Nachdem ich jetzt also meinen guten Willen und mein Für-wie-dumm-halten-Sie-mich-eigentlich im Hinblick auf den falschen Namen unter Beweis gestellt hatte, sah ich zu den beiden Männern hinüber, die sich immer noch unterhielten. Zu dem Mann mit den sandfarbenen Haaren hatte sich nun eine Frau gesellt. Ich wollte noch abwarten, dachte ich, um zu sehen, ob sie in den abgesperrten Bereich des Schlauchs durchgehen würden. Ich konnte schließlich immer noch in letzter Minute verschwinden. Sie schienen mich jetzt alle drei anzustarren. Als ich mich auf einen anderen Platz setzte, mit dem Gesicht zu dem Mann mit den sandfarbenen Haaren, drehten er und seine Freundin sich um. Auch der dunkelhaarige dicke Mann drehte sich um, so daß er mir wieder das Gesicht zuwandte, mit dem runden Kragen, der dunklen Krawatte und dem rostbraunen Pullover, und der Mann mit dem sandfarbenen Haar wieder mit dem Rücken zu mir stand. Als ich durch das Sperrenlabyrinth zurückging, wechselten sie noch ein paar Worte, gingen dann in den abgegrenzten Bereich neben dem Schlauch und nahmen dort Platz. Ich dachte, Werden sie an Bord gehen und abfliegen, wenn ich nicht an Bord gehe. Ausgeschlossen. Es wird sich also dieselbe Episode oder Sequenz zwischen uns abspielen, wenn ich auf den Flug von Aer Lingus umbuche. Aber was wäre, wenn ich beim Warten den längeren Atem bewiese, das heißt, wenn sie an Bord der Maschine gingen und ich nicht. Sie würden wieder aussteigen. Ich überlegte also, Dann kann ich es ebensogut gleich hinter mich bringen, aber ich wartete trotzdem noch weiter. Dann wurden alle Passagiere mit grüner Bordkarte an Bord gelassen. Das war es, was ich in der Hand hatte, eine grüne Bordkarte. Aber ich wartete und wartete. Ich konnte sehen, daß zwei von ihren Bordkarten braun waren. Schließlich stand der dunkelhaarige Dicke auf. Er hatte eine grüne Bordkarte und zeigte sie vor. Ich wies die meine vor und folgte ihm, blieb aber, lungernd, lauernd, in dem überdachten Flugsteig stehen. Ich machte wieder kehrt, überlegte, Ich könnte ja sagen, ich hätte plötzlich Angst bekommen. Aber ich zögerte und zauderte, ging wieder zurück, sah zu ihm hinüber, um festzustellen, ob er sich nach mir umgedreht hatte, dachte dann, Himmel, was soll's, und ging an Bord. Das Paar, der Mann mit dem sandfarbenen Haar und die junge Frau, kamen an Bord. Ich bekam den Platz direkt hinter dem dunkelhaarigen dicken Mann zugewiesen. Sie erhielten einen Platz auf der Raucherseite, mehrere Reihen hinter mir. Ich dachte, Jetzt wäre bestimmt der gegebene Zeitpunkt, mich zu verhaften, falls sie es vorhatten. Vielleicht hätten sie es tun können, als man mir die Bordkarte abnahm. Würden sie mich also umringen und mich aus der Maschine abführen? Aber sie taten nichts. Und selbst ich, in meiner Verfassung, wußte, daß sie mich schwerlich verhaften konnten, sobald wir einmal in der Luft waren.

Quanta, sagte Amy zu mir, im Zug, während des Schneesturms damals, als Antwort auf meine Frage. Nicht hier, sagte Diana, was sie ewig bereuen würde, zu ihrer eigenen Tochter, die weinend zu ihr gelaufen kam, vor all den Leuten. Nicht hier. Aber in London, mußt du wissen, läutete das Telefon. In London fing das mit den Anrufen an.

Nun, ich wartete. Ich erzählte keinem etwas. Jedenfalls versagte mir in den nächsten paar Tagen die Stimme; es hätte eine Grippe sein können. Ich wartete darauf, daß sie das Auto finden würden. Ich wartete darauf, daß sie das Ticket,

daß sie mich finden würden. Doch erst sehr viel später, als es mir erklärt wurde, sollte ich verstehen, daß am Ende doch etwas ganz und gar nicht gestimmt hatte, am Ablauf der Ereignisse, und daß sie tatsächlich versucht hatten, mir etwas in die Schuhe zu schieben, wegen des Autos. Aber damals habe ich es nicht begriffen. Quanta. Nicht hier.
Von hier aus kann man es schon sehen; aber erst mal hinkommen.

Aber wünschtest du nicht manchmal, ich wäre es? Doch, immer. Pause. Du bist es.

III. Heimgekommen

Aber in London, so versteh doch, läutete das Telefon. Da begann das mit den Anrufen. Ich schlief gerade. Er sagte, Du bist gegangen. Ich antwortete, Aber nein.

Es ist nur ein kleines Haus, dafür aber alt, auf eineinhalb Morgen Grund. Durch einen grauen, verwitterten, zwei Meter hohen Zaun und eine ungleichmäßige Reihe zerzauster Kiefern ist es von der Straße abgeschirmt. Die vielen Morgen Land, die das Grundstück umgeben, gehören einem neurotischen Libanesen, aber das Haus, das rot und mit Weiß abgesetzt ist, war einmal eine Mostmühle. Es überblickt einen Wasserfall, einen Bach und zwei kleine Teiche. Der obere Teich ist flach. Der Mann, von dem ich das Haus gekauft habe, sagte, auf diesem Teich sei er, mit seiner kleinen Enkelin zusammen, immer Schlittschuh gelaufen, eine Strecke von an die dreißig Schlittschuhschritten rundum, schätze ich. Der untere Teich ist tief, und der Mann sagte, dort sei er früher immer schwimmen gegangen. Platz für nicht mehr als ein paar Schwimmzüge, mehr oder weniger auf der Stelle. Der obere Teich, dessen Uferlinie auf einer Seite einen unvermittelt scharfen Knick macht, ist im Sommer von Schilf umstanden, im Herbst mit Blättern bedeckt. Das Dach über der vorderen Veranda ist, aus unerfindlichen Gründen, mit Moos bewachsen und außerdem, auf einer Seite, von einer Glyzinie überwuchert, was das Haus mit einer Art verwegener Frisur à la Veronica Lake ausstattet, einem leicht verschlampten Charme. Eigentlich ist das Ganze richtig putzig, so putzig, daß es manchmal wie verzaubert wirkt. Ja, Sie könnten doch in den kleinen Teich eine Insel mit Brückchen setzen, sagte der berühmte Professor, der Regierungen von Lima bis Bagdad in Sachen Landnutzung beriet, als er mich besuchen kam, und etwas Vollkommenes, Verwunschenes, Japanisches schaffen. Ein Schmuckkästchen, sagte meine Tante Zabeth, als sie es das erste Mal sah. Dann wieder kann das Putzige leicht abgeschmackt wirken. Außerdem steht da, seltsamerweise, auch eine enorm hohe Fahnenstange herum, die höher ist als die im Ort auf der Main Street und die früher direkt über dem Haus aufragte, was in Verbindung mit dem oberen Teich irgendwie den Eindruck eines Hindernisses auf einem Golfplatz erweckte. Eine Fahnenstange könnte ich nie im Leben beseitigen. Ich besitze heute noch eine amerikanische Flagge, mit achtundvierzig Sternen, die mir ein japanischer Junge namens Junior geschenkt hat, als wir im Kindergarten waren. Kurz nach meinem Einzug fragte ich einfach Paul, der in der Nachbarschaft der Mann für alles ist, wieviel es kosten würde, die Fahnenstange zu versetzen, weiter weg vom Haus und dem Teich, näher zu einer Baumgruppe fast schon an einer Ecke des Grundstücks. Mehrere hundert Dollar, meinte er. Dann fragte ich, wieviel es kosten würde, die Form des oberen Teichs zu verändern, ihn schmaler und tiefer zu machen, weniger wie ein Golfhindernis und klarer in den Umrissen. Viertausend Dollar, sagte er, das wäre das Allermindeste. Außerdem bestehe immer die Gefahr, daß das Haus im Frühjahr überflutet, ja sogar weggeschwemmt würde.

Also unternahm ich nichts. Drei Jahre lang vernachlässigte ich alles, ließ bloß den kleinen Streifen Rasen neben dem Weg von einem alten Mann mähen, der ihn, wie er sagte, immer schon gemäht hatte. Aber der Mann, von dem ich das Haus gekauft habe, hatte gesagt, der obere Teich müsse alle paar Jahre ausgebaggert werden, wenn er verschlammt sei. Gegen Ende eines Sommers, nach einer langen Dürre, schwieg der Wasserfall, und der untere Teich war fast leer, während der obere so voller Schlick, Schilf, vielleicht auch

Kriechtieren war, daß er, nachdem seine vier überraschend hereingeschneiten Enten fortgezogen waren, in erster Linie eine Brutstätte für Mücken wurde. Ich sah in den Gelben Seiten nach. Fand Bauunternehmer. Fand Bauunternehmer für Aushebungsarbeiten, Lucas Scott, an einer Straße, die vier Meilen von meinem Haus entfernt ist. Es war Sonntag. Ich rief ihn an. Keine Stunde später war er da. Er redete so gut wie nichts, aber sein Kostenvoranschlag war nicht hoch; er war mir wirklich sympathisch. Zwei Tage später kam Sidney, ein Veteran aus Korea, wie ich vermutete, wenngleich ich ihn nie danach fragte, auf dem Führersitz seines riesigen Baggers. Kam am späten Nachmittag und wühlte auf, was immer an Rasen vorhanden gewesen war, zertrümmerte Steinplatten in tausend Stücke. Parkte diese gewaltige dröhnende, rasselnde Maschine dann mit ihrem Handrükken zur Erde (wie man die Hände solcher Maschinen über Nacht immer parkt). Ölte sie. Ließ sie über Nacht dort stehen. Und ihr Ellbogen ragte im Mondlicht turmhoch über mein Haus. Am nächsten Tag baggerte Sid Schlick aus, viele, viele Tonnen Schlick, und schaufelte ihn hinter eine Reihe riesiger Felsbrocken; zwölf gewaltige Laster fuhren den ganzen Tag über vor, um diese Felsbrocken abzuladen, die Erde im Umkreis von Meilen erschütternd. Mit dieser großen, schweren, präzisen Eisenhand stellte Sid die Felsblöcke in einer Reihe nebeneinander auf, wo ich sie haben wollte. Ich hatte keine Ahnung, was für ein ungeheures Unternehmen es ist, die Umrisse selbst des kleinsten Teichs zu verändern oder überhaupt ein fließendes Gewässer umzuleiten. Es kamen Nachbarn, die ich noch nie gesehen hatte, während die Maschine dröhnte und ihre Sicherheitskette scheppernde Warnzeichen gab und die Erde unter den Felsbrocken erbebte. Nachbarn kamen, um zuzuschauen und ihre Kommentare abzugeben, auch düstere Prognosen. Als der erste Tag vorüber war und die Maschine, wieder in

Ruhestellung, riesenhaft in der Dunkelheit aufragte, sah ich den Schlick, die Reihe von Steinblöcken, einen Berg noch unaufgestellter Blöcke, den Fahnenmast, den die Maschine wie ein Gänseblümchen abgepflückt und an anderer Stelle wieder eingepflanzt hatte. Glitsche. Und ich dachte, Wenn das die Verkörperung eines psychischen Zustands ist, steht es schlimmer um mich, als mir je bewußt war.

Ich möchte bloß sagen, daß ich
Nein.
Was soll das heißen, Nein? Ich möchte bloß
Nein.
Nein?
Nein. Ich bin es jetzt schon müde. Ich will nichts davon hören. Ich will es nicht sehen. Ich will es nicht aussprechen. Ich will nichts mit der ganzen Sache zu tun haben.
Ja, was dann
Laß mich einfach in Ruhe.
Also, dann kann ich nicht
Du brauchst dich nicht zu entschuldigen. Laß es einfach vorübergehen.
Aber ich.
Geh.

An Bord des Flugzeugs, als ich das letzte Mal wegfuhr, war der Film längst über die Leinwand geflimmert, diejenigen unter den Passagieren, die eine ganze Sitzreihe für sich hatten, schliefen fest, andere saßen, mit ihren Decken und ihren kleinen Kopfhörern, starren Blicks da. Der Mann auf dem übernächsten Sitz neben mir spendierte mir einen Drink, gab mir seine Karte und bemerkte, für den Koreakrieg sei er zwar ein Jahr zu jung gewesen, aber er sei in seiner Familie bereits der dritte, der bei der Marine gedient habe. Sein Großvater sei der einzige Sohn der Familie gewesen, sein Vater auch und er ebenfalls. Alle hätten sie als Marineinfanteristen gedient, bis sie heimkehrten, heirateten und in das Familienunternehmen eintraten – Fabriken, die Metallbehälter, Büchsen herstellten. Ob ich für ein reines Freiwilligenheer sei? fragte er unvermittelt. Ich zögerte, erwiderte dann, Nein, ich gäbe der allgemeinen Wehrpflicht den Vorzug, das komme mir gerechter vor. Na ja, sagte er und bestellte noch einen Drink, er habe gerade zwei Tage mit Wehrbeschaffungsbeamten im Pentagon verbracht. Sie hätten ihn beauftragt, eine spezielle Büchse zu konstruieren für das, was früher einmal A-Rationen hieß, einen Behälter, in dem man die Rationen für die Bodentruppen aus dem Flugzeug abwerfen könne, ohne daß die Salzcracker brächen oder zerbröselten. Es sei unmöglich, sagte er, seine Fabrik sei dazu einfach nicht in der Lage. Müssen Salzcrakker denn unbedingt sein? fragte ich. Ja, meinte er. Ein reines Freiwilligenheer stelle eben gewisse kulinarische Ansprüche. Auf dem Rückflug fragte mich ein anderer Mann von etwa Mitte Vierzig, ob es mir etwas ausmachen würde, auf seine Hutschachtel aufzupassen. Wir waren am Flughafen Heathrow. Ich hatte seit meiner Kindheit keine Hutschachtel mehr gesehen. Er sagte, er bringe seiner Frau einen Hut als Geschenk mit, aber in der Schachtel seien auch noch schwere Gegenstände. Er wolle nur schnell rüberlaufen und sich von seinem Vater verabschieden. Er und sein Vater, sagte er, würden nie dasselbe Flugzeug besteigen. Familiengrundsatz oder Firmengrundsatz? fragte ich. Er hatte mir da schon seine Karte gegeben. Sie wies ihn als Finanzleiter und seinen Vater als Vorstandsvorsitzenden eines großen Konzerns aus. Firmengrundsatz, erwiderte er. Dann, als ich, all meinen Vorsätzen zum Trotz, das schreckliche Flugzeuglunch aß und er, ohne jede sichtbare Wirkung, sechs Wodkas trank, erzählte er mir, daß auch er als Marineinfanterist gedient habe und seine Frau Privatdetektivin sei. Die Frau, für die der Hut bestimmt war. Sein Großvater, berichtete er, habe viele Dinge erfunden, unter anderem auch das Röntgengerät, mit dem das Familienunternehmen angefangen habe. Eines Morgens, vor vielen Jahren, habe ein renommierter Chirurg mit seinem Großvater über das Problem Tuberkulose und Armut gesprochen. Ob es nicht irgendeine Möglichkeit gebe, hatte der Chirurg gefragt, Röntgenaufnahmen des Brustkorbs weniger kostspielig zu machen und außerdem, da es oft schwierig sei, ungebildete Menschen zu einer Untersuchung im Krankenhaus zu bewegen, den Armen die Röntgenuntersuchung unmittelbar in ihrer eigenen Nachbarschaft zu ermöglichen? Der Großvater, der es damals schon zu Reichtum gebracht hatte, erfand nicht nur Geräte für weniger kostspielige Röntgenaufnahmen; er konstruierte sie auch fahrbar und schickte sie, auf Rädern, in sämtliche Stadtviertel. In all den Jahrzehnten seither hatte sein Unternehmen die Röntgenuntersuchungen kostenlos ermöglicht. Vor ein paar Jahren war an einem Sommerabend einer der Röntgenbusse von einer Gruppe puertorikanischer Radikaler, von der F.A.L.N., entführt worden. Ich möchte dazu bemerken, daß all dies nichts mit meiner Einstellung zu den Dingen zu tun hat. So etwas geschieht wirklich: auf dem Hinweg Salzcracker und das reine Freiwilligenheer, auf dem Rückweg Röntgenbusse, die von der F.A.L.N. entführt werden. Und die Sache ist natürlich die, daß ich mein Leben als etwas Ernstzunehmendes ansehe. Bloß daß, ich weiß nicht, wie ich sagen soll, die Wirklichkeit, die ich bewohne, von vornherein verdreht ist. In dem Sinn, den Emily Dickinson wohl gemeint hat mit ihrem Sag die Wahrheit, aber sag sie verdreht.

Nicht hier, sagte Diana. Im folgenden geht es um Freundschaft und um meinen Wutanfall und darum, daß ich ein guter und zugleich schlechter Staatsbürger meiner Zeit war.

Keiner hätte je gedacht, daß sie ein Paar waren. Sie wirkte so viel älter, unbestimmbaren Alters zwar, aber doch, das schien sicher, wie aus einer anderen Generation als er. Sie war dunkel, füllig, in mancher Hinsicht geradezu antikisch schön, von Geburt und dem Akzent nach Griechin. Er war schmächtig, schlank, jungenhaft, seinem Akzent und Auftreten nach zu schließen, unverkennbar Neu-Engländer; dabei aber weitgereist, gescheit, weltmännisch in seinem Parka, den er zu Pullover, Turnschuhen und Jeans trug, gegen den Wind. Man hätte ihn, allerhöchstens, auf achtundzwanzig geschätzt. Als sich, Stunden nach der nur halb verstandenen Begrüßung, herausstellte, daß sie tatsächlich ein Paar waren, John und Diana Cummings, stellte sich außerdem heraus, daß er schon fünfundvierzig war, ja, den ersten Schilderungen seines Lebens und seiner Ausbildung nach zu schließen, sein mußte, und sie, auch das ging klar hervor, nicht mehr als zehn Jahre älter sein konnte. Aber selbst dann noch hatte man das Gefühl, daß sie ein so ungleiches Gespann waren, so gar kein Gespann, daß man meinte, sie müßten sich eben erst kennengelernt und geheiratet haben. Er, in seiner Jungenhaftigkeit, auf der Suche nach einer Mutter womöglich oder nach einer Beschützerin. Sie vielleicht auf der Suche nach einem Sohn, den sie umsorgen und behüten konnte. In Wirklichkeit waren sie schon über zwanzig Jahre verheiratet. Sie hatten zwei Töchter; auch einen Sohn, den sie kaum erwähnten. Hier also, was sich an unserem ersten Abend, während des Essens, zutrug. Irgendwer fragte mich, woran ich gerade arbeite. Ich sagte, An einem Bericht über den amerikanischen Paß. Ah ja, sagte die österreichische Fotografin, ein gutes Thema. Und sie erzählte von ihren Strapazen bei der Einreise in die Vereinigten Staaten. Man hatte sie, selbstverständlich, gefragt, ob sie bei den Kommunisten gewesen sei, aber auch, ob sie jemals Ehebruch begangen habe. Was für eine Frage, sagte sie.

Glaubten sie denn, ich würde ja sagen, wenn ich tatsächlich eine Kommunistin oder eine Ehebrecherin wäre? Ich sprach von dem Glauben, in dem ich erzogen worden sei, von diesem speziellen Vertrauen und Glauben an den amerikanischen Paß. Und wie unverständlich es mir sei, daß irgendeine Person, Regierung oder Behörde leichtfertig oder töricht damit umgehe, was die gesetzlichen Bestimmungen anbelange oder überhaupt in jeder anderen Beziehung. Ich erwähnte, daß ich, daß wir alle in meiner Familie schon immer, regelmäßig erneuerte, gültige Pässe führten. Dann ging mir, kurz, vage, der Gedanke durch den Kopf, daß ein regelmäßig erneuerter Paß, im Hinblick auf die Frage, ob man seinem Land vertraut oder nicht, eine eher zweischneidige Sache ist. Aber da war Diana schon auf ihren Paß zu sprechen gekommen, ihren griechischen Paß, den man ihr, wegen ihrer gegen die Junta gerichteten Aktivitäten im Ausland, entzogen hatte. Trotzdem war es ihr, mit einer Portion Mut und einem regelwidrigen französischen Paß, gelungen, weiterhin nach Griechenland zu reisen, und einmal auch in die Türkei. Ich fragte sie nach ihrer Kollegin, der portugiesischen Feministin und Journalistin, die gerade einen kurzen Roman über ihren Geliebten, einen armenischen Dichter, veröffentlicht hatte, der in einem griechischen Gefängnis gestorben war. Und Diana sagte, Ja, eigentlich wollten wir ja, daß sie über einen anderen Gefangenen schriebe, aber Maddalena ließ sich nicht von ihm abbringen. Dann lachte sie. Damals, fuhr sie fort, glaubten wir noch an Publicity, glaubten, es käme irgendwie darauf an. Sie lachte noch einmal. Ich fragte, Wie meinen Sie das? Worauf kommt es denn, Ihrer Meinung nach, heute an? Und sie erwiderte, Auf Gewalt.

Der Paß wurde, wie mir aufgefallen war, von Jahr zu Jahr kleiner und veränderte sich im Material. Von dem Drachen

des Paßamts hatte ich erfahren, daß man sogar vorhatte, ihn im Lauf von ein oder zwei Jahren noch weiter zu verkleinern, auf die Größe und Beschaffenheit einer Kreditkarte. Um Fälschungen entgegenzuwirken, hieß es, aber auch, und darin lag in meinen Augen eine uneingestanden totalitäre Sehnsucht, damit er, gleich den Papieren, die man in Polizeistaaten ständig bei sich tragen muß, seit jeher, als dauernder Nachweis der Staatsangehörigkeit und der Identität diene.
Aber in London, so versteh doch, läutete das Telefon. In London, genauer gesagt in den Hays Mews, läutete das Telefon. Ich schlief gerade. Er sagte, Du bist gegangen. Ich sagte, Nein. Er sagte, Doch.
Aber werden sie es verstehen, wenn ich es so erzähle?
Ja, doch. Sie werden es sicher verstehen.
Aber wird es sie berühren?
Das kann ich nicht garantieren.

Ich fragte, Wie meinen Sie das? Worauf kommt es denn, Ihrer Meinung nach, heute an? Und sie erwiderte, Auf Gewalt. Diana hatte auch gesagt, Die einzigen, die uns damals zu Hilfe kamen, waren die Palästinenser. Aber wir hatten uns gerade erst kennengelernt, und ich wußte nicht einmal, was sie mit »uns« meinte oder bei was, bei was zu Hilfe kamen, deshalb ging ich nicht darauf ein. Und dann, als nur mehr John und ich am Tisch saßen, sagte sie, Mir ist jetzt vollkommen klar, was es mit der griechischen Tragödie auf sich hat. Und sie erzählte, wie sie einen alten Griechen in einem kleinen Bergdorf gefragt habe, ob er je von Diana gehört habe; sie hatte die Göttin gemeint. Er hatte geantwortet: Ich habe sie nie kennengelernt, aber sie war sehr schön; mein Großvater kannte sie gut. Dann sagte sie, Und jetzt ist mir folgendes klargeworden über die griechische Tragödie: Die Athener sahen sich an einem einzigen Tag drei Dramen an, und am Ende waren sie völlig erschöpft, das war die Katharsis. Die Erschöpfung selbst war die Katharsis. Sie und John und ihre Tochter hatten offenbar in Lausanne, wo sie wohnen, eine Therapiegruppe besucht. Und die Tochter war, als eine der ersten, die etwas sagten, aufgestanden und hatte viele Dinge über ihre Eltern vorgebracht. Dann war John aufgestanden, um darauf zu antworten, ruhig, wie es seine Art war und um seiner Tochter nicht weh zu tun, und er weinte, während er redete, wie es ganz und gar nicht seine Art war, oder überhaupt bei diesem Typ von Amerikaner. Dann war die Reihe an Diana. Sie habe einen Blick in die Runde geworfen, erzählte sie, und sich gedacht, Diese Waschlappen, das schaffe ich leicht, diese Waschlappen, vor allem, wo ich in meinem Leben schon so viel durchgemacht habe, und jetzt trete ich auf, das heißt, ich spiele. Aber im Lauf ihrer Rede kamen ihr irgendwann die Tränen, und als sie geendet hatte, ließ der Gruppenleiter, der wußte, daß an diesem Punkt für die ganze Gruppe eine emotionale Zäsur erreicht war, die Sitzung unterbrechen. Und im Lauf der Pause spaltete sich die versammelte Mannschaft in drei große Parteien, einige um John, einige um Diana, aber eine starke Bewegung wollte Diana ihre Tochter zuschieben, forderte die Aussöhnung, den großen Auftritt. Diana dachte noch einmal, Diese Waschlappen. Und als ihre Tochter direkt vor sie hingeschoben wurde, weinend, sagte Diana, »Nicht hier.« Aber darum geht es in diesem Zusammenhang nicht. Hier geht es letzten Endes um etwas anderes, obwohl dieses »Nicht hier« ungeheure Auswirkungen für mich hatte. Hier geht es um Freundschaft und um meinen Wutanfall und darum, daß ich ein guter, und zugleich ein schlechter Staatsbürger meiner Zeit war.

Das sind die Kategorien: willkürlich, notwendig, vergeblich. Intim, öffentlich. Dies sind die handelnden Personen, dies die Ereignisse. Und hier drüben haben wir die Strategien und Theorien. Tonfälle. Und in London waren dann schließlich die Anrufe. Manchmal schlief ich gerade, manchmal du.

Dies ist eine konservative, ja reaktionäre Stadt, und doch ist es, soweit sich zurückdenken läßt, Jahr für Jahr die einzige Stadt in diesem Bundesstaat, in der am Labor Day ein Umzug stattfindet. Frank und Marilyn, meine unmittelbaren Nachbarn, sind konservative, ja reaktionäre Wähler. Wir haben uns gleich in der ersten Woche, als ich hierher zog, angefreundet. Marilyn kaufte einen Blumenstock als Willkommensgruß, blieb auf eine Tasse Kaffee und eine Zigarette und rief später an, um mich zu fragen, ob ich am Abend darauf um fünf zum Abendessen kommen wolle. Fünf Uhr, dachte ich, die Essenszeit von Bauern, von Leuten auf dem Land, wenngleich ich mich dunkel entsinnen konnte, daß die Farmer, die während meiner Kindheit unsere Nachbarn waren, eher gegen sechs oder halb sieben zu Abend gegessen hatten, und obwohl ich wußte, daß Frank und Marilyn keine Farmer sind. Sie leitet einen privaten Kindergarten; er ist Ingenieur. Als ich bei ihnen ankam, war von Essen geraume Zeit überhaupt nicht die Rede. Sie waren schon beim Aperitif, und ich schloß mich ihnen an. Als es dann schließlich doch ein Abendessen gab, Hamburger, glaube ich, mit Spaghettisauce und Wein, war es schon weit nach elf. Und als ich schließlich durch die kühle Luft über die Straße ging, zu meinem Haus, hatten wir einander mehr Dinge erzählt als so manche engen Freunde, die sich schon seit Jahren kennen. Um so besser. Die Zufahrten zu unseren Häusern liegen so nah nebeneinander, daß wir beobachten können, wer kommt und geht, und, von Zeit zu Zeit, Gesprächsfetzen aufschnappen, die der Nachtwind mit unglaublicher Deutlichkeit weiterträgt. Was wir ohnehin übereinander gewußt hätten, als Nachbarn, wissen wir so eben als Freunde voneinander. Es sind freundliche, gebildete, tolerante Leute, treue Kirchgänger, mit ihrer eigenen Geschichte von Problemen hinter sich, einmal bis hart an die Grenze eines lokalen Skandals; und wenn ich davon spreche, was ich als ihre konservative Einstellung betrachte, von ihrem Wahlverhalten einmal ganz abgesehen, so meine ich zum Beispiel folgendes: Zu ausgefallenen Zeiten donnern neuerdings Motorräder und schwere Lastwagen in hoher Geschwindigkeit durch unsere Straße, die ihnen als Abkürzung zwischen zwei verschiedenen Schnellstraßen dient. Abgesehen von dem Lärm, den sie machen, war diese Nebenstraße, die eng und gewunden ist, nie für hohe Geschwindigkeiten gedacht, so wenig wie für das Gewicht und die Breite von Lastwagen. Vor allem im Winter kommt es immer zu schweren Unfällen. Als einige Nachbarn eine Unterschriftenliste anregten, in der neue Schilder mit strengerer Geschwindigkeitsbegrenzung sowie mit der Aufschrift Kein Durchgangsverkehr für Lastwagen beantragt wurden, weigerten sich Frank und Marilyn, den Antrag zu unterschreiben. Dieser Beigeschmack von umweltbewußtem Sierra Club, von Rettet-die-Pfahlmuschel-Verein sei ihnen in der Seele zuwider, sagten sie. Ihre Einstellung setzte sich in unserer Nachbarschaft durch. Den ganzen Winter wird es vermutlich wieder schwere Verkehrsunfälle geben. Aber Frank sagt, wenigstens habe es sich gezeigt, daß wir keine Stadt von der Rettet-die-Pfahlmuschel-Sorte sind und auch nie sein werden.

Als Kind bekam ich, wie viele Kinder, manchmal ein Tagebuch mit Schloß und einem kleinen Schlüssel geschenkt. Jedesmal, und öfter als fünfmal dürfte es im ganzen nicht gewesen sein, fing ich, voll Hoffnung, auf der ersten Seite an und war sofort unzufrieden. Nicht aus literarischen Gründen, gewiß nicht. Soweit kam ich nie. Vielmehr (und das

berührt mich noch heute als seltsam) wegen des Schriftbilds. Die Sache sah nicht so aus, wie sie sollte. Immer war da irgendein Klecks oder krakeliger Strich. Ich radierte herum, fing wieder von vorne an, gab es schließlich auf. Dann lag dieses tote Ding, mit dem verschmierten Anfang und vielen Monaten leerer Seiten, unnütz herum, versank zwischen Büchern und Papieren, tauchte wieder auf, wurde am Ende weggeworfen. Nur zweimal in meinem Leben bin ich dem Tagebuchführen auch nur ein wenig näher gekommen. Das zweite Mal war in meinen Zwanzigern. In ein gewöhnliches Notizbuch, ohne Schloß natürlich und mit undatierten Seiten, machte ich jeden Tag Eintragungen, beginnend mit einem Sonntag bis zum Mittwoch der übernächsten Woche. Ich weiß nicht mehr, in welchem Monat oder Jahr, wenngleich ich mich erinnern kann, daß Sommer war. Ich weiß die Wochentage nur mehr, weil ich sie, mit Kugelschreiber, in großen Druckbuchstaben, über jede Seite schrieb. Was dem Unterfangen dann am Donnerstag ein Ende setzte, war die Tatsache, daß ich zurückblätterte. Ich las die Eintragungen der vorhergegangenen neun Tage und konnte sie absolut nicht verstehen. Sie hätten ebensogut von einer fremden Person geschrieben sein können und in einem Geheimcode.
Die Handschrift war in Ordnung, noch immer diese klaren, runden Großbuchstaben. Aber die Chronik zeichnete Stimmungen auf. Ereignisse kamen nicht vor, wenig Namen, keine Fakten, keinerlei Hinweis auf das, was *vorgefallen* war, abgesehen von dieser Schwermut, jener Aufheiterung, dieser neuerlichen Schwermut. Die wenigen Namen, die darin vorkamen, schienen nicht weiter charakterisiert und auch nicht direkt zu irgendeinem Vorfall oder Satz zu gehören; und die Stimmungen waren nicht näher beschrieben, als daß sie auf und ab gingen, wie ein Börsendiagramm oder eine Fieberkurve. An Information fand sich weniger, als man, im voraus, in irgendeinem Veranstaltungskalender no-

tieren würde. Die Ereignisse standen einfach nicht da, und, was noch erstaunlicher war, ich konnte sie auch nicht rekonstruieren. Weder aus dem Indiz der Stimmungen noch auf Grund der Tatsache, daß sie erst so kurz zurücklagen. An Vorfälle, die lange Jahre zurücklagen, konnte ich mich genauer erinnern. Und das erste, das einzige Mal, daß ich sonst noch den Versuch unternahm, ein Tagebuch zu führen, liegt tatsächlich lange Jahre zurück, ich war zwölf damals. Dieses Tagebuch zeichnete ganze Monate auf, in Form von täglichen Eintragungen und ausgesprochen im Detail. Der springende Punkt war nur: Es waren lauter Lügen. Auch meine Briefe damals, und auch die späteren, enthielten weitgehend Dinge, die ich andere Leute glauben machen wollte. Ich wollte, daß das Tagebuch gefunden würde. Ich kann nicht glauben, daß ich mich darin so wesentlich von anderen unterschied. So kommt es, daß ich beim Lesen von Biographien, die großenteils aus Tagebüchern rekonstruiert sind oder aus Briefen von, an oder über obskure oder berühmte Männer und Frauen, das Gefühl habe, daß, sofern ich kein außergewöhnlicher Einzelfall bin (und in gewisser Weise ist es natürlich genau diese Sorte außergewöhnlicher Einzelfälle, die hier zur Debatte steht), daß also diese Tagebücher, oder Briefe, so interessant sie auch sein mögen, wahrscheinlich zum überwiegenden Teil gefälscht sind. Und was Tagebuchaufzeichnungen betrifft, ist heutzutage »Ich kann es dir in meinem Tagebuch zeigen; ich hab es hier schwarz auf weiß in meinem Tagebuch« meist eine verkappte Drohung, ausgesprochen von jemandem, der entweder kein Tagebuch führt oder aber das darin aufgezeichnete »es« frei erfindet.

Na ja, ich konnte dann natürlich nicht mehr einschlafen, wie denn auch. Ich sagte, Aber natürlich nicht, ich bin nicht gegangen. Er sagte, Doch.

Es fängt damit an, daß ich beinahe, statt dessen, nach Graham Island gefahren wäre. Ich hatte schon seit Monaten durchblicken lassen, daß ich irgendwohin fahren wolle, irgendwo anders hin, wo es schön sei und ruhig, am Meer. Als ich zu Jon und Maria zum Abendessen ging, hatten Gavin und Jon, oder vielmehr Gavins Frau und Jon einen so erbitterten Streit, daß Gavin und Jon beschlossen, ihre geschäftliche Partnerschaft zu lösen. Als ich zum Essen kam, war Maria in der Küche. Gavin und Jon waren im Wohnzimmer. In der lastenden Spannung ihres Schweigens erwähnte ich, daß ich irgendwohin fahren wolle, irgendwohin, wo es schön sei und ruhig, am Meer. Gavin sagte, er habe Freunde, die auf einer Insel vor Vancouver ein Haus hätten. Vielleicht hätte ich Lust, es zu mieten. Ich sagte, Wie schön, und dachte im Grunde nicht weiter darüber nach. Am nächsten Morgen aber rief Gavin an und sagte, das Haus sei tatsächlich frei. Ich könne es ab nächster Woche haben, mietfrei. Ich sagte, O nein, das kann ich nicht annehmen, ich möchte auf jeden Fall Miete zahlen. Gavin sagte, Das müssen Sie mit den Besitzern aushandeln. Ich rief also die Besitzer an und sagte gleich zu Anfang, ich wolle auf jeden Fall Miete zahlen. Somit schien, noch ehe wir begonnen hatten, festzustehen, daß ich das Haus nehmen würde. Das Haus von Fremden, Freunden eines Mannes, den ich kaum kannte, der im Begriff stand, Ex-Partner meines Freundes zu werden. Sie waren beide am Telefon, als ich anrief, die Besitzer dieses Hauses, ein Ehepaar. Es waren Anthropologen, gescheit, enthusiastisch, liebenswürdig. Das Haus liege sowohl an einem Fluß als auch am Meer. Man brauche nur einen Schritt vors Haus zu tun, um zu fischen. Ich könne gerne ihre Angelruten benutzen.

Auf der Insel gebe es Regenwald. Man fliege nach Vancouver, von dort zu einer anderen Insel, nehme von dort die Fähre; noch zwei Inseln, und schon sei man da. Wegen

Krankenhäusern brauchte ich mir keine Sorgen zu machen, es gebe da einen Militärstützpunkt irgendeiner Art, der nächste Beobachtungsposten zu Sibirien hin. Sibirien, sagte ich. Tja ja, die Insel liege tatsächlich sechshundert Meilen vor Vancouver. Sie hätten ein Auto dort, ich solle es bei ihrem Freund, dem dänischen Baron, abholen. Und kein Anlaß zur Beunruhigung, falls mein Gepäck, auf dem Rückweg, vom Zoll gefilzt werde. Ein unter Hippies sehr begehrtes Kraut wachse dort in Hülle und Fülle. Das Telefon, der Toaster und ein paar andere Wertgegenstände des Hauses seien in einem hohlen Balken versteckt. Ich würde sie leicht finden. Sie seien nur deshalb versteckt, damit kein Hippie oder sonst einer, der des Weges käme und beispielsweise das Telefon sehe, versucht wäre, Ferngespräche zu führen. Sobald ich das Telefon gefunden und den Stecker in die Buchse eingesteckt hätte, solle ich die Besitzer anrufen und ihnen melden, wie es mir gehe. Außerdem solle ich, noch vor meiner Abreise nach Vancouver, den dänischen Baron anrufen und ihm meine Ankunftszeit mitteilen, damit er dafür sorgen könne, daß ich abgeholt würde. Dort bei der Anlegestelle, die dritte Insel mit der Fähre von der anderen Insel aus, sechshundert Meilen Luftweg von Vancouver.
Gut, ich rief den dänischen Baron also an, und ich glaubte seinen Akzent sofort zu erkennen. Ich dachte, Was in aller Welt hat dieser Deutsche, der sich als Däne ausgibt, auf einer amerikanischen Insel verloren, sechshundert Meilen vor Vancouver, die der äußerste Vorposten gen Sibirien ist. Ein Kriegsverbrecher, dachte ich. Meine seelische Verfassung. Ich war immer noch fest entschlossen zu fahren. Es war irgendwo anders, wo es schön war und ruhig, am Meer. Doch dann, am Abend zwei Tage vor meiner Abreise, kam mir ein Gedanke. Ich hatte allmählich ein wenig Bedenken wegen der Isolation. Ich rief die Besitzer des Hauses an. Ich hatte die Frau am Telefon. Wie weit, fragte ich sie, wie weit

sei das Haus der nächsten Nachbarn von ihrem Haus entfernt. Ach, sagte sie, nicht weit. Sie können es vom Fenster aus sehen. Genau genommen liegt es nur ein Stück weiter oben am Hang. Ein sehr interessantes Haus. Von einem Indianer gebaut, dem es auch gehört. Einem Haida. Jetzt hat er es natürlich vermietet. Die erste Spur eines Zögerns in ihrer Stimme. An die kanadische Regierung. Sie machte eine unüberhörbare Pause. Als Entziehungsheim. Ich sagte, Entziehungsheim. Sie sagt, Ja. Aber es sind nie mehr da als sechs. Ich fragte nicht, sechs was. Sie sagte, Alkoholiker. Indianer. Tja, ich brachte es nicht über mich. Vielleicht hätte ich es tun sollen, aber ich brachte es nicht über mich. Ich hatte immer noch mein Ticket nach Seattle, und aus irgendeinem Grund hatte sich das in meinen Gedanken eingenistet. Ich rief also Ted an, der, vor Jahren, einmal in Tacoma gelebt und dort ein Haus gekauft hatte, das so abgeschieden lag, daß es selbst die Leute, die es um seiner Abgeschiedenheit willen gebaut hatten, zu abgeschieden fanden und verkauften, um ihn zu fragen, wo ich mich außerhalb von Seattle einquartieren könne. Aber es war Freitag, und er nicht in seinem Büro. Ich fragte seine Sekretärin, wo er wohne, wenn er in Seattle sei. Sie sagte, Da würden Sie sich nicht einquartieren wollen, ich suche Ihnen gerne etwas anderes. Ich sagte, Nein danke. Schon Minuten später kam ein Anruf vom Vizepräsidenten von Teds Firma in Tacoma. Er sagte, Wir sind sehr gastfreundlich hier draußen. Sie brauchen mir bloß zu sagen, was sie sich ungefähr vorgestellt haben. Ich sagte, Irgendwo anders, irgendwo, wo es schön ist und ruhig, am Meer. Dann tun Sie Folgendes, sagte er: Sie nehmen den Flug nach Seattle, mieten einen Wagen am Flughafen, fahren nach Anacostia, nehmen dort die Fähre. Der dritte Halt ist Orcas Island. Da steigen Sie aus, fahren fünfzehn Meilen, bis Warriloway, und beziehen dort Quartier. Genau das tat ich also. Und Warriloway entpuppte sich, unter anderem, als Zentrum für Geschäftskonferenzen, mit so dünnen Wänden, daß ich hören konnte, wie der Mann im Nebenzimmer sagte, Wo hast du denn diese Pflaumen gekauft, Schatz, die sind wirklich gut. Sie sagte ihm, wo, und so fuhr ich also die dreizehn Meilen und kaufte Pflaumen. Nachts konnte ich die Kassetten mit Rockmusik hören, die sie zum Einschlafen spielten; und im Zimmer auf der anderen Seite, einen Fernseher. Ich war zu müde, um wieder umzukehren. Die Insel war so schön wie jede andere, die ich bisher gesehen hatte. Außerdem waren da noch: Thelma, die Theosophin, die mit ihrer Opernstimme Lieder aus *Meine Lieder, meine Träume* schmettert, so laut, daß, wenn sie in ihrem Garten Unkraut jätet, ihre Stimme meilenweit über die Bucht schallt. Außerdem – das hat mir ihr Neffe erzählt, und ich konnte es später bestätigen – sind die Griffe an der Kommode in ihrem Schlafzimmer aus den Milchzähnen ihrer Kinder gemacht. Ihr Mann ist ein Riese, und Thelma und ihre beiden Töchter sind gleichfalls Riesinnen. Bei der Party eines Architekten auf einem Berggipfel erwähnte Thelma, daß die Kolonie von Orcas Island eine der ältesten Theosophenkolonien in Amerika sei. Obwohl ich mich nicht genau erinnern konnte, was Theosophie ist, antwortete ich mit gelinder Begeisterung. Sie sagte, es fänden dort jeden Tag Vorträge statt. Irgendein instinktives Gefühl ließ mich fragen, ob sie diese alle besuche. Und sie sagte, Sooft ich kann. Also waren wir Freunde. Die anderen, die ich kennenlernte, waren der Architekt, ein junger Industriemagnat, der einer Sekte vorstand und sich mit einem Propheten, dem Gründer der Sekte, überworfen hatte. Trotzdem war der gesamte Grundbesitz des Architekten steuerfrei, da er im Besitz der religiösen Stiftung war. Auch alle Arbeiten auf seinem Land kosteten ihn nichts, da die jungen Leute, die für ihn arbeiteten, Mitglieder der Sekte waren, was sie im Grunde dazu verpflichtete, seine Sklaven zu sein. Und seine Frau, die vorher schon mehrmals verheiratet gewesen war, einmal auch mit einem College-Präsidenten, war die Tochter eines der bedeutendsten Erfinder in den frühen Tagen der NASA. Und meine anderen Freunde, meine neuen Freunde, dort, waren ein Ehepaar, Inhaber eines Buchladens, in dem es Drucke zu kaufen gab. Er war Rechtsanwalt gewesen, hatte sich aber, auf seine Herzinfarkte hin, nach Orcas Island zurückgezogen. Seine Frau, die Gattin des ehemaligen Rechtsanwalts, erzählte mir auf der Gipfelparty des Architekten, ihre Tochter, die Tochter des Buchladeninhabers, sei auf Hochzeitsreise. Beim Rudern. Von Seattle nach Anchorage. Eine Entfernung von einigen tausend Meilen. Diese Tochter und ihr Mann ruderten gern. Zu Beginn ihrer Bekanntschaft waren sie rund um Vancouver gerudert, ein paar hundert Meilen. Ich fragte, wo sie auf dieser langen Reise übernachteten. Sie sagte, sie zelteten am Ufer. Ich fragte, ob sie sich um sie Sorgen mache, wegen der Alaskawölfe. Nicht so sehr wegen der Wölfe, erwiderte sie, wegen der Bären. Ich fragte, ob sie mit dem Gesicht zueinander ruderten, über diese Tausende von Meilen. Sie verneinte. Aber da bin ich nun, zum ersten Mal und zugleich auch wieder, am Ende allein auf Orcas Island. Und doch ist dies nicht gänzlich das Wüste Land; es gibt so viele andere Menschen hier.

Und in London, schließlich, war das mit den Anrufen. Manchmal schlief er gerade. Manchmal ich. Er sagte, Du bist gegangen. Es war meine dritte Reise in jenem Herbst und Winter, Standby, New York/London. Ich sagte, Nein. Er sagte, Doch. Ohne einen Grund und ohne jede Vorwarnung hast du mich verlassen, und ich bin am Boden zerstört.

Es gibt eine Art von Problem im Umgang mit Mitmenschen, das unlösbar scheint, aber nicht ist. Zumindest nicht in dem Sinn, in dem seine Lösung als unmöglich dargestellt wird. Ein Problem dieser Gattung weist mindestens einige der folgenden Merkmale auf: Es wirkt ungeheuer kompliziert, da die Lösung irgendeines Teilaspekts scheinbar die Verschlechterung eines anderen zur Folge hat; es hat eine lange Vorgeschichte, in deren Verlauf es sich scheinbar ausweitet, neue Schwierigkeiten anlagert, sich mit anderen Problemen vermischt und überlagert, so daß jeder Versuch, das einzelne Problem zu lösen, ohne einen Angriff (für den die Kräfte nie ausreichen können) auf alle Aspekte zugleich hoffnungslos scheint; die Kenntnis von Dauer und Natur dieser Vorgeschichte muß vage sein, und die Begriffe, in denen man es definiert hat, müssen so unpräzis (oder so präzis, aber unangemessen) sein, daß jede Formulierung des Problems unweigerlich zu einer Debatte führt, und in dieser Art von Debatte wird sehr viel Energie verschwendet. Im Idealfall oder, mit anderen Worten, in seiner geschichtlichen Dimension scheint es schon immer ein derartiges Problem gegeben zu haben; und in der Form, in der es sich gegenwärtig manifestiert, scheint es unlösbar verknüpft mit allen anderen Problemen dieser Welt. Im Idealfall müßte auch im Lauf der Zeit eine ganze Reihe von Industrien und Berufszweigen entstanden sein, die sich, auf dem Papier, der Beseitigung des Problems verschrieben haben, in Wahrheit aber, bewußt oder unbewußt, in jedem Fall aber fast gezwungenermaßen, aus Eigeninteresse, die Aufrechterhaltung des Problems und jeglicher falscher Vorstellungen davon bis ans Ende aller Zeiten betreiben. He, Moment mal. Wessen Stimme ist das? Nicht die meine. Nicht die meine. Meine nicht. Was die Probleme anbelangt, die unlösbar scheinen, es jedoch nicht sind, ist die Oberklasse die Schicht derer, die von einem gesellschaftlichen

Fehltritt profitieren. Diese Schicht läßt sich nicht gerne verdrängen. He, Moment. Moment.

Damals, in London, sagte ich, Aber können wir so leben.

Quanta. Aber ich, so versteh doch, ich hatte gerade das Pendelflugzeug von Boston zum La-Guardia-Flughafen bestiegen, den ganz normalen Zubringer. Draußen wütete ein Schneesturm, aber wir starteten trotzdem. Als wir etwa eine Stunde geflogen waren, sagte der Pilot, Tut mir leid, Leute, es wird eine Verzögerung von etwa zwanzig Minuten geben; die Landepiste ist geschlossen. Also kreisten wir lange Zeit über La Guardia, warteten, daß sie die Landepiste wieder freigäben, und kehrten schließlich wieder um. In Boston rannten wir alle durch den Schnee, um ein Taxi zum Bahnhof zu ergattern. Das Gerücht machte die Runde, ein anderes Pendelflugzeug, von Washington nach La Guardia, sei in dem Schneesturm abgestürzt. Dann hörten wir, die abgestürzte Maschine sei kein Pendelflugzeug gewesen. Ich hatte mich jedoch auf meinem Sitz im Zug gemütlich niedergelassen, mit meinem kleinen Koffer, etwas Scotch und drei Tüten Kartoffelchips, aus dem Buffetwagen. Ich hatte mich gemütlich niedergelassen und mich gefragt, wie lange die Zugfahrt wohl dauern werde. Ein Paar kam auf mich zu. Die Frau war Amy, der ich nicht mehr begegnet war, seit sie den Mann geheiratet hatte, dem ihre Eltern den Vorzug gaben. Ich wußte, daß sie, nur wenige Jahre später, geschieden worden war; daß sie zwei Kinder hatte; daß sie Professorin an einem College geworden war. Ich kannte ihre Eltern und auch den Jungen, in den sie während unserer Kindheit verliebt gewesen war. Sie stellte mir den Mann an ihrer Seite vor. Sie sagte, sie wollten die Semesterferien in Guatemala verbringen. Sie waren in demselben Zubringerflugzeug gewesen wie ich. Als sie noch einmal von ihrem Platz zurückkam, um sich auf dem Nebensitz eine Weile mit mir zu unterhalten, erzählte sie, daß sie den Mann an einem College kennengelernt habe, an dem sie früher einmal unterrichtet habe und an dem er Dekan sei. Wir unterhielten uns dann noch sehr lange. Der Schneesturm draußen war der schlimmste, an den ich mich erinnern konnte, und der Zug wurde mehrmals aufgehalten. Nach einer Weile sagte ich, Amy, wie war das in deinem Leben mit dem Unglücklichsein, kam das über Tage, Monate, Jahre, Jahrzehnte? Leise, aber ohne ein Zögern, sagte sie, Quanta. Quanta. Da waren all die Jahre dazwischen, und die Professur. Da war der Dekan. Quanta. Nicht hier. Sie hatte ihn geliebt mit der opernhaften Intensität eines Bassets. Oder einer Diva. Oder eines Kindes.

Und hier die Gründe, warum ich finde, daß man Leute nicht sinnlos langweilen sollte. Es geht nicht allein darum, daß es ihre Aufmerksamkeit untergräbt, mit anderen Worten, sie weniger zu Geduld in wichtigen Dingen befähigt, die, um irgendeines höheren Zieles willen, das Ertragen einer gewissen Zeit der Langeweile fordern. Die eigentliche Gefahr liegt meines Erachtens darin: daß eine enge Verknüpfung besteht zwischen Langeweile und Macht. Man denke nur an Hypnose, an den hypnotischen Trancezustand. Die Monotonie wortwörtlich als Fesselungsmethode. Die Forderung, in der Langeweile auch eine Form von Kunst zu sehen, als Selbstzweck oder als Mittel der Verfremdung, beruht also nicht nur auf dem harmlosen Irrglauben, die Leute abzustumpfen sei avantgardistisch. Die wissentliche, sinnlose Erzeugung von Langeweile ist eine Art Bedrohung und eine beunruhigende Form der Machtausübung. Natürlich liegt darin nicht immer das Problem in unserem Fall.

Ich sagte, Du bist es doch, der immer fortgeht. Du bist eben erst von deiner Insel zurückgekommen. Und nächste Wo-

che fährst du wieder hin. Und überhaupt. Er sagte, Das sind nur Ausreden. Tatsache ist, du bist gegangen. Ich sagte, Ich könnte nie wirklich fortgehen.
Aber in London war doch, schließlich, das mit den Anrufen. Und danach noch. Und das mit der Sache in Irland.

Nun die Geschichte mit dem chinesischen Hypnotiseur. Die Sache war so. Ich war, nach all den Jahren, wieder auf die Universität gegangen und hatte damals, in jenem letzten Jahr, gegen Ende zu, sechs schriftliche Arbeiten abzuliefern. Alle anderen Studenten auch, alle Studenten seit den sechziger Jahren vermutlich; aber sie würden die Arbeiten am Ende abliefern, und ich nicht. Ich hatte – kein Grund, das nicht zu erwähnen – bereits ein langes Register von ungeschriebenen Arbeiten. In meinem ersten Jahr auf dem College mußten wir alle jede Woche eine schriftliche Arbeit abliefern. Nach den ersten paar Wochen schrieb ich sie nicht mehr, konnte ich sie nicht mehr schreiben. Aber Studienabbrecher gab es damals, glaube ich, noch nicht. Als gegen Ende des Frühjahrstrimesters die Dekanin sagte, Miss Ennis, das College verlangt schriftliche Arbeiten; ich schlage vor, ja, ich muß sogar darauf bestehen, daß Sie diesen Sommer einen Psychiater aufsuchen. Da tat ich es. Ich nahm den Zug in Red Hill, wo meine Eltern wohnten, und kam zwei Stunden später, mit einmal Umsteigen, in New York an. Dort ging ich ins Büro eines großen, blassen Mannes, der das Deckchen des vorhergehenden Patienten von der Couch fegte, es durch ein relativ frisches ersetzte und dann sagte, Nun, Miss Ennis, was haben wir denn so gedacht und empfunden. Nachdem das eine Woche so gegangen war, sagte einer meiner Brüder, Das ist ja absurd, du kannst nicht weiter lange Bahnfahrten unternehmen, um diesen Idioten aufzusuchen, wir haben jetzt August, es ist viel zu heiß. Und er schrieb meine Arbeiten. Mein Bruder, meine ich, schrieb

meine Arbeiten. Ich möchte dazu noch erwähnen, daß mir nur wenige Fälle bekannt sind, in denen jemand in ähnlicher Weise aus einer Situation gerettet wurde. Aber so war es. Über zwanzig schriftliche Arbeiten, die wöchentlichen und die großen Klausurarbeiten für andere Fächer. Mein Bruder schrieb sie alle. Aber dann wurde mir natürlich klar, daß sie nicht ganz das Richtige waren; er hatte schließlich nicht dieselben Fächer belegt und nicht dasselbe College besucht; also schrieb ich sie um und kam einigermaßen unbeschwert durch die nächsten Jahre. Nein, das stimmt nicht, das mit der Unbeschwertheit. Aber zumindest gab es einen Klimawechsel für mich. Und in jedem Fall steht fest, daß ich, hätte ich nichts umzuschreiben gehabt, unweigerlich gescheitert wäre. Ich wäre jemand geworden, ach, ich weiß nicht, wie ich sagen soll, jemand, dessen Blick man meidet, in der U-Bahn oder auf der Straße.
Aber da hatte ich nun, zwanzig Jahre später, sechs überfällige schriftliche Arbeiten vor mir, und diesmal war es unmöglich, sie von meinem Bruder schreiben zu lassen. Also tat ich etwas für mich ganz Untypisches. Ich suchte einen Hypnotiseur auf, einen chinesischen Hypnotiseur. Vielmehr, um ein Haar hätte ich es nicht getan, aber als mir jemand Namen und Telefonnummer des Hypnotiseurs gab, vereinbarte ich einen Termin. Die Stimme am anderen Ende der Leitung klang orientalisch, und der Name, so wie ich ihn verstanden hatte, lautete Dr. Hoy Lee. Als ich später beschloß abzusagen, hatte ich die Nummer verloren, und im Telefonbuch gab es keinen Dr. Hoy Lee. Ich nahm den Termin wahr. Der Arzt war Orientale, doch sein Name war Hoyle Leigh. Wie kommen Sie darauf, daß ich Ihnen helfen könne? fragte er. Nun, Sie können Leuten helfen, mit dem Rauchen aufzuhören oder ihren Blutdruck zu senken. Es hieße vom Leben zuviel erwarten, wollte man Sonette schreiben können, aber eine solche Erwartung ist immer

noch berechtigter als die, man könne schriftliche Arbeiten fürs Studium einfach nicht schreiben. Er sagte, Na gut, aber nicht mehr als ein Besuch, oder höchstens zwei. Und das Sonderbare daran war, es hätte beinahe funktioniert.

Die Sache war die, der Eiswürfel war präpariert. Dieser Modus gefällt mir nicht. Erzähl das von dem Skandal auf den Tennisplätzen, das mit Smiley und der Handfeuerwaffe. Hilflosigkeit, deine Eigenschaft von Berufs wegen. Ich meine, geht die Frau keiner Beschäftigung nach, wovon lebt sie denn? Nun, sie schwebt in tausend Ängsten. In tausend Ängsten zu schweben ist kein Beruf. Doch; für einen Spion, einen Reporter, einen Akademiker, für viele Leute. Die Tagschicht. Die Nachtschicht. Die Zuschauer von seifigen Melodramen. ›Können die Reichen schreiben.‹ Erzähl doch von dem Mittagessen mit der Diva; und von Ben und der Girlande und von dem Swami mit dem kleinen Kind auf dem Arm. Und das mit der Sache in Irland. Aber wünschtest du nicht manchmal, ich wäre es?

Die Pointe kann in Familien auch dann fortbestehen, wenn der Witz selbst längst Rost angesetzt hat. Wo ist mein Gift, sagte mein Vater immer, jeden Morgen ohne Ausnahme, wenn er das milde Arzneimittel einnahm, das der Arzt ihm gegen seine Arthritis verschrieben hatte. Er bildete sich jedoch ein, seine Tabletten seien sehr stark, und machte aus dem Einnehmen ein beträchtliches Zeremoniell. Wo ist mein Gift? fragte er immer, ziemlich laut, worauf meine Mutter ihm das Fläschchen mit den Pillen reichte. An einem Wochenende, es war mein drittes Jahr am College, war Sally bei uns zu Besuch. Beim Frühstück ging das Gespräch um unseren Hund, Bayard, die dänische Dogge; obwohl er nie ein besonders guter Wachhund gewesen war, hatte er in der Nacht zuvor ein wenig gebellt. Wo ist mein Gift? fragte mein Vater, und Sally, die ohnehin schon eine ausgeprägte Scheu vor ihm hatte, sprang auf und stieß mit dem Aufschrei Nein! ihre Kaffeetasse um.

Lange Jahre danach, genauer gesagt, erst vor ganz kurzem, erlag ich einem Mißverständnis, das vielleicht ganz ähnlich geartet war, doch, soweit ich das zu sagen vermochte, nicht das Element des Schreckens enthielt. Ich war in einem englischen Landhaus, zu einem Jagdwochenende. Alles, das Haus, die Bäume, die Landschaft, die Hunde, der Fluß, alles war wunderschön. Die Apportierhunde waren samt und sonders riesige Neufundländer. Der besondere Liebling der Gastgeberin war jedoch ein kleiner goldfarbener Spaniel, der die meiste Zeit neben ihr hertrottete. Die Dame des Hauses kam mehrmals darauf zu sprechen, daß dem Spaniel die Vorderzähne fehlten. Ich hatte das Gefühl, daß irgendeine Antwort oder ein Kommentar von mir erwartet wurde. Sie hatte die fehlenden Zähne tief im Fleisch der Hinterbakken eines dreibeinigen Windhunds gefunden, der gleichfalls zu ihren Lieblingen zählte. Sie fand es bemerkenswert, daß ein so kleiner Spaniel es fertigbrachte oder überhaupt den Versuch unternahm, einen so viel größeren Hund wie dieses dreibeinige Windspiel zu beißen. Als sie sich dann sogar bückte, um mir den Kiefer des Spaniels, an dem die Zähne fehlten, vorzuführen, fragte ich, Haben Sie sie entfernt? Himmel, nein! antwortete sie; es ist angeboren, ein Kalziummangel. Und da wurde mir klar, daß sie meinte, meine Frage beziehe sich auf das vierte Bein des Windhunds. Nein, nein, sagte ich, die Zähne, meine ich; haben Sie sie entfernt? Und sie darauf, Aber ja, sobald ich sie fand. Doch das Gespräch ging relativ unerregt vor sich.

Und so stehen die Dinge auf dem Tennisplatz. Ich habe dort schon als Zehnjährige gespielt, als es nur einen Platz gab, unter freiem Himmel, Lehmboden, auf drei Seiten von einem Drahtzaun umgeben. Heute gibt es fünf Plätze, einer unter einer großen Holzüberdachung, zwei unter Plastikkuppeln und zwei unter freiem Himmel zwischen dem ursprünglichen Platz und der langen, leicht ansteigenden Wiese, wo früher die Übungswand war. Die Wiese erstreckt sich ziemlich weit, bis zum Feuerwehrhaus hin. Alle Krankenwagen der Stadt werden nach wie vor nicht vom Krankenhaus, sondern vom lokalen Feuerwehrhaus ausgeschickt, und sie sind nicht mit Ärzten bemannt, sondern mit Feuerwehrleuten. Vor zwei Jahren kam ich einmal in das kleine Haus auf dem Tennisplatz, in dem das Telefon, das Büro und die Duschen untergebracht sind und außerdem ein Cola-Automat, auf dem ein Fernsehgerät steht, vor dem den ganzen Tag Kinder sitzen, Kinder von Tennisspielern, Kinder des Trainers, Kinder, die auf ihre Tennisstunden warten; ich kam also in dieses Haus und sah auf der Couch einen Mann, der so bleich und offenkundig krank, so schweißnaß war, daß ich sofort fragte, ob ich ihm irgendwie helfen könne, und erst Sekunden später stellte ich fest, daß es Morty Stone war, der junge Internist, der, als er sich in der Stadt niederließ, neben seiner deutlich bekundeten Verachtung für die im Ort ansässigen Allgemeinpraktiker nicht nur die neuzeitliche Auffassung mitgebracht hatte, daß man den Leuten auf den Kopf zu sagen müsse, ob sie es wissen wollten oder nicht, wie es um sie stehe, ob sie im Sterben lägen, sondern gleichzeitig auch die althergebrachte Verpflichtung, sie mit allen Mitteln, koste es, was es wolle, und unter welchen Schmerzen auch immer, am Leben zu erhalten. Da war also Morty, der übrigens meine Großmutter schon behandelt hatte und ihr die allerschlimmste Prognose hatte stellen wollen, um sie anschließend zu operieren und ihr kaum Medikamente zu geben, der aber von Dr. Mills, unserem Hausarzt, der für den Fall de facto zuständig war, ganz einfach überstimmt wurde. Es war also Morty, der da lag. Zugestoßen war ihm eigentlich nichts weiter, als daß er sich die Schulter ausgerenkt hatte. Die Freunde, mit denen er gespielt hatte, durchweg Ärzte, waren wieder draußen auf dem Tennisplatz, wo sie mit dem fünften Mann ihrer Gruppe ihr übliches Mittwoch-Doppel weiterspielten. Ich fand das herzlos von ihnen, aber sie hatten für ihn getan, was sie konnten, und vermutlich konnten sie seinen Anblick momentan nicht ertragen, diesen Ausdruck, die kalte, unverwechselbare Blässe eines Mannes, der, obschon seine Verletzungen in jeder bis auf eine Hinsicht unerheblich sind, schwer getroffen ist. Er wollte ohnehin keine Gesellschaft. Was er dagegen wollte, das einzige, was er wollte, war Morphium. Der kleine Sohn des Trainers war zum Feuerwehrhaus gelaufen, der Krankenwagen war schon unterwegs; kurz darauf war Morty dann auf dem Weg ins Krankenhaus, zu seiner Morphiumspritze. Ich weiß nicht, ob oder wie es sich später auf sein Verhalten gegenüber seinen Patienten ausgewirkt hat, aber ich habe den Verdacht, daß Morty bis dahin noch nie diese Art von Schmerz erlebt hatte. Jedenfalls konnte er sich, obwohl er schon drei Tage später, einen Arm in der Schlinge, wieder auf dem Tennisplatz aufkreuzte und obwohl er vorher jahrelang regelmäßig dienstags und donnerstags gespielt hatte und auch seine Schulter vollkommen ausheilte, nie wieder dazu durchringen, Tennis zu spielen. Bis auf den heutigen Tag nicht, meine ich. Vielleicht wird er irgendwann einmal wieder damit anfangen.

Aber nun zum Stand der Dinge auf dem Tennisplatz. Da ist einmal der Skandal, in den wir alle, mehr oder weniger, verwickelt sind. Und im Feuerwehrhaus ereignete sich eine Tragödie, bei der zwei Männer, die ersten in der Geschichte der Stadt, die bei der Erfüllung ihrer Pflicht umgekommen sind, vollkommen sinnlos und ohne Grund, wie sich später herausstellte, ihr Leben ließen. Die beiden Männer, schon seit der High-School befreundet, waren Ende Dreißig, sagenumwoben. Der eine war ein Football-Held; der andere im Umkreis von Meilen berühmt für das eine: Er war imstande, elf Wiener Würstchen mit zweiundzwanzig Bissen zu verschlingen. Die beiden Männer kamen folgendermaßen ums Leben: Das Dach und drei Stockwerke einer Fabrik stürzten über ihnen zusammen. Sie hatten sich hineingewagt, um einen Mann zu retten, der eigentlich in dem Haus hätte sein müssen und es dann doch nicht war. Und das mit der Sache in Irland.

Ich sagte, Aber können wir so leben.

Einen Moment hier. Einen Moment für ein bestimmtes Thema. Das Sentimentale im Werk von Gertrude Stein. Auch echte Verachtung von Sentimentalität und Aversion gegen sie, das natürlich auch, der Versuch, alles Konventionelle, Eingängige aus ihrem Werk zu tilgen. Aber, man mag sagen, was man will, Eine Rose ist eine Rose ist eine Rose ist durchaus keine unsentimentale Verszeile. Aber nehmen Sie einmal Thomas Wolfe dagegen. So offenkundig, beharrlich, eingestandenermaßen sentimental, *Schau heimwärts Engel, Es führt kein Weg zurück*. Aber Gertrude Stein habe ich im Verdacht, daß sie ihr Leben eher verachtete, und Thomas Wolfe war auf das seine doch eher stolz. Frei von Zwängen, Vorbehalten oder Bedenken, konnte er ungeniert immer weiter Sentimentales schreiben. Auch sie schrieb natürlich weiter, aber immer nur in einem Zustand innerer Zerrissenheit: einerseits sehr wohl angezogen vom sentimentalen Rhythmus und vom sentimentalen Stoff, diesen jedoch ins Lächerliche ziehend, ihn kaschierend, im Zaum haltend. Eine Rose ist eine Rose ist eine Rose ist letzten Endes ein Witz, ein Gemeinplatz und ein Hinweis auf etwas anderes. Aber was immer es sonst noch sein mag, es ist dem Geist

nach gar nicht so weit entfernt von Ein Stein, ein Blatt, eine nicht gefundene Tür und all die vergessenen Gesichter, das von Thomas Wolfe stammt. Ein hohl tönender Wind weht einen aus beiden Verszeilen an, und beide bewegen sich, ganz ohne Zweifel, am Rand der Tränen.
Meinetwegen. Ich kann mit ihr auch nichts anfangen.

Und hier meine kleine Abhandlung über Football: Der Quarterback, der Center und das Handtuch. Bei den wenigen Malen, die ich während meiner High-School-Zeit zu Football-Spielen ging, handelte es sich um Abendspiele. An Samstagabenden natürlich, an denen es kalt und dunkel war, womöglich leicht regnete oder schneite, während die Zuschauer sich unter ihre Decken kuschelten und Bier tranken. Damals trug ich meine Brille nur, wenn es unbedingt sein mußte, und meine Augen waren noch besser als heute; aber selbst wenn ich die Brille aufhatte und ganz gleich, auf welchem Platz ich auf der Tribüne saß, ich konnte keinem einzigen Spiel folgen oder den genauen Ablauf verstehen. Es gab, wie mir schien, Momente, in denen die Spieler herumstanden, Momente, in denen sie sich – Front gegen Front – gegenüberkauerten, einen Augenblick wachsender Spannung, dann einen dumpfen Schlag oder ein Handgemenge, und schon purzelten sie alle zu Boden. Nach jedem Spiel wußte ich für gewöhnlich, was passiert sein mußte, entweder weil irgendwer mich aufgeklärt hatte oder aus der veränderten Aufstellung auf dem Spielfeld. Aber das war auch alles. Niemals sah ich den Ball oder wußte auch nur, wer ihn hatte, nicht einmal bei Übergaben oder bei noch so langen Läufen mit dem Ball. Jetzt, wo es das Fernsehen gibt, kann ich dem Spiel natürlich folgen und seinen Ablauf verstehen; und selbst damals, als ich es nicht konnte, habe ich das Spiel immer gemocht. Aber sooft ich Football-Übertragungen im Fernsehen gesehen habe und sosehr ich einiges von der

Schönheit des Spiels schätzen gelernt habe, gibt es nach wie vor, unweigerlich, immer wieder, einen Moment, der mir wunderbar bizarr vorkommt. Es ist der Augenblick des Anspiels, an der Grundlinie, wenn der Quarterback sich die Hände an einem Handtuch abwischt, das über das Hinterteil des vor ihm hockenden Centers gelegt ist. Ich verstehe es, es ist einleuchtend; um sicherzugehen, daß er den Ball richtig zu fassen bekommt, muß der Quarterback sich die Hände abtrocknen. Aber sooft ich mich auch danach erkundigt habe, hat mir noch nie jemand mehr bieten können als diese Erklärung, die regelmäßig in einem Ton abgegeben wird, als wäre das die natürlichste Sache der Welt. Was mich aber eigentlich interessiert, was ich mir einfach nicht vorstellen kann, ist die Frage, wie es zu diesem speziellen Brauch kam, seine Geschichte also, die Geschichte, genauer gesagt, vom Quarterback, vom Center und vom Handtuch. Meine Brüder geben zu, daß sie sich an keinen derartigen Brauch zu ihrer Zeit entsinnen können, andere haben das gleiche gesagt. Gab es dann also, an einem besonders nassen Tag, einen Augenblick, in dem der allererste Quarterback, schlammbespritzt und naß bis auf die Haut, keinen Sinn mehr darin sah, sich die Hände am eigenen Hosenboden abzuwischen? Angenommen, der Ball rutschte ihm weiterhin aus der Hand. Vielleicht wurde dann der Center verletzt und ein anderer Center kam, in einem frischen, trockenen Dress, aufs Spielfeld gelaufen und ging an der Anspiellinie in die Hocke. Das mag sich viele Male zugetragen haben. Nach vielen Malen, vielen triefnassen Tagen, mit Ersatz-Centerspielern in frischen, trockenen Sachen vor sich, fingen die Quarterbacks an, zunächst vielleicht nur aus Verzweiflung und ganz in Gedanken, sich die Hände am Hosenboden des Centers statt am eigenen abzuwischen. Und der allererste Center oder vielleicht auch viele verschiedene Center sagten verblüfft, He, laß das; oder vielleicht waren sie gar nicht verblüfft, sondern peinlich berührt; oder vielleicht fand mit dem Aufkommen des Fernsehens irgendwer, der Center oder der Quarterback oder der Trainer womöglich oder auch der Fernsehproduzent, es sehe doch peinlich aus, ja, so mag es vor sich gegangen sein, wenn sich ein Mann am Hosenboden des Vordermanns die Hände abwische. Oder mag sein, da doch der erste Center, vermutlich nicht weniger naß als jeder andere Spieler seines Teams, in jener Funktion des Händeabtrocknens nicht mehr von Nutzen sein konnte, mag also sein, daß irgendwer nach langem Nachdenken auf etwas Trockenes, ein Handtuch verfallen war. Wo aber hin damit? Und die Antwort war, was wir heute sehen. Oder vielleicht sagte der erste Quarterback zum ersten Center, als sie beide keinen trockenen Faden mehr am Leib hatten, Hör mal, Mo, ich weiß, das klingt blöd, aber könntest du nicht ein paar Kleenex oder sowas einstecken? Und Mo sagte, Bist du übergeschnappt? Die Sache ist die, ich kann ihn mir einfach nicht vorstellen. Den Wortwechsel, der den ersten paar Fällen vorausging, aus denen sich in der Folgezeit diese spezielle Gepflogenheit auf dem Spielfeld entwickeln sollte.

Hör mal.

Und hier nun die Geschichte von dem alten Ehepaar, das im Zickzack die Landstraße entlangging, auf der Suche nach Adlern, das Ehepaar, das uns von dem Fluglotsenstreik erzählte.

Ehe ich mein Zivilklagelied wieder aufnehme, möchte ich auf etwas zu sprechen kommen, was mir selbst nicht immer klar war: welcher Beweis, welch anhaltender Zustand von Bitterkeit, Haß, Hartnäckigkeit, Wut, von verbissenem, gekränktem Durchhaltevermögen erforderlich ist, um einen Prozeß anzustrengen. Häufiger ist von Geld die Rede. Und es ist wahr, daß Zivilprozesse, hierzulande, teuer sind. Angenommen, in Deutschland beugt sich eine Frau über ihren Gartenzaun und beleidigt eine Nachbarin mit irgendeinem Schimpfnamen. Die Nachbarin strengt eine Verleumdungsklage gegen sie an. Der Streitwert beträgt vielleicht zwanzig Mark. Der Verlierer in dem Prozeß trägt die Gerichtskosten. Der Anwalt kassiert seinen Anteil. Und dabei bleibt es. Hierzulande dagegen hat sich, mit einem Raffinement, das jedem gerissenen Geschäftemacher den Atem verschlagen würde, folgender Grundsatz herausgebildet: daß ein Auftrag auf dem Gebiet der Rechtsprechung schon bei seinem Zustandekommen, umgehend und notwendigerweise, auch einem Konkurrenten einen Auftrag einbringt. Ich wüßte nicht, auf welchen Berufszweig das sonst noch zuträfe. Selbst bei einem so eindeutigen Fall von Zweierbesetzung wie etwa Tennis, bei dem man annehmen sollte, der Unternehmungsgeist eines Spielers bringe unweigerlich Arbeit für einen anderen mit sich, besteht nicht dasselbe Ausmaß oder auch Verhältnis von Unumgänglichkeit. Es ist nämlich immer möglich, daß ein Tennisspieler eine Angabe macht und keiner den Ball zurückspielt oder daß er jemanden zu einem Match auffordert und niemand darauf eingeht. Wenn dagegen ein Rechtsanwalt beauftragt wird, einen Prozeß zu führen, muß man unweigerlich einen zweiten beauftragen, die Verteidigung zu übernehmen, da man sonst den Prozeß verliert. Und daß ein solcher Beruf auch noch hochbezahlt ist, und zwar in den meisten Fällen nicht auf Provisionsbasis, sondern *pro Stunde* bezahlt, was bedeutet, daß es um so mehr kostet, je länger es dauert, ohne daß es ein objektives Maß dafür gäbe (wie etwa beim Bergbau oder bei der Errichtung eines Hauses oder bei einer Bypass-Operation), wieviel an Arbeit tatsächlich geleistet wird; das ist, kurz gesagt, traumhaft.

Die Freudsche Analyse hatte, für eine gewisse Zeit, ihren eigenen brillanten Marktgrundsatz: daß die Kosten Bestandteil der Therapie seien; mit anderen Worten, daß die Überteuerung Teil dessen sei, wofür man bezahlte. Auch Chirurgen gelten als gutbezahlt, insbesondere wenn die Operation erfolglos ausgeht und der Patient stirbt. Aber in keinem der genannten Beispiele wird der Spezialist dafür bezahlt, daß er das, was ein ebenso gut bezahlter Spezialist zur selben Zeit, am selben Handlungsort tut, ungeschehen macht. Und selbst in Bereichen, in denen wir es mit einer gewissen Symbiose oder zumindest einer beidseitigen Abhängigkeit von, beruflich gesehen, Antagonisten zu tun haben – Gauner und Detektive, Häftlinge und Gefängniswärter, in gewisser Hinsicht auch Sozialarbeiter und arme Leute –, ist die Abhängigkeit einseitig. Detektive und Gefängniswärter brauchen Straftäter, Sozialarbeiter sind darauf angewiesen, daß Menschen auch weiterhin arm bleiben; es gibt also, um es kurz zu sagen, eine ganze Reihe von Beschäftigten, die ein persönliches Interesse am Scheitern der Institutionen haben, für die sie arbeiten, oder an der Unlösbarkeit der Probleme, für deren Lösung sie bezahlt werden. Das perfekte Beispiel liefern die Rauschgiftgesetze. Angenommen, eine Substanz, die sich billig herstellen läßt, ist suchterzeugend. Sie wird gesetzlich verboten. Und weil sie gesetzlich verboten ist, wird sie rar und teuer. Prompt wird es nun für irgendwen, den Verkäufer, gewinnbringend, möglichst viele Leute nach diesem Stoff süchtig zu machen. Das Gesetz zeugt einen Verbrecherapparat, der seinerseits wiederum einen Apparat der Gesetzeshüter zeugt. Im Lauf der Zeit gleicht sich der Mitarbeiterstab beider Apparate an. Aber die nächstliegende Analogie zum Rechtswesen, im Sinne eines Geschäftszweigs, ist nicht in der Geschäftswelt zu finden, sondern in der des Militärs, insofern, als dieses den Krieg vorbereitet. Wenn ich eine Bombe baue, gehe ich faktisch sicher, daß mein Gegner auch eine Bombe bauen muß; aber niemand würde behaupten, daß irgend etwas von

Wert, von geistigem oder moralischem Wert, innerhalb unseres Gesellschaftssystems auf dieser Symmetrie basierte, wie man es diesem gegnerischen System im Rechtswesen nachsagt. Im vergangenen Jahr belief sich der Betrag, der in unserem Land für Rechtsanwälte ausgegeben wurde, auf rund achtzig Milliarden Dollar. Weit mehr noch wurde freilich für die Verteidigung ausgegeben. Wessen Stimme ist das? Meine nicht. Meine nicht. Nicht die meine.

Ich sagte, Aber können wir so leben. Er sagte, Ich weiß nicht, aber es ist wirklich zu trostlos. Ich bin hier, und du bist fort. Ich kann es einfach nicht zulassen. Ich sagte, Ich auch nicht. Aber wünschtest du nicht manchmal, ich wäre es? Immer.

Die Sache war so: Das Eis in meinem Drink bei dem Radikalenanwalt schmolz allmählich. Es war spätabends, nach meiner üblichen Schlafenszeit. Ich trank Wodka. Er trank Kaffee. Seine Frau und die beiden anderen tranken ihre Kräutertees. Und der Eiswürfel in meinem Drink, das fiel mir unwillkürlich auf, war trüb. Ich meine, abgesehen von einer Art Reif auf seiner Außenseite, war darin, unverkennbar, ein Tüpfelchen Braun. Eiskrem, wie ich hoffte. Ein bißchen geschmolzenes Schokoladeneis, vielleicht aus seinem Pappbehälter herausgetropft und jetzt in den Eiswürfel eingefroren. Aber während das Eis weiter schmolz und sein Kern, was immer es war, sich immer vollständiger in meinem Wodka auflöste, da sagte ich mir eben, Ich bin hier in einem Radikalenhaushalt mit nächtlichem Kaffee und Kräutertees. Als man mir einen Wodka anbot und ich annahm, hätte ich eben wissen müssen, daß ich ein Risiko einging. Aber andererseits hatte ich natürlich gedacht, ich würde ihn austrinken, ehe das Eis schmolz, solange der Drink noch sauber und klar wäre. Aber das war nicht der Fall. Sei's drum. Und irgendwie, so freundschaftlich, angenehm, interessant die Unterhaltung auch war – über Terrorismus, über die Paßgeschichten –, hoffte ich, es gäbe etwas, bei dem wir uns aus tiefster Seele einig wären, ein Thema vielleicht, das uns allen gleich wichtig oder unwichtig wäre und bei dem wir uns, wie soll ich es anders nennen, freund sein könnten. So sagte ich über jene Zeugen, die vor den Abgeordnetenkomitees der fünfziger Jahre aussagten, Wieso werden sie eigentlich in jedem Buch und in jedem Artikel Denunzianten genannt? Das scheint mir ein zu hartes Wort. Ich meine, ganz gleich, was sie aussagten oder nicht, sie waren doch Zeugen, offiziell vorgeladen; das Wort Denunziant läßt an etwas ganz anderes denken, an einen Verräter aus der eigenen Mitte, um des Geldes willen, zum Beispiel, wie, sagen wir, im Irland jener Zeit. Und der Anwalt und, mit noch größerem Nachdruck, auch seine Frau erwiderten, Aber begreifen Sie denn nicht, wie viele Leben dadurch zerstört wurden. Und ich dachte, Trotzdem, trotzdem muß es für uns in diesem Gespräch einen sicheren Hafen geben. Und es gab ihn am Ende, den sicheren und unruhigen Hafen; wir gelangten auf Umwegen dorthin. Aber inzwischen hatte ich gesagt – wahrheitsgetreu, glaube ich, ich wollte bei der Wahrheit bleiben –, Hatten wir, oder jedenfalls die meisten von uns, damals nicht eine andere Vorstellung von Regierung. Ich meine, wir gingen doch davon aus, sie sei für uns da, versuche, das Rechte zu tun. Als der Staat herging und beispielsweise meine Eltern anwies, Sie müssen diesen Überlauf entfernen und den Wasserspiegel dort, wo einst ein schöner See war, um anderthalb Meter senken, Sie müssen es aus Sicherheitsgründen tun, da hätten meine Eltern das niemals in Zweifel gezogen. Sie waren entsetzt bei dem Gedanken, daß die Anlage nicht sicher gewesen sei, daß Menschenleben dadurch gefährdet seien. Und sie entfernten den zweihundert Jahre alten Überlauf umgehend und ohne weitere Frage. Heute, ja heutzutage sind wir klüger, heute wissen wir, daß der Staat dabei ganz und gar nicht unser Bestes wollte und es ihm nicht um Sicherheit ging, ja daß die Verfassung diesen Fall sogar vorhersah, es kommen sah, daß der Bürger vor dem Staat selbst durch das Gesetz geschützt werden müsse; und heute wissen wir, daß wir mit allen gesetzlichen Mitteln hätten Widerstand leisten müssen. Heute können wir vielleicht sogar die Schönheit des Sees wiederherstellen. Aber damals, in jenen Tagen, hatten wir Vertrauen. Und diese Grundeinstellung kommt für mich darin zum Ausdruck, daß damals eine Dame im Zug zu mir sagte, falls ich mich in der Stadt verirrte (es war mein erster Besuch auf eigene Faust), müsse ich nur einen Polizisten fragen. Frag einen Polizisten. Einen Polizisten. Und natürlich konnte ich, wie es später kam, dann nie und nimmer einen Polizisten in, sagen wir, Neshoba County fragen. Und später ging etwas Grundlegendes vor sich, nicht die absolute Zerrüttung, das nicht, aber irgend etwas Grundlegendes geschah mit jener Vorstellung von Regierung und mit dem Vertrauen.

Wir gingen also von dem Thema ab. Ich meine, die Frage Zeuge/Denunziant bedeutete ihnen, wie sich herausstellte, so viel mehr als mir, daß ich von ihr abging, und sie kamen mir sogar eher ein wenig näher in einer Frage, die mir, seltsamerweise, wie sich herausstellte, wichtiger war als ihnen, in der des Terrorismus; und in den Paßgeschichten waren wir uns ja von Anfang an einig gewesen. Aber ich ging trotzdem bedrückt und mit einem unguten Gefühl nach Hause. Ich dachte, ich könnte mir in dem koreanischen Laden, der die ganze Nacht geöffnet ist, etwas Milch kaufen, und dann, als ich an meinem Auto vorbeikam, das schon seit dem Nachmittag so wunderbar legal am Randstein geparkt war, fiel mir wieder ein, daß einige Briefe darin lagen, welche die Post meinem früheren Mieter aus Versehen nicht nachgeschickt hatte. Ich dachte, Hoffentlich schickt er mir meine Briefe auch nach, falls welche gekommen sind; und darum blieb ich stehen und dachte, Es ist höchste Zeit, daß ich sie ihm nachschicke. Ich hatte jedoch einige Mühe, die Tür an meinem Wagen aufzuschließen, daher stellte ich die Tüte mit den Lebensmitteln auf den Gehsteig und meine Handtasche auf den Kotflügel, ohne mir das Geringste dabei zu denken. Und ich schloß die Tür auf und beugte mich in den Wagen, um die besagten Briefe herauszuangeln. Ohne jedes Gefühl der Bedrohung nahm ich eine Gegenwart, nein, zwei Gegenwarten hinter meinem Rücken wahr. Ich drehte mich um, und sie rannten davon. Zu meinem eigenen Erstaunen rannte ich ihnen nach und schrie dabei, mit einer Stimme, die mir fremd war. Völlig unsinniges Zeug. Bitte, bleib stehen, Dieb. Unterm Laufen. Keiner der Passanten drehte auch nur den Kopf, als wir, sie und ich, direkt an ihnen vorbeirannten.

Also, allein schon das alles. Aber als mich die beiden Polizisten später, in meiner Wohnung, fragten, Warum führten Sie denn all diese Gegenstände in Ihrer Handtasche mit sich, konnte ich es nicht erklären. Ich sagte, Wissen Sie, ich wohne an zwei verschiedenen Orten. Aber ich hatte es schon einmal, wie es meine Art ist, genau durchdacht, fiel mir da ein. Mein Haus auf dem Land läßt sich nicht richtig absperren. Ich habe selbst schon gelegentlich das Fenster aufgebrochen und bin eingestiegen. Und Stadtwohnungen; also, sogar unser bürgerliches Sandsteinhaus hat schon die seltsamsten Eindringlinge erlebt, unter anderem einen jungen Weißen, den die Mieter über mir dabei erwischten, wie er versuchte, meine Tür aus den Angeln zu heben, und zwar ausgerechnet mit einem Teil, einer Sprosse, sagt man so dazu? des Treppengeländers. Daher trug ich die Gegenstände, die mir besonders lieb und teuer waren, immer mit mir herum. Was ich mir dabei gedacht haben muß, ist, grob gesprochen, Um sie zu bekommen, sollte das Schicksal mir diese Dinge nehmen wollen, muß es immer noch mit mir – was kann ich anderes gemeint haben als meine physische Person – muß es immer noch mit mir rechnen. Ich gab es also auf. Und während ich einfach Gegenstände aufzählte, die Uhr, die Krawattennadel, den Krügerrand von der Fünfzigjahrfeier, sagte ich unvermittelt, Das war ja zu erwarten, daß so etwas nach einem Abend bei einem Radikalenanwalt passiert. Die Polizeibeamten schauten auf. Sie hatten anfangs geglaubt, ehe sie mich danach fragten, meine ich, ich wäre Lehrerin. Aber jetzt unterhielten wir uns einen Moment; und da herrschte nun das umgekehrte Spannungsverhältnis, aber eindeutig das Pendant zu der Spannung, wie ich sie zwischen mir und dem Radikalenanwalt und seiner Frau erlebt hatte. Ich wünschte, wie ich an jenem Abend schon einmal gewünscht hatte, ich könnte etwas ungesagt machen. Dann schien alles in Ordnung. Aber als sie gingen, bemerkte einer der beiden, Na, dann wollen wir mal, die Gestapo, die's auf die armen Hunde aus der Unterschicht abgesehen hat. Quanta. Es ist besser ohne den Schal.

Ich glaube, sagte Frank, in den nächsten zwei Jahren erleben wir irgendwo einen kleinen Atomkrieg.
Einen kleinen Zwischenfall, meinst du.
Einen kleinen Zwischenfall mit ein bißchen Fallout.

Seit Anfang der sechziger erhalte ich alle paar Jahre einen bitterbösen Brief, ohne Unterschrift, mit dem Poststempel von Bridgeport oder Hartford, von Rosalie Kamarski. Die Briefe, auf den schlampig herausgerissenen und zusammengefalteten Seiten eines linierten Schulhefts, werden mir von dem Ort nachgeschickt, in dem ich aufgewachsen bin. Meine Eltern wohnen immer noch, den Sommer über, im selben Haus; und obwohl sich die Hausnummer in der ländlichen Straße im Lauf der Jahre, mit dem Wachsen der Gemeinde, mehrmals geändert hat, bleibt die Nummer auf dem Umschlag immer dieselbe, um eine Ziffer von unserer ursprünglichen Hausnummer abweichend. In manchen Jahren ist die Handschrift sauber; in anderen Jahren ein mäanderndes Gekritzel. Aber wo immer ich mich befinde und obwohl ich sie kaum kannte, weiß ich jedesmal, wenn wieder einer dieser Umschläge eintrifft, daß die Mitteilung darin von ihr stammt und ich aus irgendeinem Grund wieder einmal von Rosalie Kamarski höre. In der High School, wo die wenigen Unterhaltungen stattfanden, zu denen es je zwischen uns kam, war Rosalie ein kleines, dunkelhaariges, ziemlich kokettes junges Mädchen mit ebenmäßigen Zügen und einer außerordentlich leisen, leisen Stimme. Der einzige Hinweis, der mir einfallen will, daß etwas nicht ganz stimmte, damals schon, ist der gedämpfte Ton ihrer Stimme; die Tatsache, daß Rosalie, nachdem sie einmal, leise, ehrfurchtsvoll, zu mir gesagt hatte: »Sy Meisler ist ein Genie, weißt du«, worauf ich erwiderte, daß ich das eigentlich nicht fände, in allen späteren Gesprächen zwischen uns mehrmals fragte, »Aber ehrlich, wieso glaubst du nicht, daß Sy Meisler ein Genie ist?«; vielleicht auch die Tatsache, daß sie mir einmal, lächelnd, in diesem gedämpften Tonfall verriet, daß sie schreckliche Angst vor Schmetterlingen habe (aber wie sich herausstellt, leidet einer der liebenswertesten, vernünftigsten Freunde in meinem Erwachsenenleben unter derselben Angst), und dann natürlich auch die Tatsache, daß Rosalie, so hübsch sie nach den damals dort herrschenden Vorstellungen auch war, keine Freunde zu haben schien. Jede Klasse, an jeder Schule, in jedem Ort, ganz gleich wie groß, so hieß es damals, habe ihr Genie; und Sy Meisler galt allgemein als das unsere. Ich weiß nicht, warum ich das in Frage stellte, zumindest nicht, warum ich es laut tat. Aus der Beharrlichkeit, mit der Rosalie immer wieder auf das Thema zurückkam, schloß ich, daß sie verliebt sei. Die Angst vor Schmetterlingen wunderte mich ebenso wie der Mangel an Freunden, in Rosalies Fall. Aber ich hatte selbst nur einen Freund, und der ging auf eine andere Schule, auf die Handelsschule. Ich fürchtete die Central High School und versuchte in der Regel, mich vor dem Schulbesuch zu drücken. In einem blaßgrünen Ford, den ich von meinen Brüdern geerbt hatte, schwänzte ich, sooft ich mich traute, den Unterricht. Und ich hatte für gewöhnlich so viele eigene Probleme, daß ich kaum daran dachte, Rosalie könnte Kummer haben, ja überhaupt kaum an sie dachte. Und schon gar nicht, daß sie irgendeinen Groll gegen mich hegen könnte, außer vielleicht in der Sache mit Sy Meisler; gewiß nicht, daß sie in irgendeiner Weise gestört sein könnte. Doch dann fing es plötzlich an, mit diesen Briefen, die in Abständen von mehreren Jahren kamen: Du hast in Latein gespickt; Wir wußten alle, daß du mit einem Arme-Leute-Sohn ausgegangen bist; Wir wußten, daß du in Latein immer gespickt hast; Du siehst alt und häßlich aus; Ich hoffe, du stirbst bald; Alle Welt weiß es. In den ersten Jahren hob ich diese Mitteilungen aus irgendwelchen Gründen immer auf, bis sie mir verlorengingen. Dann fing ich an, sie sofort wegzuwerfen, kaum daß ich aus den ersten Worten und dem linierten Papier entnommen hatte, worum es sich handelte. Neuerdings verbrenne ich sie manchmal. Aber heute morgen, nachdem ich wieder eine erhalten und ungelesen verbrannt hatte, dachte ich, diese Zuschriften gibt es wirklich, diese Briefe, die mir unverlangt aus dem Haus meiner Kindheit nachgeschickt werden, scheinen mich immer zu erreichen. Vielleicht erwartet Rosalie, trotz des fehlenden Absenders, eine Antwort, eine Empfangsbestätigung irgendeiner Art; vielleicht will sie ihren Namen gedruckt sehen; vielleicht will sie nichts von all dem. Aber das hier ist nicht zu leugnen, es gibt sie, Rosalie. Hoffentlich hört sie jetzt auf, mir zu schreiben. Ist hier von den bestellten Buhrufern die Rede? Nein, ganz und gar nicht, von einer tatsächlich lebenden Person.

Sie spielten ›That Was the Night When the Lights Went Out in Georgia‹. Sie spielten Bach: Ich hatte viel Bekümmernis. Was die Sache in Irland anbelangt. Wünschtest du nicht manchmal, ich wäre es. Immer. Pause.

Es wird also wieder einmal ein Weihnachten und wieder ein Neujahrsfest, das ich allein verbringe. Gut, das ist schon in Ordnung. Ich habe mich daran gewöhnt, inzwischen ist es mir fast lieber so. Diese Tage sind für die meisten Erwachsenen, wie allgemein bestätigt wird, und vielleicht auch, bis auf ganz wenige Ausnahmen, für alle Kinder schrecklich schwer zu ertragen. Ebenso wie Geburtstage und auch Thanksgiving natürlich, nur schlimmer. Warum sie also feiern, wenn man nicht den Kindern oder dem Büro oder irgend jemand anderem zuliebe dazu verpflichtet ist. Eigentlich besteht kein Grund dazu. Ich entsinne mich der Jahre, in denen ich am Silvesterabend zu den Zusammenkünften jener schwindenden, in die Jahre kommenden Gruppe deutscher Exil-Intellektueller ging. Sie tranken ein bißchen Wein, und sie aßen Nüsse und diese kleinen belegten Brote mit Sardellenpaste oder Radieschen, und wie jedermann in der westlichen Welt schauten sie auf die Uhr. Bei diesen Anlässen wurde ausschließlich deutsch gesprochen, und einmal, nach einigen Jahren, sagte Professor Hans Ehrlich plötzlich, sich an mich wendend, Ich wußte gar nicht, daß Sie Deutsch verstehen, Kate. Er sagte es natürlich auf deutsch, und da ich mich nicht erinnern konnte, an einem Silvesterabend in jenem Raum auch nur ein einziges Wort Englisch gesprochen zu haben, war ich immer noch mit dem Wort »verstehen« beschäftigt, als Grete sagte, Ja, und ist das nicht jammerschade; früher hat sie es auch gesprochen. Wie mir erst jetzt klar wurde, waren sie sich kaum bewußt, daß ihre gesamte Unterhaltung, wenn sie unter sich waren, in ihrer Muttersprache stattfand; und daß meine Beherrschung dieser Sprache, obwohl noch immer mühelos und fließend, im Lauf der Jahre immer mehr von Fehlern überwuchert wurde. Außerdem wurde ich im Lauf der Jahre auch zunehmend in einer Art Aberglaube bestärkt: daß ich am einunddreißigsten Dezember noch vor Mitternacht im Bett sein und fest schlafen müsse. Ich schaute also immer auf die Uhr, und etwa um halb elf sagte ich dann, Ich muß jetzt gehen; ich habe diesen verrückten Aberglauben, wissen Sie. Und jedesmal, ausnahmslos jedes Mal, wurde mein jeweiliger Gesprächspartner sichtlich mißtrauisch. Für wie dumm halten Sie mich eigentlich, das zu fragen, waren (auch) sie viel zu höflich; Sie sind jünger als wir, Sie wollen sich mit jemand anderem treffen, Sie haben für Mitternacht etwas Besseres vor. Und ich, ich konnte natürlich nie sagen, Wenn ich etwas Besseres vorhätte, wenn es etwas Besseres gäbe, warum wäre ich dann gekommen? Schön, aber Weihnachten. Dieses Jahr, wie schon in den zurückliegenden paar Jahren, werde ich mich wohl nicht dem Weihnachtsfest anderer Leute anschließen, weder dem einer fremden Familie noch jener Gruppe von nirgendwo Hingehörenden, die, in einer ähnlichen Lage wie ich, heute zusammen auf Reisen gehen und ihre Zeit in Neu-Delhi oder in Vail verbringen. Die Tatsache, daß ich offenbar diese Wahl habe, zeigt eindeutig, daß ich ganz und gar nicht zu den bedürftigsten Fällen gehöre – obwohl es vor langer Zeit, über Jahre, vielleicht so gewesen sein mag, zumindest insoweit, daß ich keine Freunde besaß. Nein, hier stehe ich also, nicht ganz ohne Freunde, und ich habe die Wahl. Warum also davon sprechen, warum überhaupt darauf Bezug nehmen? Weil es zu dem gehören würde, was ich weiß, zu dem, was ich zu sagen habe, daß ich ein wenig davon verstehe, nicht alles, aber ein wenig, was es bedeutet, allein zu sein. Auf diese Art allein. Und daß es auch andere geben muß, die allein sind und immer waren. Auf diese Art allein. Diejenigen, für die es, vage zunächst, dann klarer, dann wieder undeutlich, eine Möglichkeit gab. Die, wenn auch undeutlich, vielleicht immer noch besteht, die aber, wie sie wissen, irgendwie schon seit jeher wissen, niemals zu etwas führen wird. Sie werden nie, wie soll ich es nennen, dem Leben angehören. Es ist, als bewegten sie sich durch eine Landschaft, durch die Jahreszeiten, in etwa dieselbe Richtung wie jeder andere auch, und schafften es doch nie ganz bis zur Straße. Im Lauf der Jahre zogen die Menschen, gleich einem Strom von Flüchtlingen oder Pilgern, barfuß und in Lumpen oder im Mercedes, im Kombi oder in Joggingschuhen immer weiter, andere schlossen sich an, blieben auf der Strecke. Und wir, die wir vielleicht, für kurze Zeit, die Gesellschaft von anderen Herumirrenden oder auch von Straßenreisenden auf ihren kleinen Abstechern genießen, schlossen uns der immerwährenden Prozession, der Prozession von Leben und Geburt, doch nie richtig an und fanden oder schafften es nie ganz bis zur Straße. Wessen Stimme ist das. Nicht hier. Nicht die meine.

Aber in London, nein, davor kam noch, daß wir, eines Abends, in Heathrow landeten. Es war mein dritter Flug in jenem Herbst und Winter, Standby, New York/London. Ein Flug untertags. Und im Flugzeug begegnete ich Anne und Matthew; Freunden, die ich schon jahrelang, seit dem Tag, an dem sie geheiratet hatten, nicht mehr gesehen hatte. Anne war gerade im Krankenhaus gewesen; ich auch. Sie waren auf dem Rückweg nach England, wo sie leben. An jenem Abend, als Anne und ich auf Matthew warteten, der ihren Wagen vom Parkplatz holte, sahen wir zwei Militärangehörige, Amerikaner, hinten in eine große schwarze Limousine einsteigen. Als Matthew vorgefahren war und unsere Koffer im Kofferraum verstaut hatte, stand die Limousine immer noch da, versperrte uns den Weg. Plötzlich hörte man ein mehrfaches Knallen; und aus den vorderen wie auch aus den rückwärtigen Wagentüren wurden Arme herausgestreckt, die überschäumende Champagnerflaschen nach draußen hielten. Dann wurden die Arme wieder zurückgezogen; es war eindeutig, daß in dieser Limousine etwas gefeiert wurde. Weitere Knallgeräusche und wieder die Uniformärmel, die überschäumenden Flaschen. Wir dachten, sie hießen bestimmt einen beliebten Offizier willkommen. Aber dann meinte Anne, Sie werden doch nicht etwa Oberst Dozier befreit haben? Ausgeschlossen, dachten wir alle; wir wähnten ihn schon seit Monaten tot. Aber als Matthew das Autoradio einschaltete, stellte sich heraus, daß es stimmte: Dozier aus den Händen der italienischen Roten Brigaden befreit. Tja, wer erinnert sich heute noch an Oberst Dozier. Aber uns schien es damals, im Auto, wie ein Omen, ein in jeder Hinsicht günstiges.

Ist es auf der Basis von Freundschaft zu erreichen? Ich glaube nein. Von Intelligenz? Nein. Auf der Basis von Hoffnung, Liebe, Berühmtheit, Vertrauen, oder basierend auf Familie, Erinnerung, Überzeugungen. Ich weiß es nicht. Aber wenn wir eines Tages, alt und in die Kissen gestützt, oder auch nebeneinander in Schaukelstühlen, einander bei den Händen fassend, vor dem Kamin sitzen; wenn wir, beim Rückblick auf unser Leben, älter geworden inzwischen, beim Rückblick auf unser Leben sagen könnten, Es war, rückblickend betrachtet, gut so, selbst die Dinge, die wie Fehler aussahen, selbst die scheinbaren Mißgeschicke damals, sie waren keine Fehler, sie waren einfach Teil unseres bisherigen Lebens. Wir haben zusammen Glück gehabt.

Wir trinken etwas am Kamin und denken, Warum haben wir uns Sorgen gemacht, Was war das für ein Gefühl der Reue. Wir leben noch, und was geschehen ist, was wir getan haben, war richtig. Dann werden wir es geschafft haben. Hör mal. Aber können wir so leben.

In London, genauer gesagt, in den Hays Mews, läutete das Telefon. Da begann das mit den Anrufen. Aber nein, in London war es auch, daß ein älterer Priester einen Annäherungsversuch bei mir machte. Ich dachte, Ich muß mich irren, Ich habe es mißverstanden, er meint, ich sei traurig; es ist eine Gewohnheit bei ihm, traurige Pfarrkinder in den Arm zu nehmen, sie zu trösten, aber nein. Da gab es keinen Irrtum, das war ein deutlicher, selbstsicherer, keineswegs abstoßender oder unsanfter Annäherungsversuch. Und ich brach in Tränen aus. Als wir uns dann, was vielleicht noch unwirklicher war, mit Drinks auf dem Sofa niedergelassen hatten, sagte ich, Meinen Sie, ich sollte allen Ernstes erwägen, römisch-katholisch zu werden. Er sagte, Lieber Himmel, nein. Ich dachte, So weit ist es also gekommen. Und doch. Ich kann mir nicht erklären, über welche Verkettung von Mißverständnissen, oder vielleicht nicht Mißverständnissen, über welche Folge von Ereignissen wir bei diesem Augenblick gelandet waren. Er holte seine Brieftasche heraus und zeigte mir Fotos von der jungen Frau und den kleinen Kindern, die er als seine italienische Familie bezeichnete. Er rief an. Er schickte sogar ein Telegramm, unterschrieben mit In Liebe, Father Riley. Und doch. Schön, was haben wir denn anderes getan, frage ich dich, was sollen wir denn anderes tun. Aber weißt du, ich denke wohl tatsächlich, wie von selbst, in langen, traurigen, singenden Kehrreimen.

Und in London, in einem kleinen Restaurant, war dann dieses Mittagessen mit Annabel. Ich erkundigte mich nach ihren Kindern; und als von ihrem jüngeren Sohn die Rede war, sagte sie, Er ist neulich geflogen, weißt du. Ich sagte, Flugstunden? Sie, Nein, bei seiner Meditation. Ich fragte, wie es gewesen sei. Sie sagte, Tja, weißt du, es hat ziemlich weh getan. Ich meine, er war zwar bloß fünfzehn Zentimeter über dem Boden, und er ist auch nicht lang geflogen. Aber er ist knochig, und weil er nicht darauf gefaßt war, schon so bald zu fliegen, hat es ziemlich weh getan, sagte er, als er wieder herunterkam. Sie lächelte, während sie mir dies erzählte; ich lächelte auch. Aber wir glaubten es beide und freuten uns für ihn. Außerdem hat sich schon eine praktische Anwendung gefunden: Von Zeit zu Zeit meditiert er mit seiner Großmutter, und das hilft ihr gegen ihre Arthritis; teilweise die Meditation an und für sich, zum Teil aber auch, weil ihr, vielleicht selber kurz vor dem Abheben, dabei so leicht wird.

Sie sagte, Natürlich bin ich nicht gegangen. Aber sie dachte wirklich, zuerst, es wäre zu spät, sie sei mittlerweile schon zu lange allein gewesen. Er sagte, Ich war mir nicht sicher, weißt du. Ich sagte, Ich würde nie fortgehen.

Im folgenden geht es um Freundschaft und um meinen Wutanfall und um die Tatsache, daß ich ein guter Staatsbürger meiner Zeit war und es auch wieder nicht war. In jener Woche trat die Weltflüchtlingskonferenz, unter Schirmherrschaft der UNO, in Genf zusammen. Wir setzten uns gerade zum Mittagessen, Diana, Tochter Sylvia, noch ein paar andere Gäste und ich. John war zur Berichterstattung auf der Konferenz, die, wie es bei internationalen Konferenzen damals an der Tagesordnung war, zunächst einmal mit einer Abstimmung über den Ausschluß Israels angefangen hatte. Und Dianas Tochter sagte, in diesem verbitterten, gelangweilten Ton, den die Kinder hochgestellter Politiker oft an sich haben: Ich nehme an, sie werden, dieses Jahr, trotz allem, wie gewöhnlich, nichts für die libyschen Flüchtlinge tun. Die was? sagte ich. Sie sagte, und irgendwie war ihr Ton immer noch zynisch, resigniert, leidend, selbstgefällig, Die libyschen Flüchtlinge. Ich sagte, Aber libysche Flüchtlinge gibt es gar nicht. Diana klärte sie auf, daß die Libyer reich seien, daß ihr Land dünn besiedelt und reich an Ölvorkommen sei. Schön, dann eben die Palästinenser, meinte die Tochter daraufhin. Es entstand eine Pause. Dann sagte Diana, vielleicht um den bitteren Ton wenigstens auf ein Thema umzulenken, bei dem er gerechtfertigt war, Es ist höchst interessant, wißt ihr. Die Leute haben Flugzeugentführungen früher immer angeprangert. Was sie dabei verkennen, ist, daß das die Mittel liefert, daß die Flugzeugentführungen und die darauf folgenden geheimen Erpresserabkommen mit den Fluglinien den Palästinensern die Mittel liefern, um die Flüchtlinge in den Lagern zu unterstützen. Weil für die Lager, wie ihr wißt, die UNO zuständig ist. Aber von der UNO bekamen sie genau einen Dollar pro Monat, pro Familie. Ich sagte, eher leichthin, Das kann nicht sein, es war bestimmt mehr. Und sie sagte, Nein, das stimmt; das ist Tatsache, ich weiß es. Ich sagte, Aber Diana, wann waren die ersten Flugzeugentführungen, Anfang der sechziger Jahre, und das UNO-Mandat begann 1948; die Palästinenser haben in den Jahren dazwischen doch gewiß auch schon von etwas gelebt. Und sie sagte, Ja, von einem Dollar pro Familie, pro Monat. Es ist bloß nicht allgemein bekannt. Und als sie weiterredete und, wie sie meinte, erklärte, was im Mittleren Osten passiert sei, sagte ich, mit versteckter Ironie, zugleich aber beschämt darüber, daß ich so wenig offen war, Sonderbar, daß bisher keiner über dieses Kapitel der Geschichte geschrieben hat. Diana sagte, Pierre wird das natürlich tun, in seinem Buch über Israel und die Palästinenser. Bisher hatte er nur noch nicht die Zeit dazu. Aber sobald er dazu kommt, wird er darüber schreiben. Bei seinen Forschungen, in Princeton, ist er auf viele Dokumente gestoßen, die bislang unbekannt waren. Und Sylvia murmelte etwas, unter anderem auch, wie ich zu hören glaubte, das Wort Kollaboration. Ich sagte, ich hätte sie nicht verstanden. Eine Pause folgte. Dann sagte Sylvia, lauter diesmal, Über die Kollaboration. Ich sagte, Kollaboration zwischen wem? Und Diana sagte, Weißt du, Pierre hat bei seinen Studien diese Dokumente entdeckt, in Princeton, über die Kollaboration zwischen den Nazis und den frühen Zionisten. Ich sagte, Aber das wäre doch garantiert ein ziemlicher Knüller, Diana, da ist es doch verwunderlich, daß Pierre noch nicht die Zeit dafür gefunden hat. Sie sagte, Ja, für die Palästinenser wäre das von unschätzbarem Wert. Pierre ist bisher einfach nicht dazu gekommen. Ich sagte, Hör mal, es gibt sie nicht, in Princeton so wenig wie anderswo, irgendwelche bislang unentdeckten Dokumente über eine derartige Kollaboration. Es handelt sich da um einen absolut erschöpfend und öffentlich dokumentierten Zeitabschnitt der Geschichte. Tjaja, sagte Diana, bestimmte Interessengruppen würden sie gerne unter Verschluß halten, aber Pierre hat sie gesehen; die Dokumente existieren.

Ich hätte da vielleicht aufstehen und den Tisch verlassen sollen oder schon eine Weile vorher oder vielleicht nie an diesem Tisch sitzen dürfen, aber ich dachte, noch einen Anlauf nehmend, es muß doch irgendeinen Weg geben, einen Weg, um das auszubügeln. Und einer der anderen Gäste bemerkte friedfertig, Wissen Sie, vielleicht haben sie die Dokumente nicht absichtlich unter Verschluß gehalten. Sie sind vielleicht bis jetzt nur noch nicht entdeckt worden, in all diesen Schachteln. Und ich sagte, ganz langsam, Wir schreiben die achtziger Jahre des zwanzigsten Jahrhunderts, wir sitzen hier beim Mittagessen, aber wenn hier überhaupt von irgendwelchen realen Dokumenten die Rede ist, dann könnt ihr nur die Protokolle von Zion damit meinen. Daraufhin rückte Sylvia ein wenig von mir ab, und die übrigen Gäste wandten sich mit großem Interesse ihrem Essen zu. Diana sagte, Ich hätte mich mit der Sache vielleicht eingehender befassen sollen, bevor ich rede, schließlich ist es bei deinem Hintergrund, bei deinem geschichtlichen Erbe, nur zu verständlich, daß du für alle Implikationen besonders hellhörig bist. Und dabei waren wir, wie soll ich mich ausdrücken, wir waren an diesem Punkt immer noch Freunde. Ich sagte, Hör mal, das ist keine Frage des Hintergrunds. Ich wolle doch hoffen, daß ich, von meinem Hintergrund einmal ganz abgesehen, über dieses Kapitel in unserem Jahrhundert auch sonst ausreichend informiert sei, es geradezu als meine Pflicht ansehe. Und sie setzte sich fort, diese gereizte, scheußliche Unterhaltung, und der springende Punkt ist, ich bin nicht aufgestanden und gegangen. Ich gab Kontra, aber ich bin nicht gegangen. Später, als Diana mich hinaus in den Hof begleitete, hatte ich es immer noch nicht aufgegeben. Ich sagte, Tut mir leid, deine arme Tochter, es hat sie sicher überrascht, daß sie eine derart stürmische Diskussion ausgelöst hat. Diana sagte, Nein, es war meine Schuld. Ich hätte mich eingehender mit der Sache befassen sollen, um sie belegen zu können, ehe ich davon anfing. Ich sagte, Diana, es gibt keine Belege. Sie sagte, noch einmal, etwas von meinem Hintergrund. Ich erwiderte, Mein Hintergrund tut nichts zur Sache. Schließlich gab es die Katastrophe der sechs Millionen. Sie sagte, Auch wenn es nur drei Millionen waren, sollte ich vorsichtiger sein, mit dem, was ich sage. Was in ihren drei Millionen unüberhörbar mitschwang, war Hohn, als wäre die wirkliche Zahl geringer und sie dabei noch großzügig. Ich sagte, Hör mal, ich will hier nicht um Millionen feilschen. Manche Leute fangen schon an zu sagen, es habe überhaupt keine Millionen gegeben, die ganze Geschichte sei reine Erfindung, ein Komplott der Zionisten und der Bankiers. Darauf meinte sie, Ja, und in gewisser Weise berühren mich zum Beispiel die Millionen von Russen mehr, die auch umgekommen sind; aber viel weniger Publicity bekamen.

Er sagte, Kate, gib mir deine Flugnummer. Ich hole dich vom Flughafen ab. Wir müssen einige Zeit zusammen verbringen. Er sagte noch mehr.

So hat es angefangen. Die entscheidende Wende bei der Zeitung trat, wie sich herausstellte, mit der Einführung der Verfasserangabe ein. Es hatte natürlich immer schon Verfasserangaben gegeben, aber nur in seltenen Fällen und bei besonders wichtigen Artikeln. Irgendwann Anfang der sechziger Jahre fing man bei der Zeitung an, unter fast alle Artikel, von wem auch immer, Verfasserangaben zu setzen. Keiner konnte vorhersehen, wohin das führen würde. Zunächst schien es ein Schritt in Richtung Wahrheitstreue, Freimütigkeit. Wer sagt das? war schließlich immer schon Teil jeder Geschichte, Teil jedes Berichts. Aber das Ergebnis war, rückblickend betrachtet, folgendes: Vom Fall der anonym bleibenden Journalisten, die als Ausdruck höchster Professionalität und mit nur ganz wenigen Ausnahmen aus spezifischen, namentlich genannten Quellen zitierten, gingen wir, zuerst allmählich, dann aber sehr rasch, zum umgekehrten Fall über: Namentlich genannte Journalisten mit berühmten Signaturen zitierten Personen und Quellen, die anonym blieben. Das hatte verschiedene Folgen. Der Journalist selbst, mit seiner Berühmtheit, seiner Signatur, wurde in vielen Fällen die, in politischer wie auch in anderer Hinsicht, mächtigste Figur in seiner eigenen Reportage. Die »Quellen«, aus denen zitiert wurde, verkamen, einmal waren es nun hochgestellte Beamte, die Gerüchte als vermeintliche Tatsachen in Umlauf setzten, um, gleich Meinungsforschern, die Reaktionen darauf zu testen, dann wieder enttäuschte Angestellte oder Rivalen, die versuchten, Revanche zu üben, eine bestimmte Politik zu unterminieren oder einen Vorteil für sich herauszuschlagen, ein andermal handelte es sich um »Montagen«, ein Euphemismus für mehr oder weniger fiktive Personen, die der Journalist aus irgendeinem persönlichen Grund einführte; und schließlich, was vielleicht unausweichlich war, wurden diese Quellen reine Fiktionen, Erfindungen des Berichterstatters, mit dem Zweck, die Geltung seines Namens zu erhöhen, völlig neuen journalistischen Zwängen gerecht zu werden oder seine persönliche Karriere voranzutreiben. Innerhalb weniger Monate brachten drei der wichtigsten Zeitungen des Landes Reportagen, die von vorn bis hinten getürkt waren. Der erste dieser Berichte, in dem ein Kind frei erfunden und zugleich als typischer Vertreter einer größeren, bislang unerkannten Gruppe von Kindern ausgegeben wurde, war am eklatantesten unwahr. Jeder Chefredakteur, jeder Leser, dessen Intelligenz, dessen gesunder Menschenverstand noch nicht vom neu erwachten Appetit nach dieser Sorte Journalismus abgestumpft war, hätte auf Anhieb erkannt, daß die Geschichte nicht der Wahrheit entsprach, ja unmöglich wahr sein konnte. Aber nein, zuerst versuchten sie, für den Artikel einen Preis zu ergattern, und sie bekamen ihn. Dann bezeichneten sie den Bericht als Falschmeldung (gewiß nicht das *mot juste*); und behaupteten außerdem, den geschilderten Fall gebe es wirklich, irgendwo, nur nicht so wie in diesem Beispiel, sie selbst seien Opfer einer Falschmeldung einerseits und eines Rachefeldzugs andererseits, und sie würden den wahren Fall eines solchen Kindes noch ausfindig machen. Zum Schluß kamen sie noch auf literarische Begabung zu sprechen. Was für eine sonderbare Vorstellung, daß Literatur nichts weiter sein soll als eine vollkommene und ganz unwahrscheinliche Verdrehung von Tatsachen.

Und hier stoßen wir auf etwas höchst Eigentümliches. Wobei Menschen schon alles erwischt wurden. Beim Fälschen von Versuchsergebnissen. Beim Fälschen von ärztlichen Zeugnissen. Beim Fälschen von akademischen Graden. Beim Fälschen von Militärzeugnissen, von Lebensläufen. Und es waren nicht, es waren *niemals* Journalisten, und dabei galt die Zeit als eine Ära des Enthüllungsjournalismus, es waren niemals Journalisten, die den Fälschern auf die Spur kamen. Und obwohl die Zeit außerdem auch als das Zeitalter der abrufbaren Information galt, in der angeblich die Daten von jedermann in den Computern aller übrigen Menschen gespeichert waren, und das überall, gingen die Leute das Risiko ihrer Fälschungen ein und wurden auch von den Computern nie erwischt. Und natürlich war das, in gewisser Hinsicht, auch gar nicht unbedingt von Übel. Hatte es doch schon seit eh und je, schon lange vor den ersten Tagen der Republik, zur Tradition gehört, zuerst unter den Pionieren, dann unter den Immigranten, daß es Risse geben dürfe in der Identität eines Menschen, daß es dem Menschen freistehe, sich hier, in diesem freien Land, ein neues Leben und einen neuen Namen auszudenken.

Also gut, vielleicht geht es manchmal nur darum, so lange auszuharren, bis einen die Glückssträhnen gefunden haben. Die Glückstränen? Nein.

Hier nun geht es um einen Mörder, mit dem ich kürzlich zu Mittag aß. Ich war ihm noch nie persönlich begegnet. Die Presse hatte über seinen Prozeß ausführlich berichtet. Man hatte ihn für schuldig erklärt, aber das Urteil war noch nicht gefällt. Ich war, genau wie Jake, der Ansicht, daß er schuldig war, das ihn belastende Beweismaterial jedoch fingiert war; in anderen Worten, daß er die Tat zwar begangen hatte und sie ihm trotzdem angehängt worden war. Gastgeber bei diesem Mittagessen war ein Designer. Er hatte mich, wohl einer spontanen Eingebung folgend, dazu eingeladen. Ich zögerte zunächst. Aber was für eine Journalistin, was für eine Staatsbürgerin meiner Zeit wäre ich denn, so meine Überlegung, wenn ich selbstverständlich annähme, daß ein Mann, nur weil er eines Mordes für schuldig erklärt wurde, tatsächlich ein Mörder sei; und auch wenn er ein Mörder wäre, was wäre ich denn für eine Journalistin, wenn ich so einer Person nicht ein einziges Mal, beim Mittagessen, begegnen wollte. Mit dem Gastgeber, Billy Warren, verband mich außerdem folgende Beziehung. Acht Monate zuvor hatte er mich zum Abendessen eingeladen, alten Freunden zu Ehren – einem ausländischen Ehepaar, das nur kurz in der Stadt weilte. Am selben Tag, ausgerechnet an diesem Tag, hatte ich, von meinem Haus auf dem Land zurückkommend, an meiner Wohnungstür einen Räumungsbefehl vorgefunden, auf dem unsere Vermieterin, die vielleicht wieder einmal getrunken hatte, einzelne Paragraphen mit einem Nagellack von besonders leuchtendem Rot umrandet hatte. Ich wollte noch am selben Abend, nach dem Essen, den Zug zurück aufs Land nehmen. Aus irgendeinem Grund kam ich zu früh in Billys Wohnung an. Oder, genauer gesagt, nicht zu früh, sondern eine Viertelstunde später als die Zeit, zu der man mich bestellt hatte, was innerhalb dieser Clique bedeutete, daß ich mit Abstand der erste Gast war. Der Gastgeber war noch im Begriff, sich die Manschetten zuzuknöpfen, als ich mit meinem kleinen Köfferchen vor seiner Tür stand. Mir ist fristlos gekündigt worden, sagte ich, etwas außer Atem. Billy wurde blaß und fragte dann hilfsbereit, mit ungespielter Freundlichkeit, Brauchen Sie Geld? Ich brauchte kein Geld, aber was für eine hilfsbereite Reaktion, insbesondere, da er wegen des Koffers annehmen mußte, ich trüge mich mit dem Gedanken, bei ihm einzuziehen.

Wie dem auch sei, als ich zu Billys Mittagessen ging, kam ich eine Viertelstunde zu spät, und wieder war es zu früh. Diesmal war noch nicht einmal der Gastgeber zur Stelle. Der Koch, oder jedenfalls ein Angestellter, der in der Küche etwas kochte, öffnete mir. Die Sohle an meinem Schuh hatte sich schon vor Tagen gelöst, jetzt schlappte sie vollends. Während ich wartete, kam mir die Idee, daß ich den Mann in der Küche um Klebstoff bitten könnte. Er fand etwas Elmers Alleskleber. Ich nahm den Klebstoff mit ins Wohnzimmer, suchte mir eine Stelle in gebührendem Abstand von den Teppichen, in Fensternähe. Dann zog ich den Schuh aus, klebte die Sohle fest und zog den Schuh wieder an. Und ein bißchen Klebstoff quoll unter den Rändern heraus. Mit einem Kleenex aus meiner Handtasche wischte ich über die auf Hochglanz gebohnerten Dielen. Das hinterließ matte Stellen in der Politur. Mir schien klar, daß hier ein feuchtes Tuch nötig war. Mit dem Schuh in einer Hand, in der anderen das Kleenex und den Alleskleber, ging ich quer über den Teppich in die Küche zurück. Da klingelte es an der Haustür, die Tür ging auf, und herein trat der Mörder. Wir stellten uns gegenseitig vor. Ich sagte, Ich kann Ihnen leider nicht die Hand geben, sehen Sie, weil ich nämlich gerade dabei war, weil meine Hände. Ich ließ den Satz im Nichts verenden. Mit wiederangezogenem Schuh und einem nassen Lappen in der Hand, ging ich zurück zu den stumpf gewordenen Dielenbrettern in der Nähe des Fensters und fing an, sie abzuwischen. Obwohl das Fenster geschlossen war, lagen ein paar Blätter auf dem Boden verstreut. Ich hatte mich, schon als ich ins Zimmer kam, einen Moment gefragt, ob sie vorher hereingeweht waren oder ob sie von einer Zimmerpflanze stammten, die man aus irgendeinem Grund entfernt hatte. Ich schenkte den Blättern keine Beachtung und konzentrierte mich auf den Fleck, der tatsächlich matt war, oder zumindest nicht so glänzend wie der hochpolierte Boden um ihn herum. Dann wandte ich mich dem Mörder zu, schüttelte ihm die Hand, sagte, Wie geht es Ihnen? Wir nahmen auf dem Sofa Platz. Ich fragte, Wo sind Sie jetzt untergebracht? Er sagte, Also im Zuchthaus bin ich noch nicht. Ich erwiderte, Nein, ich hätte gemeint, ob er in Boston wohne, wo er zu Hause war und sein Prozeß stattgefunden hatte, oder in New York. In New York, sagte er, Von Boston habe ich genug, besten Dank. Schweigen. Ich sagte, Redet denn überhaupt niemand mehr über etwas anderes mit Ihnen? Er antwortete, Ach, wissen Sie, wenn die Leute schon in meiner Abwesenheit über nichts anderes reden, gibt es keinen Grund, warum ich nicht darüber reden sollte, wenn ich anwesend bin. Man muß den Dingen ins Auge sehen, verstehen Sie, ich bin eine Diva.

Sie waren reich, und wo sie öffentlich auftraten, waren sie freigebig. Privat waren sie ganz unvorstellbar geizig. Sie kassierten Miete für abbruchreife Mietshäuser, aber sie saßen auch in den Ausschüssen zahlreicher Wohltätigkeitsorganisationen und waren dadurch seltsamerweise in der Lage, sehr viel Gutes zu tun. Und das taten sie auch. Man muß also, alles in allem, sagen, ach, ich weiß nicht, was. Zwischen den Nutznießern der Organisationen, in deren Ausschüssen sie saßen, und all jenen, die tatsächlich von ihnen abhängig waren, lagen Welten. Die beiden waren von einer zudringlichen, rücksichtslosen, gottesfürchtigen, herrischen Raffgier; und doch wollten sie, das war noch der Gipfel, als poetische Naturen gelten. So machte er denn den Ehefrauen seiner Mieter, einer nach der anderen, eine Liebeserklärung. Er hatte absolut kein Ohr für Sprache. Er sagte gerne, Ich bin sehr sensibel. Was soviel hieß wie: leicht in Wut zu versetzen. Er redete von Demension, von Nukularmedizin, von Spaziergängen mit er und ich. Als sein bester Freund im Sterben lag, sagte er, Er wird jetzt intraveniös ernährt.

Und ich, so versteh doch, und ich, und ich. Versetz dich doch einmal, ich bitte dich, in mich.

Als einer unserer ältesten Berichterstatter, ein nicht unbegabter Mann, einen langen Artikel in drei Folgen mit dem Titel »Können die Reichen schreiben?« verfaßte, fragte ich einen meiner bevorzugten Chefredakteure, warum in aller Welt wir diesen Artikel veröffentlichen. Das sei Satire. Satire? sagte ich. Es ist die kriecherischste, langatmigste, sinnloseste Übung in Snobismus, die ich je gedruckt gesehen habe. Ah, aber sehen Sie, es ist Satire, die auf beide Seiten gemünzt ist. Ich habe inzwischen zwanzig Jahre Zeit gehabt, darüber nachzudenken, und ich bin sicher, daß, was immer der Chefredakteur damit sagen wollte – Satire auf Thema und Verfasser oder Satire auf Thema und Leser oder Satire auf Verfasser und Leser –, was immer er selbst damit zu sagen glaubte, eine Satire, die auf beide Seiten gemünzt ist, gibt es einfach nicht.

Was Problem Nummer eins anbelangt, ist die Hoffnung schon beinahe erschöpft. Muß es denn immer alles oder nichts sein, Liebste. Nein, aber sind diese Brosamen und altbackenen Rinden für dich schon ein halber Laib? Krusten, nicht Rinden. Krusten. Ist das für dich beides haben, den Kuchen essen und auch behalten? Ist das für dich ein emotionsfrei erinnertes Gefühl? Was Problem Nummer zwei anbelangt, er ruft uns nie zurück. Problem Nummer drei ruft ständig an; wir bitten ihn, am Apparat zu bleiben. Problem Nummer vier, langfristige Lösungen, es gibt keine. Problem Nummer fünf: Der Schriftwechsel ist uns abhanden gekommen, wenngleich die Vorladung hier vor uns auf dem Schreibtisch liegt. Problem Nummer sechs, unmittelbarer Lustgewinn, dafür ist keine Akte angelegt.

Du, aber hör mal, meine Schreibmaschine hat etwas zu mir gesagt. Ich will damit sagen, ich hatte eine sogenannte Speicherschreibmaschine gemietet; sie machte mir so viel Spaß, daß ich vergaß, die Bedienungsanleitung zu lesen. Als ich eine Seite getippt hatte und die Memo-Taste drückte, tippte sie folgendes: »Aktennotiz, 23. Juni 1981: Gehaltserhöhungen.« Auf einer anderen Seite, »Was an aufgeschobenen Urlaubswochen zusammenkommt, kann in jedem beliebigen Jahr über die für das jeweilige Jahr regulär geltende Urlaubszeit hinaus genommen werden. Lohnfortzahlungen für tatsächlich genommenen Urlaub, was sowohl die reguläre als auch die nachgeholte Urlaubszeit einschließt, richten sich nach dem jeweiligen Gehalt des Beschäftigten.« Auf jeder Seite fand sich etwas von einem der früheren Benutzer der Schreibmaschine. Dreimal tippte die Maschine folgenden Text im Wortlaut:

> Ich habe für Sie ein Vorstellungsgespräch am   in
>   anberaumt. Sollte Ihnen dieser Termin ungelegen sein, möchte ich Sie bitten, mir Bescheid zu geben, damit wir anderweitige Vereinbarungen für das Vorstellungsgespräch treffen können.
> Wir haben Ihre Bewerbung in unsere laufende Kartei aufgenommen und werden sie in jedem Fall berücksichtigen, sobald eine in Frage kommende Stelle frei wirr/   Sofern sich eine in Frage kommende Position ergibt, werden wir uns mit Ihnen in Verbindung setzen.
> Nochmals verbindlichen Dank für Ihr Interesse an unserer Firma.
> Wir danken für Ihr Interesse an unserer Firma.
> Wir erwarten Ihren geehrten Besuch und freuen uns, bald von Ihnen zu hören.
> Wir bitten Sie, sich mit unserer Personalabteilung in

Verbindung zu setzen, um einen Termin für ein Gespräch über Einstellungsmöglichkeiten zu vereinbaren.

Wir bitten Sie, das beiligende Bewerbungsformular auszufüllen und im beigefügten Kuvert an uns zurückzuschicken.

Also, das »frei wirr/« gefiel mir besonders; es tauchte mitten in einer weiteren Aktennotiz auf, bei der es allem Anschein nach um Ratschläge für Schwimmbecken-Abdeckungen ging. Aber dann dachte ich mit einem Mal an Privatsphäre, an Krimis, an Geheimnisse, persönliche und Firmengeheimnisse; und daß ich gleichfalls auf dem besten Weg war, ein ehemaliger Benutzer zu werden. So löschte ich also, ohne weiterzulesen, alle noch verbleibenden Seiten aus dem Speicher. Und sofort dachte ich an all das, was dort vielleicht gestanden haben mochte, und ein Gefühl von Verlust überkam mich. Meine Schreibmaschine hatte schließlich versucht, mir etwas mitzuteilen; und ich habe es gelöscht.

Beim Abendessen sagte ich, Können wir so leben; was machen denn andere Leute. Er sagte, Es kommt nicht darauf an, was andere Leute machen. Ich sagte, Ich weiß. Du sagtest, Worauf es jetzt ankommt, ist darauf.

Hier ist noch einer von den Vorfällen, wie sie mir und meiner Umgebung andauernd passieren. In unserer Straße gibt es fünf herrenlose Katzen, drei schwarze, eine weiße, eine orangefarbene. Sie greifen die beiden zahmen Katzen, die eine grau, die andere scheckig, von Frank und Marilyn an. Im vergangenen Frühjahr sah Marilyn eines Abends aus dem Fenster. Die weiße Katze schlich draußen am Hang herum. Marilyn hörte einen trockenen, mäßig lauten Knall, sah, wie die Katze sich aufrichtete und dann hinlegte. Frank hatte, durch das Fenster im oberen Schlafzimmer, sein Gewehr benützt. Ich besitze selbst ein Gewehr; unsere ganze Nachbarschaft ist bewaffnet. Ich würde dieses Gewehr jedoch nie benützen, habe genaugenommen nicht einmal Munition dazu. Es gibt randalierende Jugendliche hier, aber obwohl sie schon Wetterfahnen gestohlen, ein paar Scheinwerfer an über Nacht draußen stehenden Nachbarautos zerschlagen und, nicht anders als die jugendlichen Missetäter auch schon zu meiner Zeit, eine Reihe von Briefkästen demoliert haben, bin ich bisher nie mit ihnen in Berührung gekommen – abgesehen von einem Alu-Teller, mit Pommes frites und einem halbgegessenen Pizza-Brot, den ich eines Morgens zwischen Fliegentür und Vordertür meines Hauses gequetscht fand. Trotzdem steht für mich schon seit einiger Zeit fest, daß ich mir eine Handfeuerwaffe kaufen werde. Ich weiß es in gewisser Weise seit dem Abend, an dem Frank die Katze erschoß.

In derselben Woche, in der Frank die Katze erschoß, organisierte Marilyn auf der Main Street einen Umzug von Drei- und Vierjährigen auf Dreirädern; Frank und Marilyn kauften einen Würstchenstand auf Rädern, den sie, an der Stoßstange von Franks Wagen befestigt, heimtransportierten. Es mag zunächst einmal nicht weiter bemerkenswert scheinen, daß die Besitzerin eines Kindergartens einen Umzug von Kleinkindern auf der Main Street organisiert. Aber der Anlaß war der Labor Day. Die Gruppe, die direkt hinter den Dreirädern folgen sollte, waren Männer zu Pferd; direkt vor ihnen fuhr eine Gruppe von Oldtimern. Marilyn hatte für die Veranstaltung Gasballone besorgen lassen, und die Frau, die sie mitbrachte, kam an wie Mary Poppins, die Schnüre von fünfzig Gasballonen um die Hand gewickelt und selbst fast schon frei schwebend. Marilyn und ihre Partnerin Jean, die einzige weitere Kindergärtnerin in ihrem Kindergarten, befestigten bei allen Kindern einen Ballon an der rückwärtigen Gürtellasche der Hose, so daß die kleinsten Kinder nun ebenfalls fast so aussahen, als schwebten sie in der Luft. Die Zeit verging. Der Umzug wollte nicht anfangen. Ein Junge sagte, er müsse aufs Klo. Marilyn sagte, Das schlägst du dir besser aus dem Kopf. Ein anderer fragte, wie lange sie denn *noch* warten müßten, bis es losgehe. Marilyn sagte, Wirst du schon sehen. Eine halbe Stunde später, um zehn Uhr dreißig, setzten sich die ersten Gruppen des langen Festzugs in Bewegung, vorbei an Musikgruppen und Zuschauern, welche die Strecke säumten. Beim Anblick der Dreiradfahrer brach die Menge in Beifallrufe aus. Dergestalt ermutigt, legten die Kinder Tempo vor. Die Fahrer der Oldtimer zeigten sich, wenn sie zurückschauten, höchst beunruhigt, aber nicht wegen der Sicherheit der Kinder, sondern weil sie fürchteten, die immer schneller werdenden Dreiräder könnten auf ihre Autos auffahren und den Lack verkratzen. In der Main Street gibt es auch eine abschüssige Stelle, nicht besonders steil, aber sie lag auf der Festzugsroute. Jetzt wurden Jean und Marilyn, die nicht an die abschüssige Stelle gedacht hatten, zum erstenmal nervös. Marilyn ging rückwärts den Hang hinunter, das Gesicht den Kindern zugewandt, und machte Bremsbewegungen. Ihre Mitarbeiterin tigerte am Straßenrand hin und her, um verirrte Schäfchen zusammenzutreiben und zum Bremsen zu ermahnen. Alle Mütter, die gekommen waren, marschierten mit, einige trugen Schilder mit der Aufschrift, Wir sind von der Trinity Schule. Von den Vätern waren nur zwei erschienen, beide Flugpiloten und beide während des ganzen Umzugs skeptisch, weshalb sie gebührenden Abstand wahrten. Eine Stunde später, als die Veranstaltung heil überstanden war, schüttelten beide Piloten Marilyn die Hand, ganz so, als hätte sie eine kühne, gefahrvolle Landung absolviert. Was ja auch der Fall war.

Jetzt also die Sache mit den Handfeuerwaffen. Ich wollte mir von Berufs wegen, glaube ich, eine kaufen. Da lagen sie ausgebreitet, in der Glasvitrine des Waffengeschäfts. Und zu meinem großen Erstaunen gab es alle möglichen Größen, Arten und Ausführungen, die meisten davon schwer wie Tennisschläger, schimmernd wie Schlangen. Darum machte ich kehrt. Aber da es mir peinlich war, den Laden zu verlassen, ohne etwas zu kaufen, erstand ich ein paar Zeitschriften für Waffenliebhaber. Und in vielen der Artikel ging es um die Art von Schußwaffe, die man der eigenen Ehefrau an die Hand wünschen würde, wenn sie allein im Haus ist und der – so wurde er dort genannt – Unvorstellbare Hüne einbricht. Monatelang widmete ich der Sache keinen Gedanken mehr. Dann ereignete sich eine neue Welle von Morden und Mordanschlägen, und ich dachte, Jetzt werden sie Handfeuerwaffen verbieten, und jeder, der besser keine hätte, wird schon welche haben, und wenn das Verbot für Handfeuerwaffen kommt, wird nur unsere Seite – und generell gesprochen, wußte ich, wen ich mit unsere Seite meinte –, dann wird nur unsere Seite ohne Waffen sein. Also dachte ich, es wäre weise Voraussicht, eine Waffe zu kaufen, um gerüstet zu sein für den Tag, das malte ich mir unbestimmt, nein, ziemlich genau aus, um gerüstet zu sein für den Tag, wenn von unserer Seite der Aufruf ergehen würde, daß Waffen gebraucht würden und daß jeder, der eine besitze, sie zu irgendeiner festgelegten Stunde an einen bestimmten Ort oder zu einer Versammlung an der Straßenecke bringen solle, damit diejenigen, die sie benötigten, Waffen hätten.
In unserem Bundesstaat geht der Waffenkauf so vor sich: Man weist seinen Führerschein vor; trifft eine Wahl; hinterlegt eine gewisse Summe; wartet zwei Wochen. Die zwei Wochen sind, vermute ich, erforderlich, damit anhand des Führerscheins festgestellt werden kann, ob man nicht schon vorbestraft ist. Außerdem vermutlich, um sicherzugehen,

daß man nicht aus einem plötzlichen Impuls heraus etwas Dummes tut; daß man, wenn man beispielsweise sehr wütend ist, Zeit hat, seine Wut verrauchen zu lassen. Möchten Sie einen neuen oder einen gebrauchten, fragte der Verkäufer, nachdem ich mir einen der weniger schweren Revolver ausgesucht hatte. Einen neuen, sagte ich. Wissen Sie, meinte er, gebraucht sind sie billiger, und die gebrauchten kriegen wir von der Polizei, wenn sich die gesetzlichen Bestimmungen ändern. Trotzdem, sagte ich, Ich hätte lieber einen, der noch nie benützt wurde. Über zwei Wochen vergingen, und als ich anrief, um zu fragen, ob ich vielleicht noch ein paar Wochen zuwarten könne, sagte der Verkäufer, Nein, die Genehmigung zum Kauf erlischt nach fünf Wochen, und dann muß man mit der ganzen Prozedur noch einmal von vorn anfangen. Ich ging in den Laden zurück, zahlte und beschloß, keine Munition zu kaufen. Der Verkäufer packte den Revolver in die dazugehörige Schachtel und diese in eine weiße Papiertüte, die Art flacher, weißer Papiertüte, wie sie Schreibwarenläden verwenden. Ich habe die weiße Papiertüte mit der Schachtel und dem Revolver in einen Schrank gelegt. Und obwohl keine Munition dabei ist, habe ich das Gefühl, er liegt da und tickt. Ich meine, ich weiß, daß ich ihn eigentlich wegwerfen sollte. Oder mir nichts dabei denken sollte, schließlich hat heutzutage jeder einen. Auch Autos sind gefährlich, Bazillen sind gefährlich, Schreiben ist gefährlich, und Rezensieren ist auch gefährlich, und Herausgeben ist gefährlich, und ein paar von diesen Ärzten waren es auch. Ich bin also nicht unbedingt ein Feigling oder ein Hypochonder, was Risiken bestimmter Größenordnung angeht jedenfalls nicht. Ich habe es, von Berufs wegen, schon mit dem einen oder anderen Schlägertyp aufgenommen und auch noch bei anderen Gelegenheiten mein leibliches Leben aufs Spiel gesetzt. Aber dieser Erwerb einer Schußwaffe, dieser simple und gewissermaßen alltägliche

Kauf, ist das Extremste, das Schlimmste, das äußerst Extremste, ich finde einfach keine Worte dafür, was ich je getan habe.

Bei einer der Gelegenheiten, als er auf seiner Insel war, und noch bevor sie zum ersten Mal fortging, schrieb sie eine Geschichte. Er fragte, Wird sie mir gefallen, Kate? Sie sagte, Ich glaube, nein. Er, Dann werde ich sie nicht lesen, wenn du es nicht willst, schließlich erscheint sie ja nicht unter deinem Namen.

Mit dem alten Ehepaar verhält es sich so. Für ihn ist es die zweite Ehe. Er ist Arzt. Er hat sie geheiratet, als seine erste Frau, wie so viele dieser Flüchtlingsgattinnen, nicht bereit war, den Sprung über die kulturelle Kluft und den Graben des Krieges mit ihm zu vollziehen. Aber hier nun, wie es mit dem alten Ehepaar, in seiner zweiten Ehe, um die Liebe steht. Zur Schlafenszeit sieht sie gerne fern, und zwar Programme, die er besonders verabscheut. Er kann nicht schlafen, wenn der Fernseher läuft; aber Abend für Abend schläft sie mitten unter dem Programm ein. Wenn er dann aufsteht, um den Apparat auszuschalten, wird sie wütend. Sie behauptet dann entweder hartnäckig, sie habe gar nicht geschlafen und wolle weiter fernsehen, oder aber sie wirft ihm vor, daß er den Apparat ausgeschaltet hat. Du hast mich aufgeweckt, sagt sie dann, wutschnaubend.

Als Kind wurde Jon von seinen Eltern dazu angehalten, nach vier Grundsätzen zu leben: Gib bei allem dein Bestes; prahle nie; beklage dich nie; und denk immer an die Leute, die es schlechter haben als du. Ausgesprochen vernünftige Prinzipien samt und sonders, sehr moralisch. Nur daß sie dazu ausersehen schienen, ihm jedes Glückserlebnis, gleich welcher Art, zu versperren. Er tut also sein Bestes, dagegen ist nichts einzuwenden, gegen sein Bemühen. Wenn es zum

Erfolg führt, darf er das nicht laut verkünden. Wenn es nicht zum Erfolg führt und der Mißerfolg durch irgendeine Ungerechtigkeit verursacht oder für ihn in irgendeiner Form schmerzlich ist, darf er nicht klagen. Und damit er den Augenblick seines Erfolgs oder, im gegenteiligen Fall, seines privaten Mißerfolgs unter keinen Umständen, und sei es auch nur insgeheim, genießen kann, muß er sofort an andere denken. Und nicht an andere, die vom Glück begünstigt sind, sondern an solche, die noch weniger Glück haben als er. Er ist ein wahrhaft guter Mensch, aber der Preis dafür muß hoch gewesen sein.

Ist er sanft im Umgang mit Kindern, kennt er die Familienmitglieder, fragte ich den Hilfssheriff aus dem Norden des Staates, der, wie er sagte, vorwiegend mit deutschen Schäferhunden arbeitete, bei Drogenfahndungen und bei Raufereien in Lokalen, und der selbst einen als Haustier hatte. Das dürfen Sie mir glauben, Lady, sagte er, Wenn er abends ins Auto steigt, ist er ein ganz anderer Hund.

In gewisser Weise hat meine Welt schließlich immer schon aus der Zeitung und all diesen Leuten bestanden; und mein Zuhause, was immer das ist, besteht aus Sheriffs, Nachbarn, Rechtsanwälten, Ärzten, Botschaftern, Chefredakteuren, Senatoren. Natürlich auch, kommt mir da, aus Swamis mittlerweile. Letzten Sommer, als ich mir den Fuß brach und wegen Brems- und Kupplungspedal nicht Auto fahren konnte, hat Ben mich ab und zu gefahren. Und wir unterhielten uns. Als mein Fuß fast geheilt war, nahm er mich, als eine Art Geschenk, in seinem eigenen Auto in seinen Ashram mit. Als wir dort waren, dachte ich, Ich könnte nicht behaupten, daß ich das hier verstehe, im Grunde sagt es mir nichts, aber Ben, schon wie er dasitzt, so entrückt, bei seinen Gesängen, dabei ist er gelernter Ingenieur, hat offenbar wirklich eine Ader für diese spirituellen Dinge; und die Leute hier sind ja keine Moonies; hier gibt es nichts Bedrohliches; es wirkt eher sanft. Auf der Rückfahrt sagte Ben, Wo du doch ewig zu Ärzten rennst, Kate, ich weiß zwar, daß du skeptisch bist, ich war es selbst, jahrelang, aber wo du doch ständig zum Arzt rennst, warum belegst du nicht einen Kurs, bloß einen, in dem Ashram in New York? Er gab mir eine Eintrittskarte, die zur Teilnahme an einem Hatha-Yoga-Kurs berechtigte. Und eines Tages, als gerade, wie neuerdings offenbar ständig, die Frage der Operation im Raum stand, dachte ich, warum eigentlich nicht. Also rief ich im Ashram an, und es meldete sich eine Stimme, deren Tonfall so deutlich die Bronx verriet, daß ich zuerst glaubte, ich hätte mich verwählt. Aber der Mann nannte mir die Zeiten für die Kurse, und er klang so freundlich, daß ich mich am Ende unseres Gesprächs erkundigte, wie er heiße und ob ich ihn dort antreffen würde. Er antwortete, Ja, das werden Sie, und ich bin Vishnu. Aber dann, aber dann bin ich nie hingegangen.

Zum Thema Hilflosigkeit. »Dies ist unsere letzte Zahlungsaufforderung«, stand auf dem blauweißen Zettel der Telefongesellschaft. Falls ich den nachstehenden Betrag nicht binnen fünf Tagen entrichtete, würden sie mir das Telefon sperren. Danach würde, sofern ich den Betrag voll entrichtet hätte, eine Bearbeitungsgebühr für den Wiederanschluß fällig. Durch Zufall hatte ich, ausnahmsweise, meine Kontoauszüge geordnet und die Abrechnungsbelege zum Nachweis, daß ich meine Telefonrechnung jeden Monat bezahlt hatte. Als ich die Geschäftsstelle angerufen und, wie das immer der Fall ist, mehrere Male, in längeren Abständen, aufgefordert worden war, am Apparat zu bleiben, erreichte ich endlich jemanden. Mr. Beaumont war sein Name. Ja, sagte er, aus den Unterlagen der Telefongesellschaft gehe hervor, daß die Gesellschaft vor fünf Monaten irrtümlich ein und dieselbe Zahlung auf meinem Konto doppelt gutgeschrieben habe. Ich sagte, ich fände es doch ziemlich rigoros, daß sie von mir erwarteten, einen Fehler in ihrem Abrechnungssystem durch pure Intuition zu erahnen, und noch rigoroser, mir gleich mit Sperrung meines Telefonanschlusses zu drohen. Ach, meinte er, Diese Mitteilungen gehen automatisch raus. Ich sagte, daß es mir, für meine eigenen Unterlagen, von Nutzen sei, wenn er mir das schriftlich gebe und irgendeinen Beleg mitschicke, aus dem hervorgehe, daß sie mir auch wirklich einen Betrag irrtümlich zweimal gutgeschrieben hätten. Er sagte, Nein, tut mir leid, so etwas machen wir nicht. Ich sagte, Also hören Sie, das müssen Sie aber; sonst würde ich ja diesen willkürlichen und relativ hohen Betrag allein auf Grund unseres Telefongesprächs und eines Stücks Papier zahlen, auf dem man mir, ohne ein Wort der Erklärung, mit Sperrung meines Telefonanschlusses droht. Na ja, der langen Rede kurzer Sinn: Sie haben mir tatsächlich das Telefon gesperrt. Und ich dachte, Ich kann nicht. Diese Grobheit in ihrem Tonfall; das ist ein Bereich, in dem ich nicht zuständig bin, das ist Schikane und Unverschämtheit. Und die Zeit, die ich damit schon vertan hatte. Ich sollte mir über wichtigere Dinge den Kopf zerbrechen. Aber ich bringe es nicht über mich zu zahlen, ich würde ihnen eher eine Bombe ins Haus schicken, eher den Kontakt zur Außenwelt vollends verlieren, ja, eher würde ich sterben. Ich dachte, So ein Gefühl muß es früher auch gewesen sein, wenn man Schwarzer war, so muß es zum Teil auch sein, wenn man arm ist, so ein Gefühl ist es, wenn man staatenlos ist, das ist Hilflosigkeit. Dann dachte ich, Das kann nicht sein; so hilflos bin ich auch wieder nicht. Und natürlich, innerhalb von zwei Tagen kam es mir dann, ich bin Presse.

Also, bei einem Sommerkurs in Ovid bekam ich eine Zwei minus, dabei war für den Doktortitel mindestens eine Zwei erforderlich. Meinen Sie nicht, sagte Mr. Hughes, der Leiter der Abteilung, keineswegs unfreundlich, daß das im Hinblick auf die Anforderungen nicht ganz ausreichend ist? Ich meine, eine Zwei minus ist sicher höchstens und nicht mindestens eine Zwei. Aber Professor Hughes, sagte ich, eine *Art* von Zwei ist eine Zwei minus doch sicher auch. Tjaja, sagte er. Und jede Sache, die auch eine andere Sache ist, kann doch gewiß als mindestens diese andere Sache bezeichnet werden? Er ließ es somit gut sein.

Alles änderte sich. Allmählich, fast unmerklich, änderten sich die Verhältnisse. Erst Monate, viele Monate später sagte er, Kate, es ist soweit, ich glaube, ich sollte sie lesen. Da waren wir längst schon auf Orcas Island, in New Orleans, Gott weiß wo gewesen. Er nahm die Geschichte mit. Einige Zeit später läutete das Telefon. Das warst nicht du. Es läutete wieder; du warst es, du sagtest, Ich bin noch nicht zu Ende damit, aber, Kate, die Sache mit dem Waschbären.

Und was die Sache in Irland betraf, wartete ich ab. Ich erzählte niemandem davon und wartete ab. Ich fragte mich, wann sie das Auto finden würden, ich fragte mich, wann sie mich finden würden, ich fragte mich, wie hoch die Kosten wohl sein würden, und vor allem anderen fragte ich mich, Warum hatte ich nur fortwährend den Eindruck, sie steckten alle unter einer Decke, und was habe ich mir da nur eingeredet, was sie mir angeblich anhängen wollten, in dieser Geschichte mit dem Auto. Einer Sache, bei der ich doch sofort und bereitwillig zugegeben hatte, daß ich im Unrecht sei. Wenn man sich auf einen außergerichtlichen Vergleich einläßt, hatte ein Anwalt einmal zu mir gesagt, als von einer Freundin die Rede war, die sich gerade scheiden ließ, dann überleg dir, wieviel du allerhöchstens nachgeben kannst, ohne daß es dir den Nachtschlaf raubt; wenn sie mehr verlangen als das, dann solltest du prozessieren. Ich wußte irgendwie, hatte es von Anfang an gewußt, daß sie mehr verlangen würden, als daß ich je wieder ruhig schlafen könnte. Aber nun, da ich heimgekommen war, fragte ich mich, wie es so lange dauern konnte, bis sie mich fänden, das Auto entdeckten. Ich machte mir Gedanken, was sie sagen würden und was ich sagen würde und ob zum Beispiel der Botschafter im Bilde war. Und dann, eines Abends, zwei Jahre nach den Geschehnissen, der Straftat, sofern es sich um eine solche handelte, war ich mit Jake zusammen. Er fuhr, schon seit drei Stunden, wir hielten an einem Restaurant an der Straße. Ich dachte, Wir haben einander nichts, rein gar nichts mehr zu sagen. Er ist so müde, ich bin so müde, vielleicht ist das jetzt Langeweile; von mir aus kann er denken, was er will, ich riskiere es jetzt einfach. Und so erzählte ich Jake von der Sache in Irland, und daß ich sie, bis zum heutigen Tag, einfach nicht begreifen könne.

Tja, sagte er, der Polizist und der Lastwagenfahrer waren Vettern. Ich sagte, Ja, das Gefühl hatte ich auch. Und wenn nicht Vettern, fuhr er fort, dann in jedem Fall unter einer Decke. Sie wollten halbe-halbe machen. Aber ich habe mich doch erboten zu zahlen, sagte ich. Er erwiderte, Nein, sie wollten es ja so darstellen, als hättest du den ganzen Lastwagen zuschanden gefahren. Ich sagte, Oh. Und dann wurde es mir natürlich klar. Keiner hatte irgendein Interesse an meinem Auto oder an dem Kotflügel oder an meinem Führerschein oder auch nur an meinem Angebot, so wenig wie an seiner Stoßstange. Der Polizeibeamte wollte mein Auto oder auch den Lastwagen gar nicht erst begutachten, weil er in Wirklichkeit schon bei der Autovermietung angerufen hatte, um den Totalschaden am Lastwagen zu melden. Und diesen auch schon zu Protokoll genommen hatte. Selbst die Autovermietung hatte nicht das mindeste Interesse am Kotflügel meines Wagens; die Summe, die auf dem Spiel stand,

war einfach nicht der Mühe wert. Und mein Angebot, den Schaden zu bezahlen, war, aus ihrer Sicht, nichts weiter als eine dumme, ja eher bedrohliche Wendung der Sachlage. Wir konnten unmöglich zusammen einen Kostenvoranschlag für eine leicht verbogene Stoßstange einholen. Sie wollten alle gemeinsame Sache machen, Polizist, Lastwagenfahrer und Verleihfirma, und sich den Betrag teilen, den die Versicherungsgesellschaft – eine Versicherungsgesellschaft irgendwo weitab, wahrscheinlich in London – für den Totalschaden an einem gewaltigen Lastwagen zahlen würde. Wenn ich Fahrerflucht begangen hätte, um so besser; aber das hatte ich nicht. Und das ›Sie haben mein Wort‹ ergab durchaus Sinn. Ich hatte sein Wort, daß sie gar nicht *mich* übers Ohr hauen wollten. Später muß ihnen die Tatsache, daß das Auto, um das es ging, verschwunden war oder einfach stehengelassen wurde, wie eine glückliche Fügung des Schicksals vorgekommen sein. Wer hätte in einem Land so sonderbarer Wutanfälle und Verschwörungen je sagen können, wer dieses Auto zuletzt gefahren und dann stehengelassen hatte, und aus welchem Grund. Zum Preis für einen gewaltigen Laster konnten sie jetzt, und zwar ohne jeden Betrug, die Versicherungssumme für ein ganzes abhanden gekommenes Mietauto dazuschlagen.
Ein sonderbares Gespann, mit dem mein Mann da in den Wahlkampf zieht, sagte Lady Bird bei der Parteiversammlung, als man ihrem Mann die Kandidatur für das Amt des Vizepräsidenten antrug. Ein sonderbares Gespann, mit dem mein Mann in den Wahlkampf zieht.

An einem Wochenende sagte Ben, er werde vielleicht einen Swami mit aufs Land bringen, vielleicht eine ganze Woche, als eine Art Urlaub. Ich stellte mir einen mönchartigen Inder in safrangelben Gewändern vor. Ich war in jener Woche nicht da, aber später erfuhr ich, daß dieser Swami seine Ferienwoche in normaler Straßenkleidung verbracht hatte; und daß Ben jeden Morgen, nachdem sie gefrühstückt und meditiert hatten, die sieben Meilen zum Laden gefahren war, um diesem Swami seine *New York Times* zu kaufen. Aber ich dachte nicht weiter darüber nach, bis ich eines Abends zu einer Sitzung in Bens Ashram in New York ging. Bens damaliger Guru war nicht da, nur ein Videotape von ihm; wir sahen uns seine Ansprache, eine seiner früheren Ansprachen, auf Betamax an. Aber im Anschluß an die Gesänge stellte sich mir ein junger Mann in safranfarbenem Gewand vor und sagte, Vielen Dank, daß Sie uns Ihr Fernsehgerät benutzen ließen. Ich stand vor einem Rätsel. Ben wurde blaß. Aber der Swami fuhr fort, Ja, Ben wird es Ihnen sicher erzählt haben; wir sind einmal abends, als sein Fernsehgerät kaputt war, zu Ihnen in Ihr Haus hinübergegangen, um die Abendschau zu sehen. Einen Augenblick war ich völlig außer mir. Der Fernseher steht in meinem Schlafzimmer. Ich konnte mich nicht mehr erinnern, in welchem Zustand ich das Haus zurückgelassen hatte. Aber da ich die Gewohnheit, ehrlich zu sein, schon so lange verlernt hatte, sagte ich bloß, Gern geschehen. Später brachte Ben mich zu einem Taxi, und weil es bei seiner redlichen Art undenkbar gewesen wäre, daß er von sich aus, ohne unter irgendeinem Zauber zu stehen, mein Haus betreten hätte, sagte ich kaum etwas. Doch dann sagte er, Kate, ich hätte das nie getan, aber ich wußte, ich wußte es einfach, daß du nichts dagegen haben würdest. Und er versprach, es nie wieder zu tun. Und dann, oder besser gesagt jetzt, kurz vor Weihnachten erst, rief Ben aus seinem Ashram an, ein R-Gespräch, um mir mitzuteilen, daß er, aufgrund seines Glaubens, einen neuen Namen angenommen habe. Und ich sagte, Ich freue mich für dich, ich habe *gewußt*, daß du es diesmal schaffen würdest. Darf ich fragen, wie du dich nennst? Und er sagte, Srinivasan. Und das heißt Erleuchtung oder strahlender

Glanz. Ich dachte an seine Blässe und an sein blondes Haar. Und am übernächsten Morgen, nachdem ich mit dem Bus aufs Land gefahren war, erhielt ich wieder einen Anruf, R-Gespräch, von Srinivasan, der mir Frohe Weihnachten wünschen wollte. Und ist das nicht seltsam, ist das alles in allem nicht doch seltsam, da es doch meine Welt ist.

Auf meiner Etage in diesem Mietshaus in der Upper East Side hörte ich immer Musik, Diskomusik, ja auch Reggae von nebenan durch. Als ich neu in die Stadt zog, hatte ich ein Zimmer im obersten Stock eines roten Sandsteinhauses auf Höhe der neunzigsten Straße; ich hörte dort nichts weiter als ein wenig Verkehrsgeräusch von draußen, den einen oder anderen Streit zwischen unseren Hauswirtsleuten, die alle vier Stockwerke unter uns für sich hatten, und das Klicken der Nägel des Afghanen in dem Ein-Zimmer-Apartment, das an meines angrenzte und das der junge Designer, der darin hauste, aller Teppiche und Möbelstücke entledigt und vollkommen schwarz gestrichen hatte. Wenn dieser junge Designer, den ich gut leiden konnte und in den unsere Hauswirtin ein wenig verliebt war, in dem Maß zumindest, daß sie die letzten zwei Jahren, die ich dort wohnte, keine Miete von ihm verlangte, wenn also dieser junge Designer, wie so oft, in mein Zimmer herüberkam, in aller Regel um sich über die Zustände in dem Kaufhaus zu beklagen, in dem er arbeitete, pflegte der Afghane – vielleicht des Klickens der eigenen Nägel überdrüssig und sich nach etwas Gedämpftem, nach Stoff sehnend – auf mein Bett zuzurasen und sich unter dem Daunenplumeau zu vergraben, das ich schon zu Hause und in der Schulzeit und auf dem College gehabt hatte. Im Sommer, wenn das Plumeau weggeräumt war, machte der Afghane, untröstlich über die Veränderung, meist einen kurzen Versuch, sich unter meinen Bettüberwurf zu wühlen, um dann, die Schnauze auf einem gepolsterten, bestickten Ohrensessel, alles übrige von ihm auf einem Teppich, alle Viere von sich zu strecken. Schwacher Verkehrslärm durchs Fenster, ein gelegentliches Hupen; leises Gezänk vom Fußboden her; das Klicken von Nägeln, das Quietschen eines winzigen Aufzugs – später dann, wenn die Hitze vom Dach unerträglich wurde, das Surren eines tragbaren Air Conditioners. Ein paar Jahre später, als ich von jenem Zimmer in eine Etagenwohnung in der Gegend der siebzigsten Straße zog, hörte ich nicht nur zu allen Tageszeiten Musik, vor allem Quartette, vom Hauswirt durch, sondern auch, durch die Außenwand auf einer Seite, Jazzorchesteraufnahmen aus dem Stadthaus eines Rechtsanwalts, der früher einmal republikanischer Generalstaatsanwalt gewesen war. Und später, durch dieselbe Wand, unerklärlicherweise, Rockmusik und sogar etwas, was sich wie Mantras anhörte, die ganze Nacht, zu jeder erdenklichen Stunde. Wie sich herausstellte, hatte der ehemalige Generalstaatsanwalt sein rotes Sandsteinhaus an einen Guru verkauft. Sowohl mein Hauswirt als auch die Jünger des Gurus waren bis tief in die Nacht und zu den seltsamsten Zeiten auf. Ich konnte damals manchmal nicht sagen, wessen Musik es war, die durch die Wände jenes braunen Sandsteinhauses zu mir herüberdrang, die meines Hauswirts oder die der Guru-Jünger. Sehr viel später zog ich in ein ruhigeres Haus um. Da war nachts, außer dem normalen Verkehrslärm, nur eines zu hören, das Klappern eines losen Kanaldeckels. Manche Autos fuhren zufällig darüber, woraufhin er seitlich nach oben kippte und wieder zupolterte, wie der zu schwere Deckel eines Suppenkessels; andere Autos verfehlten ihn. Mit anderen Worten, ein unregelmäßiges dumpfes Poltern auf der Straße, jahrelang, Nacht für Nacht.

Mit dem Bewußtsein, als jüngstes Kind am Tisch jede Beanspruchung von Aufmerksamkeit durch rasches Zur-Sache-Kommen rechtfertigen zu müssen; und später, in den Büros von schwer beschäftigten Männern und großen Ärzten, von außerordentlich Fähigen oder wirklich Reichen, den Mächtigen eben, mit dem Bewußtsein, seinen Besuch kurz halten zu müssen; wohl wissend auch, daß die Geduld seiner älteren Brüder begrenzt war, und er selbst von Natur aus schweigsam und rasch gelangweilt; so wurde er in seinen späteren Jahren ein Staranwalt. Im Rechtswesen sind, wie überall, hervorragende Leistungen eine Seltenheit und oft anonym. Außerdem geht es bei der Rechtsprechung, wie überall, samt und sonders um Geschichten. Ja, im Grunde schreibt es die amerikanische Verfassung vor, daß es bei allem, im Kern, um eine Geschichte gehen muß. Das ist die wahre Bedeutung des Terminus »Rechtsfälle und Streitsachen«, und einzig zu deren Beurteilung sind die Gerichte laut Verfassung berechtigt. Das heißt, die Gerichte sind nicht befugt, sich mit Abstraktionen, Verallgemeinerungen oder auch nur mit hypothetischen Fällen zu befassen; sie dürfen keine sogenannten »beratenden Gutachten« über die Legalität irgendeiner denkbaren Situation oder beabsichtigten Handlung abgeben. Die Gerichte dürfen lediglich ganz konkrete, unmittelbar anstehende Fälle berücksichtigen, die ihnen tatsächlich vorgelegt werden – und auch diese Fälle können lediglich von Personen vor Gericht gebracht werden, die über den entsprechenden »Rechtsstatus« verfügen, das heißt, nur von den eigentlich Betroffenen, die nachweislich das unmittelbarste Interesse an dem Fall haben. Kurzum, ich darf zum Beispiel nicht vor Gericht gehen, weil ich der Meinung bin, daß meinem Mitmenschen ein Unrecht zugefügt wurde. Nur mein Mitmensch selbst darf in diesem Fall Klage erheben. So ist also alles, was zur Verhandlung kommt, zwangsläufig und in Übereinstimmung mit der Verfassung, eine Geschichte; und die einzigen, denen es gestattet ist, diese Geschichte dem Gericht vorzutragen, die einzigen Geschichtenerzähler, sind diejenigen, denen die Geschichte passiert ist, denen der Tatbestand widerfuhr.

Ich sagte, Können wir so leben. Du meintest, Es ist zu schwer für dich so. Ich werde etwas an den Dingen ändern, Kate, wenn es das ist, was du willst.

Formal beginnt ein juristischer Fall mit einem Unrecht, für das es im Rechtswesen so etwas wie eine Abhilfe gibt, die in der Regel finanzieller Art, mitunter aber, um einiges brutaler, mit Scheidung, Trennung, Inhaftierung oder Gewahrsam verbunden ist. Dann wieder, in Fällen von edlerer Natur, mit bestimmten Rechten, dem Recht auf Rede, auf Ausbildung, dem Recht, nicht durch Rassenzugehörigkeit gebrandmarkt zu sein, dem Recht auf Wahrung der Intimsphäre, sowohl durch den Staat als auch durch die Nachbarn. Aber selbst Fälle von Unrecht, Geschichten und Berichte, des unbestreitbarsten Unrechts, das eine menschliche Seele der anderen zufügen kann, können meist nicht vor Gericht gebracht werden. Lieblosigkeiten, Treubrüche, zugefügte Kümmernisse aller Art fallen in eine Kategorie, die womöglich, das bleibt im dunkeln, zu den ergreifendsten innerhalb oder vielmehr deutlich außerhalb des Bereichs juristischer Zuständigkeit gehört. Die Nichtgeltendmachung eines Anspruchs, dem Rechtshilfe gewährt werden könnte. Aber wenn dieser Anspruch, oder vielmehr die Klage, die im technischen Sinne daraus hervorgeht, so vorgebracht werden kann, daß Gerichte befugt sind, sich damit zu befassen, ja, dann folgt, sofort oder je nachdem, was das Gesetz vorsieht, innerhalb eines angemessenen Zeitraums, die Erwiderung. Das heißt, die natürliche oder juristische

Person bzw. Personen, gegen die Klage erhoben wird, müssen auf die Streitsache eine Erwiderung vorbringen oder der Klage stattgeben und den Prozeß durch Nichterscheinen vor Gericht verlieren. Und damit, mit Klage und Erwiderung, hat die Geschichte, für mindestens zwei Stimmen, unwiderruflich begonnen. In manchen Fällen, wie etwa bei den sogenannten Kollektivklagen, gibt es einleuchtenderweise sehr, sehr viele Stimmen – ein Kreis von Personen, der im eigenen Namen wie auch im Namen des Kollektivs im weiteren Sinne Klage erhebt, eines Kollektivs, das, ganz gleich wie anonym, die Gesamtheit aller in der gleichen Lage befindlichen Personen einschließt. In manchen, selteneren Fällen muß der größte Teil der Geschichte, aus welcher der Rechtsfall besteht, abgewiesen werden, und zwar mit Hilfe dieser speziellen Art der Rechtsmittelklage, die man Unterlassungsklage nennt. Um jedoch meinem Mitmenschen etwas zu untersagen, was das Gesetz nicht ausdrücklich verbietet, oder sogar etwas zu untersagen, was das Gesetz tatsächlich streng verbietet, muß ich nachweisen, daß ihm dies *nicht* zu untersagen zur Folge hätte, daß ich einen, wie man es nennt, unmittelbaren und nicht wiedergutzumachenden Schaden davontrage. Aber selbst wenn du mir vielleicht genau das, einen unmittelbaren und nicht wiedergutzumachenden Schaden, zufügst, zum Beispiel, indem du mich verläßt, oder auch deinem Sohn einen derartigen Schaden zufügst, indem du das Licht ausmachst, obwohl er doch Angst hat vor der Dunkelheit, werden die Gerichte, ja *dürfen* die Gerichte der Sache trotzdem keine Beachtung schenken. Und wenn ich so gut wie sicher weiß, daß jemand etwas tun will, was, rein technisch und im Wortsinn, eine ungesetzliche Handlung, ja sogar eine Straftat darstellt, werde ich in aller Regel die Gerichte nicht dazu bringen können, meiner Behauptung stattzugeben, man müsse ihm diese Tat untersagen. »Der Mensch muß irgendwie handeln«, sagte Richter Holmes, der häufig, jedoch keineswegs immer, harte Urteile fällte; und unser System stellt es den Menschen lieber frei, wie sie handeln. Wenn sie beschließen, ungesetzlich zu handeln, dann müssen sie einfach die Konsequenzen dafür tragen. So ist also, in gewisser Hinsicht, jedes Gesetz nichts weiter als ein kodifizierter Unterlassungsbefehl, um zu verhindern, daß alle das Gesetzwidrige tun; während das, was man Unterlassungsbefehle nennt, seltener, enger in seiner Bedeutung, spezifischer ist: Der Mann hier darf besagten Damm nicht so hoch bauen, damit sein Nachbar nicht den unmittelbaren und nicht wiedergutzumachenden Schaden des Ertrinkens erleidet. Und in ebendiesem weiteren Sinn stellt jeder Rechtsfall und jede Streitsache, ganz gleich wie unmittelbar oder persönlich sie sind, eine Kollektivklage dar. Weil jeder nachfolgende Rechtsfall, der mit diesem in allen ausschlaggebenden Punkten übereinstimmt, in derselben Weise entschieden werden muß und daher bereits durch ihn entschieden ist.

Ich sagte, Ich dachte, du willst, daß ich gehe. Er sagte, Nein, das hast du nicht gedacht, das kannst du unmöglich gedacht haben.

Und darin unterscheiden sich, auf die erstaunlichste Weise, die Geschichten, wie sie von Anwälten, mit anderen Worten, vor Gericht, erzählt werden, radikal, in fast allen Punkten, von den Geschichten, wie sie von Schriftstellern erzählt werden. Weil sich die Anwälte ebenso wie die Gerichte beim Erzählen und Lösen von juristischen Geschichten die bemerkenswerteste Mühe geben, zu behaupten, darauf läuft ihre Aussage nämlich hinaus, die Geschichte, die ihnen da unterbreitet wird, sei in Wirklichkeit nicht neu. »Es ist hinlänglich geregelt« oder »Es ist längst beschlossen«, ist die

Form, in der das Gericht zu verschleiern sucht, daß sein nun folgender Spruch in Wirklichkeit völlig neu ist; wie könnte es sonst diesen speziellen Kläger, diesen speziellen Beklagten, diese speziellen Zeugen, diesen Tatbestand vor Gericht geben. »Wir haben nie anders beschlossen«, leitet das Oberste Bundesgericht wieder und wieder die radikalsten Neuerungen oder Rückschritte ein. Mit Präzedenzfällen. In welchem Maße und wie zwangsläufig die Gerichte sich auf etwas stützen müssen, was nie wirklich echte Präzedenzfälle sein können. Es ist, als wollte ein Geschichtenerzähler sagen, Hör bitte zu, wenn ich dir jetzt genau dieselbe Geschichte wie gestern abend und wie vorgestern abend erzähle, die sich in nichts von der Geschichte unterscheidet, wie sie schon andere und vor meiner Zeit erzählt haben. Was eine schöne und ehrenwerte Tradition beim Geschichtenerzählen ist. Nur daß die Version der Gerichte die einschneidendsten Auswirkungen auf das Leben der Menschen hat, die man sich überhaupt vorstellen kann.

Was die Geschichte angeht, hatte sie gesagt, Sie ist trist. Jetzt sagte er, Sie ist trist. Aber er sagte noch so viele andere Dinge. Ich sagte, Aber das ist ein liebenswerter Mann, wirklich. Er darauf, Nein, das ist er nicht. Vor langer Zeit sagte er, Darauf kommt es an; du verkennst, daß alles andere nur Bewegung ist. Ich sagte, Gemütsbewegung? Er sagte, Bewegung. Da waren wir also. Dann sagtest du, in diesem bewußten Tonfall, Es ist ein Liebesbrief, in gewisser Weise. Ich sagte, Was sonst. Da wären wir also.

Aber die eigentlichen Geschichtenerzähler an diesem faden, erschreckenden, doch manchmal auch heroischen, poetischen Herd, den das Gericht verkörpert, sind gar nicht die Anwälte oder der Richter, sondern der Kläger und der Beklagte sowie deren Zeugen. Und die, die verstehen fast nie, wonach sie gefragt werden, welche Antworten erlaubt sind, worauf die Fragen abzielen, die ihnen gestellt werden. Und keinem dort, am allerwenigsten jenem sonderbaren Publikum, das die Geschworenen abgeben, ist dieses Unverständnis begreiflich. *Gerade*, wenn Kläger, Beklagter oder Zeuge meinen, der Groschen sei nun gefallen, und in manchen Fällen anfangen, triumphierend, sarkastisch, in dem, was sie für die Sprache der Anwälte halten, zu antworten, dann hagelt es Einspruch um Einspruch von Anwälten, die ihnen ins Wort fallen, Verweise von Richtern. Wie ist es möglich, wundert sich die Dame in dem Scheidungsverfahren, daß der Anwalt ihres Mannes sie in schneidendem und beleidigendem Ton fragen darf, Und am Vormittag des zwölften Juli, haben Sie da nicht drei Hemden bei Bloomingdale gekauft? Und haben Sie nicht am selben Tag auch noch Bettücher bei Bloomingdale gekauft? Und entspricht es nicht der Wahrheit, daß Sie am Nachmittag desselben Tages auch noch Briefpapier bei Bloomingdale erstanden haben? Und er darf stundenlang so weiterfragen, und der Richter, der zuvor ein paar Mal bemerkt hatte, Ich möchte Ihnen nicht vorschreiben, wie Sie Ihr Verfahren zu führen haben, aber meines Erachtens ist das Ziel Ihrer Fragen erreicht, scheint mittlerweile eingeschlafen zu sein. Ebenso der zweite Anwalt, der ihren Mann vertritt, nicht anders als ihre eigenen beiden Anwälte, während dieser Mensch in diesem schauderhaft anzüglichen Ton herunterschnarrt, was sie nicht alles gekauft und vom Konto abgebucht habe, und wo genau, endlos. Ihr ist, wie es scheint, nur gestattet, mit Ja oder Nein zu antworten. Nach einer Weile meint sie, jetzt hätte sie die rettende Idee. Sie sagt, Ja, wie ich Ihnen meines Wissens bereits zu verstehen gegeben habe. Sie sieht, Zustimmung heischend, zum Richter hin. Nichts. Es geht weiter. Plötzlich glaubt sie wieder, jetzt hätte sie die Lösung. Aber daraus ist nicht ersichtlich, sagt sie, rot werdend, aus diesen Aufstellungen meiner Ausgaben ist nicht ersichtlich, welche Artikel ich zurückgegeben habe. Und sie glaubt tatsächlich, jetzt hätte sie es heraus, den springenden Punkt, die Sprache, sie wollen ihr etwas in die Schuhe schieben, und sie wird es nicht zulassen. Aber ich erhebe Einspruch, Euer Ehren! sagt sie. Daraus ist nicht ersichtlich, ob, und wenn ja, welche Artikel zurückgegeben wurden! Nichts. Sie versteht es nicht, sie versteht nicht, daß sie es nicht versteht. Nach einiger Zeit hört der Richter auf, ihr Verweise zu erteilen, sie meint, die Geschichte habe nun eine Wendung zu ihren Gunsten genommen, wiederholt immer wieder, aus den Auszügen ihres Kreditkontos sei doch gar nicht ersichtlich, was sie zurückgegeben habe.

Du sagtest, Wir können so leben. Du sagtest all diese anderen Dinge. Wir leben ja auch so. Wir brauchen nur etwas, was uns über die Notlage weghilft, diese tägliche Not, nicht zu wissen, ob nun der eine oder der andere fortgehen wird. Aber da sagtest du, ein zweites Mal, Ich werde etwas an den Dingen ändern, Kate, wenn es das ist, was du willst. Und dann, in dem bewußten Tonfall, Es ist ein Liebesbrief, in gewisser Weise. Und ich sagte, Was sonst. Da wären wir also.

Ausbildung und Sprache sowohl des Richters als auch des Anwalts sind so weit entfernt von der Sprache der in der Geschichte eigentlich agierenden Personen, daß beide vergessen haben, wie es ist, wenn man nicht weiß, wonach gefragt wird, was erlaubt ist. Und die Geschworenen, sofern es Geschworene gibt, wissen es auch nicht. Und trotzdem, diese großen Doktrinen der Endgültigkeit und des *Stare Decisis,* daß eine Geschichte irgendwo enden müsse und nicht mehr aufgerollt werden dürfe, daß diese Geschichte ausschlaggebend sei für das Urteil bei allen weiteren Geschichten, die sich nicht nachweislich von dieser unterscheiden, besagen nichts weiter, als daß keine Geschichten, keine Geschichten der Welt, von unmittelbarerem und mitunter bleibenderem Interesse sein können als diese. Aber Geschichten sind sie in jedem Fall. Und ihre eigene Beredsamkeit wächst über sie hinaus. Was dabei herauskommt, ist, erstaunlich oft sogar, falsch. Das sieht man. Hundert Jahre später sieht es auch das Gericht und macht eine Kehrtwendung, nein, es hebt das Urteil nicht auf, es stößt es um, beidrehend wie ein großes Schiff. Entschuldigt sich nie. Bringt lediglich ein weiteres »Es ist hinlänglich geregelt« ins Spiel sowie »Unsere Beschlußfassung heute ist nichts weiter als«. Jeder, der einmal persönlich betroffen war, ist längst tot. Im Lauf des Verfahrens, während dieser Wiederholungen und festgelegten Formeln, wachsen die Gerichte mitunter über ihr eigenes monotones Geleier hinaus, mit einem Ausdruck, der so echt, so tiefgründig und kraftvoll ist, daß er überdauert. Für den Rest aller Zeiten bleibt er der treffende Ausdruck für ebendiesen Sachverhalt. Mit an Sicherheit grenzender Wahrscheinlichkeit. Gänzlich frei von Schuld. Nicht meine Rolle. Über jeden berechtigten Zweifel erhaben. Letzter straffälliger Nebenintervenient. Geltend gemachter Fehler im Besitz. Ein vernunftbegabter Mensch. Ein besonnener Mensch. Ein einsichtiger Mensch. Ein Mensch von normaler Intelligenz und Auffassungsgabe. Moment, Moment. Wessen Stimme ist das? Nicht die meine. Nicht die meine. Res ipsa loquitur. Irgendwie muß der Mensch handeln.

Jons Art: Vorwärts gerichtete Einstellungen sind meines Erachtens: Neugierde, Ehrgeiz, Liebe, Mut, Hunger, Pflicht, Wut. Sie können dem Gewesenen entspringen, aber sie sind nach vorne gerichtet, bewegen sich auf die Zukunft zu. Angst ist natürlich auch nach vorne gerichtet. Kein

Mensch hat Angst vor gestern. Rückwärtsgewandt sind alle Verlustreaktionen. Trauer natürlich und Bedauern. Langeweile richtet sich sowohl auf Kommendes wie auf Gewesenes. Hoffnung. He, Moment, Moment. Nicht hier. Bleib einfach da.
Aber wirst du nicht fortgehen? Nein. Niemals? Nein.

Wünschtest du nicht manchmal, ich wäre es?
Immer.
Pause.
Du bist es.

Inhalt